古典詩歌研究彙刊

第二一輯

龔鵬程 主編

第 13 冊

宋元之際逸民畫家題畫詩

康 湘 敏 著

國家圖書館出版品預行編目資料

宋元之際逸民畫家題畫詩／康湘敏 著 — 初版 — 新北市：花
木蘭文化出版社，2017〔民 106〕
目 4+228 面：17×24 公分
（古典詩歌研究彙刊 第二一輯；第 13 冊）
ISBN 978-986-404-874-8（精裝）
1. 題畫詩　2. 詩評　3. 宋代　4. 元代

820.91　　　　　　　　　　　　　　　　106000435

ISBN-978-986-404-874-8

9 789864 048748

古典詩歌研究彙刊
第二一輯　第十三冊　　　　　ISBN：978-986-404-874-8

宋元之際逸民畫家題畫詩

作　　者　康湘敏
主　　編　龔鵬程
總 編 輯　杜潔祥
副總編輯　楊嘉樂
編　　輯　許郁翎、王筑　美術編輯　陳逸婷
出　　版　花木蘭文化出版社
社　　長　高小娟
聯絡地址　235 新北市中和區中安街七二號十三樓
　　　　　電話：02-2923-1455／傳眞：02-2923-1452
網　　址　http://www.huamulan.tw 信箱 hml810518@gmail.com
印　　刷　普羅文化出版廣告事業
初　　版　2017 年 3 月
全書字數　174562 字
定　　價　第二一輯共 22 冊（精裝）新台幣 33,000 元　　版權所有・請勿翻印

宋元之際逸民畫家題畫詩

康湘敏　著

作者簡介

　　我，康湘敏，一個古典文學愛好者。

　　當年就讀輔仁大學中文系，浸淫古典文學的氛圍中，畢業後擔任國中國文教師，傳達學生中文給予人間的真善美，並與從古至今的作者心靈相交。「教」然後知不足，動念進修，就讀中央大學中文研究所在職專班，成就了一趟愉快的學習之旅。

　　因國中階段便以背誦詩詞作爲休閒娛樂的經歷，所以論文題目初定，便決定聚焦於古典詩詞。歷來詩詞研究已多如過江之鯽，於是我另闢蹊徑，找出被歷史遺忘的南宋遺民畫家題畫詩作爲研究主題，於是藝術與文學的結合，讓我在論文寫作的艱困中，卻咀嚼出最甜美的滋味。

提　　要

　　本論文根據鄭思肖（1241～1318）、馬臻（1254～？）、龔開（1222～1307）、錢選（1239～1301）這四位宋元之際遺民畫家的題畫詩，探討他們在畫藝之外的詩歌創作。並藉由詩中呈現的「詩意」，理解他們寫畫鞍馬人物、自然山水、花鳥草木所要表達的「畫意」。

　　第一章探討「逸民」定義、「題畫詩」發展演進與當代詩風等根本問題。第二章到第五章除紀錄四人生平行狀之外，主要將鄭思肖、馬臻、龔開、錢選四人題畫詩作分別論述。

　　第二章分成《一百二十圖詩集》與鄭思肖其他題畫詩兩節。《一百二十圖詩集》可從圖詩取材命題與詩歌主旨等角度，理解思肖創作此組圖詩的寫作手法及用心。鄭思肖其他題畫詩則分成《心史》題畫詩與其題寫「蘭、竹、菊」植物題畫詩。

　　第三章論析馬臻題畫詩。第一節是山水畫題畫詩，研究其山水題詩如何摹山範水與藉景抒情寫志。其他的題畫詩則分成三部分：題他人畫作之詩，見其對他人畫作的鑑賞觀點；題詩以敘事，見其人繪畫歷程、與人交遊與壯遊山水的經歷；見解特出之題畫詩，則從馬臻詠人、詠史、詠物三方面，見其特殊見解。

　　第四章論析龔開十一首題畫詩。分成龔開題馬畫詩與《中山出遊圖》、題《蘇黃像》的人物題畫詩以及山水題畫詩、題他人畫作之詩等其他題畫詩。

　　第五章論析錢選題畫詩。分成山水題畫詩、花鳥蔬果題畫詩、人物題畫詩與評史敘事詠物題畫詩四節。山水題畫詩中，經由山居、待渡、題金碧山水、雪霽望弁山等不同主題，可知錢選寫畫山水的心境呈現。另外在花鳥蔬果題材分成花鳥三圖、素淨三花、秋季瓜茄的題詩。最後是錢選在人物、評史與敘事詠物題畫詩等不同題材的寫畫抒感。

　　第六章除歸納全文，並提出逸民詩畫家「宗唐復古」的藝術追求、「隱逸」的精神依歸、詠物題材的運用與創新與確立中國文人畫的崇高地位等四項結論。

致謝辭

　　完成這本論文首先必須感謝我的指導老師 —— 次澄老師。感謝老師在百忙之中，居然願意指導我這個駑鈍的學生。感謝老師在身體微恙與系務工作繁忙的情況下，還是鉅細靡遺的為我的論文體例、章節架構、申論邏輯，甚至語意流暢與句讀，都做了仔細的評閱指正。感謝老師的包容，當初就因為敬重老師嚴謹的治學態度，所以尋求老師的指導，本以為如此就能自我督促，沒想到個性的疏懶終究讓進度延宕，也因此未能依照老師的要求，按部就班地交出論文，平添老師不少負擔。不過也幸好因為有老師作我的後盾與品管，所以終能完成品質差堪人意的論文。

　　我也必須感謝在寒風凜冽的天氣來替我口試指導的委員：連文萍老師與王力堅老師。他們在短時間內閱覽我這本舛誤疏漏之處頗多的初稿，一一指出並提供精要的建議，才讓此本論文的完成能將缺失減至最低。

　　接著我要感謝我的家人。父親為了鼓勵我完成研究所的學業，堅持付出每學期一萬元的學費，這分期許也讓我不願虛度這段進修歲月。母親則讓我在生活飲食起居上無後顧之憂，她是我最重要的心靈支柱。因為他們提供了我一個自由揮灑的空間，使我總能追求我想追求的事物。我還必須感謝我的姊妹們，是她們陪我度過了所有高低起

伏的心路歷程，尤其小妹更是當日一再提醒我報名考試的推手，才讓我在半推半就的情況下，走上這段無憾的旅程。還有這一年家中先後誕生的兩位寶貝——姪子小紀與外甥尚頤，是他們讓我在陷身論文完成似乎遙遙無期的焦慮不安中，仍然看到生命的美好與希望。

然後我也要謝謝我在仁和國中的朋友兼同事們。首先感謝的是我的論文寫了幾年，就陪了我幾年的玉君小妹，我們白天在學校教課，晚上同車趕赴中央，接著一起跑圖書館，一起寫報告，在她已完成論文寫作之後，還仍然陪我走到最後的口試，並適時提供我最多的支援與協助。再來是感謝從開始進修起，陪我去買電腦的良燕，她除了是我的電腦諮詢顧問，更常運用她清晰的頭腦，為我的報告增色不少。我還要感謝好多同事，他們總是在我需要調課、代課時的鼎力相助，或是在我焦頭爛額、煩亂不堪時，為我加油打氣。就是他們的關心與支持，讓我覺得自己從不孤單。

這段路走來，常有關山難度的喟嘆，然而當回顧原本認為煎熬的論文寫作歷程，才發現我獲得了多少：建立學術研究的方法、態度，與追索知識所感受的喜悅，或是當思考碰撞而激發潛力所產生的成就感。我的確走進了以往未曾進入的世界，開啟了我的新視野，何況周遭還有那麼多老師、家人、朋友、同事的幫助與關愛，讓我深信這段路走得值得，因為我收集了如此多美麗的風景。深深感謝！

湘敏書於 2010 年 1 月 10 日

第一章　緒　論

　　由於本論文「宋元之際逸民畫家題畫詩研究」的命題，直接牽涉到「逸民」此語的定義問題，而「逸民」與「遺民」在定義上或有重疊混淆之處，故必須先加以釐清。

　　「遺民」一詞，周全在《宋遺民志節與文學》中，整理出各種說法：「遺民」（本係新朝泛指前朝餘留之人民）、「遺黎」、「逸民」（無位與節行超逸）等，三種說法結合成「遺民」意義。〔註1〕方勇則以「懷戀故國而不願與新朝合作者」，稱之「遺民」，涵蓋面較廣。〔註2〕兩人「遺民」義，大致以「易代」、「無位不仕」、「節行超逸」作爲標準。

　　其實清代歸莊（1613～1673）在爲明末朱子素（生卒年不詳）所做的〈歷代遺民錄序〉中即曾辨「逸民」和「遺民」之不同：

> 凡懷道抱德不用于世者，皆謂之逸民。而遺民則惟在廢興之際，以爲此前朝之所遺也。……故遺民之稱，視其一時之去就，而不繫乎終身之顯晦，所以與孔子之表逸民、皇甫謐之傳高士，微有不同者也。〔註3〕

〔註1〕周全，〈第一章　緒論〉，《宋遺民志節與文學》（臺北：東吳大學博士論文，1984年），頁1～3。

〔註2〕方勇，《南宋遺民詩人群體研究·導言》（上海：上海古籍出版社，1991年），頁1。

〔註3〕〔清〕歸莊，〈歷代遺民錄序〉，《歸莊集》（上海：上海古籍出版社，

此說特別強調了遺民是在朝代「廢興之際」、「爲前朝所遺」的意義，並提及與孔子所稱「逸民」、皇甫謐（215～282）《高士傳》中的「高士」，有些微不同之處。孔子在《論語・微子》將「不降其志，不辱其身」，具「遺民」性格的伯夷、叔齊與其他隱士歸爲「逸民」之屬。〔註4〕而《高士傳》中，作者於序中自陳爲「高讓之士」，立傳標準是「身不屈于王公，名不耗於終始」。依此嚴格標準，伯夷、叔齊曾「叩馬而諫」，西漢末年龔勝（68～11B.C.）、龔舍（68～6B.C.）早年曾出仕，只要與政治稍具關聯，即不在立傳之列。〔註5〕故歸莊以爲「逸民」爲「懷道抱德不用于世者」，包含「遺民」、孔子所謂「逸民」以及「高士」。「遺民」、「逸民」最明顯的分別在於是否具有明顯的政治意識，即「視其一時之去就」，亦即改朝換代後不仕新朝者。但由於「遺民」亦爲「懷道抱德不用于世者」，故「遺民」此一概念實包含在「逸民」之中，和「隱士」亦關係密切。余輝即認爲：「逸民歷朝歷代都有，而遺民是特定時期特指的一類具有政治色彩的逸民。」〔註6〕

南宋至元的逸民詩人大體上分爲幾種類型：一種是亡國前奮力反抗蒙元的入侵，亡國後也秉持氣節、決不屈服的人，這種人是孤臣義士、英雄式的遺民。幾位傑出代表如文天祥（1236～1283）、謝翶（1249～1295）、謝枋得（1226～1289）等，其中文天祥的地位非同尋常，但其在宋亡之前已身故，故其「遺民」身分有待商榷。一種是亡國前後雖未有反抗的大動作，但對蒙元政權始終不認同，高

〔註4〕 〔清〕阮元校勘，《十三經注疏・論語》（臺北：藝文印書館，1984年），頁166。

〔註5〕 〔西晉〕皇甫謐，《高士傳・序》（北京：中華書局，1985年），頁1～2。

〔註6〕 余輝，〈遺民意識與南宋遺民繪畫〉（《故宮博物院院刊》期4，1994年），頁50。此文後收入同作者所著《畫史解疑》（臺北：東大圖書公司，2000年）一書中。

蹈肥遯，終生隱居不仕的人，著名人物有林景熙（1242～1310）、鄭
思肖（1241～1318）、舒岳祥（1219～1298）、何夢桂（1228～？）、
許月卿（1216～1285）、方鳳（1241～1322）、眞山民（約 1245～1315）
等。宋元易代之際，生死氣節、民族情仇涇渭分明慷慨激烈，做不
做遺民成爲一種現實的選擇，遺民也不是等閒就能做成的，許多人
因爲一時的失足而必須花上整個餘生的精力來彌補，希望能求得「遺
民」的稱號 —— 如方回（1227～1307）等人。

　　還有一種是亡國後雖然對故宋懷有忠戀之情，然出於各方面的
原因，在蒙元勉爲其難出仕。這一類的人則頗具爭議，他們或出於
生活所迫，勉爲其難或當仁不讓出任山長、教諭、教授、學正之類
的學官，代表性人物如仇遠（1247～？）、〔註7〕家鉉翁（1213～？）、
白珽（1248～1328）、戴表元（1244～1310）等，他們有長期不被認
同的歷史，但現代的評判標準已頗爲寬容，認爲他們于常人而言，
是無可厚非的選擇，因此不以一仕廢終生，方勇《南宋遺民詩人群
體研究》即將其視爲另一種遺民型態。〔註8〕孫克寬也在〈元初南
宋遺民初述〉中把宋遺民的標準之一定爲「宋亡後隱居不仕不與新
朝合作者」，並注明「鄉學或書院教授不在此限」。〔註9〕本論文則
將其除外，若其心中仍有所愧悔，〔註10〕強將其歸類爲「遺民」，也
未必有其必要性。

〔註 7〕「仇遠字仁近（仁父），號山村民，一作山邨，錢唐人。元初不仕，
　　　　大德二年持山村圖求有力者捐助屋資，後出爲鎮江路學正。」王德
　　　　毅、李榮村、潘柏澄編，《元人傳記資料索引》（臺北：新文豐出版
　　　　社，1987 年），頁 24。
〔註 8〕方勇，《南宋遺民詩人群體研究》，頁 118。第四章第一節〈成員的類
　　　　型劃分〉歸於「隱於學官型」，頁 118。
〔註 9〕孫克寬，〈元初南宋遺民初述〉，《東海學報》卷 15（1974 年 7 月），
　　　　頁 23。
〔註 10〕龔璛（1266～1331）有《存悔齋稿》傳世，他將自己的書齋定名「存
　　　　悔」，實有對自己出任學官的抉擇後悔之意。《存悔齋稿》（臺北：臺
　　　　灣商務印書館，1986 年《景印文淵閣四庫全書》）

　　本文所指的「宋元之際逸民」概念，雖包含了上述「遺民」界定，卻不是泛指由宋入元的全體百姓，而有一定的條件要求：其人存年、行止、內在精神等，都須成為此論文「逸民」的特定條件。從外在條件上來講，首先其人存年必須橫跨宋元兩代。另一個外部條件：行止，是對其人在元朝作為的觀照，在亡國前後不論是否積極抵抗蒙元的入侵與統治，但持身甚正，能做到終生隱逸不仕者，稱之為「逸民」。「逸民」相較於「遺民」而言，內在精神方面，並無太多政治意識的條件要求，因此可以較寬容的看待他們入元之後對新朝的態度轉換，只要不仕，堅守最初的生命抉擇，即可以「逸民」稱之。

　　宋太祖趙匡胤（927～976）在「陳橋兵變，黃袍加身」的局勢下，開創了有著輝煌文化的宋朝。然而在靖康之難、宋室南渡後，卻開始了另一段內憂外患的歷史。在內，南宋長期嚴重的權臣擅政與皇權更替的波折，使得整個南宋王朝的生存狀況累貧積弱，每況愈下；對外，南宋高度發達的經濟文化成就不斷激起外族的覬覦，而他們的覬覦心更隨著其軍事實力同步增長。此時的漢人政權在軍事實力上已完全喪失對異族政權的絕對優勢，而漸次淪落到分庭抗禮甚至委曲求全的地步。委曲也尚不能求全，早在南宋中期，宋金尚是對峙的局面，蒙元政權就已擁有世界上最具強大潛力的軍事力量。這支草原騎兵南征北戰，所向披靡，大有征服世界之勢。南宋長期受金的欺壓，遂聯合蒙古滅金，卻也將積弱不振的南宋迎向蒙古政權。

　　南宋後期，忽必烈（1215～1294）對南宋發動大規模進攻。咸淳十年（1274 年）七月初九，年僅三十五歲的度宗（1240～1274）病死，遺下三子：七歲的罡、四歲的顯和三歲的昺，嫡子顯被立為新主，國無長君，由太皇太后謝氏臨朝稱制，南宋皇室形成危顫不安的「孤兒寡婦」局面。德祐二年（1276 年）一月十九日，元相伯顏（1236～1294）帶軍逼近臨安，謝太后見欲戰不能，求和不成，只得派人赴

伯顏處，送上傳國玉璽和降表，表示投降，然後是三宮作爲戰俘屈辱地北遷。祥興二年（1279 年）二月初七，元軍對困居厓山的南宋流亡政權發動總攻，幼主、後宮、官員、將士，紛紛投海自盡，「死溺者數萬人」，〔註 11〕南宋王朝以玉碎瓦全的方式徹底覆亡。歷史正式進入元朝。

　　中國經歷不少天翻地覆、改朝換代的過程，不過南宋的亡國即使在千百年之後，對文人儒士來說，依然是一道鮮明的歷史傷痕。對於時人，無論帝王將相還是布衣百姓，這歷史與自己息息相關，他們親歷參與這個動盪時代，也爲自己日後的生命出處進行了不得不的選擇。對於一部分在道德上有執著之心的人而言，他們的精神依然不由自主地與那個逝去的「宋朝」時代有著根深柢固、千絲萬縷的糾結。不僅僅是南宋這個政權，更重要的是它所代表著的自己所屬的高度文明的漢人民族傳統與文化。單純的亡國並不足以造成如此大的內心衝突，從秦漢到魏晉隋唐，多少朝代的更迭，但是創造了漢民族輝煌文明的宋帝國，三百年的土地、人民爲異族攫取，華夏禮樂衣冠就此湮滅的現實，更讓長期受到儒教理學薰陶的文士充滿憤慨、悔恨、羞愧、無奈、不甘等的複雜情緒。

　　曾經在武王平殷亂，天下宗周的情況下，伯夷、叔齊卻以「宗周」爲恥，因此義不食周粟，最終餓死於首陽山。〔註 12〕然而《詩經》時代，周人又悲黍離以悼亡國。〔註 13〕可知當親歷亡國，總有一種生命不堪承受之重，部分非凡的人選擇了以壯烈的、可歌可泣

〔註 11〕「己卯正月十三日，敵舟直造厓山，世傑不守山門，作一字陣以待之。敵入山門，作長蛇陣對之。二月六日，敵乘潮進攻，半日而破，死溺者數萬人，哀哉！」〔南宋〕文天祥，〈祥興第三十四〉，《文信國集杜詩》（臺北：臺灣商務印書館，1986 年《景印文淵閣四庫全書》），頁 1184～814。

〔註 12〕〔漢〕司馬遷，《史記三家注・伯夷列傳第一》（臺北：七略出版社，1985 年），頁 852。

〔註 13〕〔清〕阮元校勘，〈王風・黍離〉《十三經注疏・詩經》（臺北：藝文印書館，1989 年），卷 4 之 1，頁 198。

的方式來為故國殉葬，更多的凡人則選擇活下去，不論是縹緲的「將
以有為也」，還是純粹的「苟全性命於亂世」，繼續延續生命並不是
不可原諒的，因為生存總是更現實的問題。然而生存下來的人，他
們面對的是自己過不去的精神困境，於是在新的蒙元政權下，有一
群逸民詩人寫下無數詩句，詩中充滿了悲憤與失落，或是追問與反
省，或是相對於現實，卻都是茫然不可解的。他們嚮往那些精神上
有所歸依的人，也希望能遠離這個現實的世界，於是出家投身佛道
者有之，或者企圖超脫而隱逸於世。於是在宋元之際，出現了許多
「逸民」，也因此從元初開始，整個有元一代，詩壇洋溢著隱逸之風。

第一節　研究動機與目的

　　凡有朝代更替，便有遺民。自商周以來，中國歷史上大規模遺
民群體的出現，以宋元之際的南宋遺民和明末清初的明遺民最具代
表性。「宋遺民」三字連用，始見於明代程敏政（1445～1499）之《宋
遺民錄》，〔註14〕也因此書，令後世關注到「宋遺民」這些士人。接
著清人邵廷采（1648～1711）說：「古之遺民，莫盛于宋」、〔註15〕
「兩漢而下，忠義之士至南宋之季盛矣。」〔註16〕說明具忠義氣節
的「遺民」於宋季出現最多。事實上，在南宋滅亡過程中，出現了
很多慷慨捐軀、以身殉國的忠義死節之士，像文天祥、陸秀夫（1237
～1279）等等，但那些沒有死節卻忠於故國的節義之士，在南宋滅
亡後，便成了生活在元朝卻心繫前朝的遺民。南宋遺民群體規模之
大主要是由於宋代採取的是厚待士大夫的政策，宋代高度發達的理
學使節操觀念深入人心，同時宋朝又長時期處於與少數民族政權的
對峙中，強烈的民族情緒與不事二姓的忠君觀念相疊合。當然，不

〔註14〕〔明〕程敏政輯，《宋遺民錄》（臺北：新文豐出版社，1985 年《叢
　　　　書集成新編》）。
〔註15〕〔清〕邵廷采，〈宋將作監簿修竹先生傳〉，《思復堂文集》（臺南：
　　　　莊嚴文化，1997 年《四庫全書存目叢書》），卷 3，頁 251～385。
〔註16〕〔清〕邵廷采，〈宋遺民所知傳〉，《思復堂文集》，卷 3，頁 251～386。

可否認的是，在「夷夏之辨」的文化傳統上，明遺民和清初士人以自我認知的方式詮釋有相似背景的南宋遺民，這個群體的忠義行為、節操觀念、文化價值才得以發揚光大，因此被賦予具有政治意涵的「遺民」意義。

　　一般對南宋遺民的認知，常只侷限在知名度較高的文天祥、鄭思肖等人身上，直到修習「南宋遺民詩歌」的課程，接觸到了不少遺民可歌可泣的事蹟及其詩歌作品，便開始對這一個龐大的遺民群體投以關注的眼光。身為宋朝的士人，外在政治環境的改變，足以令他們產生國破家亡的慨嘆，面對由異族統治的現實，他們還須受到民族尊嚴被打擊的苦痛。深受儒家忠君愛國思想影響卻不得不承受生命最大的變遷，他們如何徘徊仕隱之間？有人決定拒絕新朝徵召，甚至決定與之抗衡到底，當然也有人不願委屈自己的心志，選擇投向藝術或宗教，過著與世無爭的生活。如此的生命抉擇，使他們可能面臨的可能是經濟的困頓，或是內心的憤懣惆悵。於是在由宋到元的過渡中，有一群人，即逸民詩人畫家，他們較一般文人又多了一項「畫藝」，藉由畫藝，讓他們的生計獲得些許保障，也讓他們的情感有了宣洩的出口，有些畫作流傳至今，畫上尚有呼應圖像之詩文，再加上畫面外題畫詩的書寫，足以呈現身兼畫家與詩人身份的逸民更完整的思想體系。「士大夫因詩而知畫，因畫以知詩」，〔註17〕作者（畫者）自我實現的歷程與對生命深刻的反思，藉著結合詩畫的「題畫詩」，有了更立體具象的表現形式。

　　宋元之際的詩歌作品可以呈現從宋到元詩風的過渡，逸民畫家的畫作則從依存王室的院體畫轉向看似不涉政治又充滿象徵的畫風，開啟元代文人畫興盛的榮景。而從研究逸民畫家的題畫詩的過程中，除了可理解他們藉詩畫所欲表達的意旨，更可為宋元之際這些逸民詩畫家留下他們讓世人讚嘆的身影。

〔註17〕〔宋〕孫紹遠，《聲畫集·序》（臺北：臺灣商務印書館，2001年《四庫全書珍本第八集》），頁3。

第二節　研究範圍與前人研究成果

一、研究範圍

　　由於近來已有不少學者研究宋遺民這個群體，或從他們的詩、詞、文的作品中著手。本論文將聚焦於兼具畫家與詩人身分的宋元之際「逸民」身上。筆者選定了具代表性的四人：鄭思肖、馬臻（1254～？）、龔開（1222～1307）、錢選（1239～1301），他們皆以詩畫著稱，在生平事蹟與傳世的詩與畫都呈現了與時代密切相關的律動，而這四人的題畫詩更是隱于畫事的逸民「詩畫合一」的具體內容。本論文所選四位逸民畫家，強烈表現思宋之情的，莫過於寫畫「露根蘭」的鄭思肖，而第二位畫家馬臻正是截然不同的對照，自其詩：〈述懷五十韻〉〔註18〕來看，他的確是因改朝換代的政治因素隱逸入道。成爲道士後，他雖有朝覲朝廷之舉，但並未藉此獲得官爵封賞，反而自此以後，他更確定遠離與政治關係密切的道秩晉階，走向全然的隱士之路。龔開、錢選則是選擇遠離仕途，以畫事作爲職業，龔開創出「瘦馬」、「墨鬼」等怪奇藝術風格，錢選則拒絕元廷徵召入仕，潛心於山水、花鳥蔬果、人物、歷史故實的各類畫科中。雖然他們兩人終究在晚年於畫上題上元朝年號，表示對現實的接納與順服，但他們曾在詩畫中所呈現懷想故國的「遺民」意識，仍是值得探討的課題。

　　本論文將以四章研究這四位逸民畫家題畫詩：首先是鄭思肖。鄭氏作有《一百二十人物圖詩》，由於此圖詩分量達一百二十首且具系統，故與鄭思肖其他題畫詩分別論述。馬臻因其身爲道士的特殊身份，頗能顯現當代道教盛行的文化背景，加上他的著作《霞外詩集》保存完整，百首以上的題畫詩作亦足以獨立一章予以探析。錢選、龔開則是每提及元初畫家時，和鄭思肖並列「遺民畫家」的重

〔註18〕〔元〕馬臻，《霞外詩集》，（臺北：臺灣商務印書館，1983年《景印文淵閣四庫全書》），卷5，頁1204～102。

要人物，〔註19〕這兩人的題畫詩也因此頗具代表性，故各自獨立一章探析。最後結論則將這四人題畫詩，根據其所顯示出的詩畫風貌綜合論述，再從他們題畫詩的意象題材及思想內容加以探討，並論析其題畫詩所呈現的價值與影響，期能呈現逸民畫家書寫題畫詩的完整內涵。另外尚有另一畫家溫日觀，歷來有「詩書畫」三絕的稱號，應也可與這四人並列，但可惜題畫詩作品流傳太少，無法有更深入的探討，故僅將其極具特色「墨葡萄」詩畫，成為綜論逸民題畫詩以蔬果花卉呈現的主題之一。

二、前人研究成果

　　由於「宋元之際逸民畫家題畫詩」的主題是屬於跨領域學科研究，故牽涉範圍可分三部份：一是研究宋逸民（遺民）詩歌，此類有專書、有論文，依其出版年序依次為：潘玲玲《南宋遺民詩研究》、〔註20〕方勇《南宋遺民詩人群體研究》、周全《宋遺民志節與文學之研究》、王師次澄《宋元逸民詩論叢》、〔註21〕于泓枚《宋明遺民詩歌創作心理比較研究》、〔註22〕朱明玥《南宋遺民詩人詩作研究》，〔註23〕這些研究在探討「逸民」定義及身分認定以及在宋元之際逸民詩表現的內容思

〔註19〕如高居翰（James Cahill）著，宋偉航等初譯，〈第一章 元代繪畫的肇始・第一節 遺民〉《隔江山色——元代繪畫（1279～1368）》（臺北：石頭出版社，1994年）與高木森著，潘耀昌、章利國、陳平譯，〈第一節 冷逸的文人畫——論元初遺民畫家的復古主義與個人主義〉《元氣淋漓——元畫思想探微》（臺北：東大出版，三民總經銷，1998年），皆將鄭思肖、龔開、錢選並列「遺民畫家」。余輝，〈遺民意識與南宋遺民繪畫〉，《畫史解疑》則除了上述三人，將馬臻也列入「遺民畫家」。

〔註20〕潘玲玲，《南宋遺民詩研究》（臺北：政治大學中國文學研究所碩士論文），1985年。

〔註21〕王師次澄，《宋元逸民詩論叢》（臺北：大安出版社，2001年）

〔註22〕于泓枚，《宋明遺民詩歌創作心理比較研究》（浙江師範大學碩士論文），2004年。

〔註23〕朱明玥，《南宋遺民詩人詩作研究》（上海師範大學碩士論文），2007年。

想與風格演變上極具參考價值。

再來是元畫家研究（在政治時局上，畢竟已由宋入元，故宋元之際逸民畫家在畫史上通常入於元代畫家行列中），主要有兩本：高居翰（James Cahill）著、夏春梅譯《隔江山色──元代繪畫（1279～1368）》與高木森《元氣淋漓──元畫思想探微》。兩書主要爲元代畫史，其中鄭思肖、龔開、錢選被指爲宋遺民畫家，但是所佔篇幅並不多。劉中玉的《元代江南畫風變革研究》則是從遺民畫家開始探討元朝江南畫風，其中涵括了本論文主要論述畫家。〔註24〕而與本論文研究最相近的是余輝所作的〈遺民意識與南宋遺民繪畫〉，此爲單篇論文，作者將其認定的南宋遺民畫家作品、生平事蹟作概略性的介紹，本論文四位畫家皆列於其中。

最後則是有關題畫詩的研究：成杰《詩含畫境畫滿詩情──古代題畫詩研究》廣泛論及「題畫詩」的內涵。〔註25〕以及有關宋代題畫詩的探析著作：李栖《題畫詩散論》〔註26〕與《兩宋題畫詩論》〔註27〕、黃玲《北宋題畫詩研究》、〔註28〕鐘巧靈《宋代題山水畫詩研究》，〔註29〕皆是以題畫詩開始興盛的宋代著手研究。另有華文玉的《元代題畫詩文研究》研究元代題畫詩。〔註30〕綜合各家所述，從宋到元的題畫詩，有了更完整的系統沿革。

除了根據整體「逸民題畫詩」的研究之外，個別畫家部份，亦有可供參考的研究資料：鄭思肖主要參考書爲《鄭思肖集》，〔註31〕

〔註24〕劉中玉，《元代江南畫風變革研究》（南京大學碩士論文），2004 年
〔註25〕成杰，《詩含畫境畫滿詩情──古代題畫詩研究》（中南民族大學碩士論文），2004 年。
〔註26〕李栖，《題畫詩散論》（臺北：華正書局，1993 年）。
〔註27〕李栖，《兩宋題畫詩論》（臺北：華正書局，1994 年）。
〔註28〕黃玲，《北宋題畫詩研究》（南京大學碩士論文），2003 年。
〔註29〕鐘巧靈，《宋代題山水畫詩研究》（揚州大學博士論文），2006 年。
〔註30〕華文玉，《元代題畫詩文研究》（上海大學碩士論文），2005 年。
〔註31〕〔宋〕鄭思肖著，陳福康點校，《鄭思肖集》（上海：上海古籍出版社，1991 年）。

此書不算研究，但因資料收集齊全，且其中又有點校者陳福康對《心史》的眞僞論辯以及關於鄭思肖生平闡述，極具參考價值。以及楊麗圭《鄭思肖研究及其詩箋註》，〔註32〕但是此論文詩歌箋注僅針對《心史》而作，「題畫詩」的部份則不受關注。

　　錢選則研究者較多，不過中國大陸「錢選研究」主要在論述其繪畫藝術，皆是碩士論文：饒薇《錢選與錢選的「戾家畫」說》、〔註33〕王牧春《錢選的藝術研究與思考》、〔註34〕宋力《青山夕照》。〔註35〕而台灣學者研究錢選較周全且以其題畫詩爲主要內容的是鄭文惠，他曾在《中國巨匠美術週刊80──錢選》介紹錢選畫與詩，並有單篇論文：〈遺民的生命圖像與文化鄉愁 錢選詩/畫互文修辭的時空結構與對話主題〉。〔註36〕另有姜映荷《錢選人物鞍馬畫與山水畫復古問題研究》，〔註37〕此論文關注焦點明確，雖是藝術史論文，題畫詩部份亦多所著墨。

　　相對於錢選，龔開只有單篇論文，亦即袁世碩、日・阿部晉一郎〈解識龔開〉，對龔開其人做陳述，詩、畫也只是認識龔開的一部份內容。〔註38〕而馬臻有著作《霞外詩集》，他是論及遺民時會順帶提到的畫家，基本上，關於馬臻詩作於歷來學術研究上，尚付之闕如。

　　而將逸民、畫家、題畫詩這三方面結合的研究並未出現，令由宋至元的題畫詩沿革有一段空白闕漏。此論文研究因此可補由宋入元逸民畫家處境與當時逸民詩畫創作狀況的不足之處，並可與逸民

〔註32〕楊麗圭，《鄭思肖研究及其詩箋註》（臺北：中國文化學院中文研究所碩士論文），1977年。

〔註33〕饒薇，《錢選與錢選的「戾家畫」說》（南京藝術學院碩士論文），2006年。

〔註34〕王牧春，《錢選的藝術研究與思考》，（上海大學碩士論文），2005年。

〔註35〕宋力，《青山夕照》（南京藝術學院碩士論文），2002年。

〔註36〕鄭文惠，〈遺民的生命圖像與文化鄉愁 錢選詩/畫互文修辭的時空結構與對話主題〉，《政大中文學報》第6期（2006年），頁147～181。

〔註37〕姜映荷《錢選人物鞍馬畫與山水畫復古問題研究》（臺北：臺北藝術大學美術史研究所中國美術史組碩士論文），2004年。

〔註38〕袁世碩、〔日〕阿部晉一郎，〈解識龔開〉，《文學遺產》（2003年5月）

詩歌題材意象、思想內容作全盤考量。

　　本論文以上述四家的題畫詩為主要論述依據。鄭思肖詩以《鄭思肖集》為主要參考版本，馬臻詩則取材自四庫本《霞外詩集》，而龔開詩取材自《宋遺民錄》，錢選則除《元詩選二集》外，選材來自各處著錄，〔註39〕盡筆者所能蒐集齊全。

第三節　題畫詩的意義與演進

一、題畫詩意義界定與內涵

　　題畫詩是中國詩歌史上一道瑰麗的風景，畫上題詩又是中國古代繪畫的一大特點。從形式上說，題畫詩是詩歌與繪畫兩種不同藝術結合的直接體現；從內容上講，題畫詩援畫入詩，以詩眼觀照繪畫，因此又是詩人與畫家兩種不同藝術主體結合的外在表現。故凡論題畫詩者，必多言及中國詩與中國畫的交融與結合。又有稱題畫詩為有聲畫者，如南宋孫紹遠（生卒年不詳）作《聲畫集》：「用有聲畫，無聲詩之意也。」〔註40〕此書收錄的是唐宋孝宗淳熙（1174～1189）前題畫、觀畫之詩，為中國第一部題畫詩選集。題畫詩與文人畫因此有密切的關係。文人畫泛指中國社會中文人、士大夫用以自娛遣興，抒懷見志，展現內心世界的繪畫，以別於宮廷繪畫和民間繪畫。作者多屬具有較深厚、較全面的文化修養的文人士大夫。唐代王維即以體現著他的藝術觀念和審美情趣的水墨畫，使「詩中有畫，畫中有詩」，因此具有鮮明的文人畫特色。

　　接著題畫詩的得名源於詩題。如杜甫（712～770）詩歌中有〈題壁畫馬歌〉（一作〈題壁上韋偃畫歌〉）、〔註41〕〈戲題畫山水圖歌〉、

〔註39〕如《書畫題跋記‧續題跋記》、《佩文齋書畫譜》、《式古堂書畫彙考》等書畫譜書籍。
〔註40〕〔宋〕孫紹遠，〈原序〉，《聲畫集》，頁3。
〔註41〕〔唐〕杜甫，〔清〕聖祖，《御定全唐詩》（臺北：臺灣商務印書館，1986年），卷219，頁1425～44。

〔註 42〕〈題李尊師松樹障子歌〉〔註 43〕等，直接以「題……畫（圖）」爲詩名，又〈姜楚公畫角鷹歌〉、〔註 44〕〈畫鶻行〉（一作〈畫雕〉）、〔註 45〕〈奉先劉少府新畫山水障歌〉、〔註 46〕〈戲爲雙松圖歌〉〔註 47〕等，詩題中直接出現「畫」、「圖」等字眼，故沈德潛（1677～1769）言：「唐以前未見題畫詩，開此體者，老杜也。」〔註 48〕明胡應麟（1551～1602）《詩藪》中言：「題畫自杜諸篇外，唐無繼者。」應由詩題得此結論，〔註 49〕而且將此體限定於五、七言、近體、古體等最常見的詩歌體裁中。

　　誠如宋代孫紹遠所言，題畫詩是「爲畫而作」，〔註 50〕就這一點而言，歷來的研究者均無疑義，並以此爲基點，研究題畫詩者，但就如何爲畫而作、爲畫而作的方式問題引發了關於題畫詩界定的分歧。〔註 51〕

　　首先是提出「題跋文學」一詞的日本學者青木正兒（1887～1964），他認爲中國題畫文學自其演變之過程來看，大別可分爲畫贊、題畫詩、題畫記、畫跋四類。前二類屬於韻文，後二者則爲散文。畫贊以題在畫像上面的『像贊』爲主，還包括其他形式相類似的文字，以四言的韻文寫成。題畫詩則爲一般畫幅上面所題的五言、

〔註 42〕《御定全唐詩》，卷 219，頁 1425～44。
〔註 43〕《御定全唐詩》，卷 219，頁 1425～44。
〔註 44〕《御定全唐詩》，卷 220，頁 1425～52。
〔註 45〕《御定全唐詩》，卷 217，頁 1425～26。
〔註 46〕《御定全唐詩》，卷 216，頁 1425～13。
〔註 47〕《御定全唐詩》，卷 219，頁 1425～45。
〔註 48〕〔清〕沈德潛，《說詩晬語》（上海：上海古籍出版社，2002 年《續修四庫全書・集部・詩文評類》），卷下，頁 19。
〔註 49〕〔清〕沈德潛，《說詩晬語》又言杜甫題畫詩：「其法全不粘畫上發論。如題畫馬畫鷹，必說到眞馬眞鷹，複從眞馬眞鷹發出議論。」可見他並不以就畫而論、就畫而發爲題畫詩的標準。
〔註 50〕〔宋〕孫紹遠，〈原序〉，《聲畫集》，頁 3。
〔註 51〕題畫詩研究者皆遵循著詩歌是否是因爲圖畫而作的原則研究題畫詩，在所見到的文獻中尚無例外。

七言、近、古各種體裁的詩歌，我們爲了方便討論起見，詞、賦之類的題畫作品也歸屬這一類。」他將辭賦歸於題畫詩，而「畫贊」另成一類，與題畫詩不同。又言：「老杜的（題畫詩）作品很明顯的雜進了主觀的議論，後人的題畫詩也概略如此。反觀魏晉間的畫贊，人物『讚』以敘事爲主，物品『讚』則爲詠物，其寫法皆爲客觀描述」、「畫贊所用的客觀敘述，其敘述不過爲了說明，縱然其中也有讚美的文字，但其讚美也僅止於畫中人物的美德而已。可是到題畫詩，不僅有說明文字，更加進了議論，又往往讚美或評論畫者的藝術成就」，故有「本質上相異處」。〔註52〕他從兩方面考察題畫詩如何「爲畫而作」：一、題詩要在畫幅上，顯然不包括畫幅外的詠畫詩。二、題畫詩要有詩人的主觀議論，純客觀描寫的詩不可謂之題畫詩。此段說法略爲狹隘。

又李栖《兩宋題畫詩論》認爲：「題畫詩是題畫文學的一支，題畫詩是爲畫而作的詩，雖不一定題在畫面上，但它的內容必須與畫有關係，或詠畫、或抒情、或記事或說理，可以任由詩人依時、依地、依人而盡情發揮。雖然如此，詩人的思維仍不得不以畫爲中心，作環繞盤旋，其詩至少要有一兩句點出與畫相依之處。因而它的存在，固然讀者可以當作詩來獨立欣賞，不一定非要見到畫不可，但它在創作的動機與過程上，卻非依賴畫的存在不可。」〔註53〕並以此認定題畫詩的六大要素：文體必須是詩。創作的時間必須在畫之後。創作的動機必須是作者先見到畫，並由畫引發。創作的過程必須時刻不離畫。創作的內容必須或多或少關係到畫。創作的結果是與畫並存。李栖不以是否在畫上界定題畫詩，擴大了題畫詩的範圍，且格外地強調了題畫詩的一個關鍵要素：題畫詩的內容必須關乎圖畫。

周積寅則言：「在中國畫的空白處，往往由畫家本人或他人題上

〔註52〕〔日〕青木正兒作，魏仲祐譯，〈題畫文學及其發展〉，《中國文化月刊》期9（1970年7月），頁76～92。
〔註53〕李栖，《兩宋題畫詩論》，頁3～4。

一首詩。詩的內容或表現作者的情感，或談論藝術的見地，或詠歎畫面的意境，誠如清方薰《山靜居畫論》所云：『高情逸思，畫之不足，題以發之。』這種題在畫上的詩就叫題畫詩，是繪畫章法的一部分。它通過書法表現到繪畫中，使詩、書、畫三者的美極爲巧妙地結合起來，並相互映發，豐富多姿，增強了作品的形式美感，構成了中國畫的藝術特色。當然，宋以前許多讚美繪畫或對繪畫有感而發的詩歌，並不題在畫上，從廣義上講也是題畫詩。」〔註54〕則先將題畫詩視爲構圖的一部分，再將因畫而生的詩歌視爲廣義的題畫詩。

　　本文融合上述說法，爲題畫詩做了如下定義：題畫詩，因畫而題的詩。既指直接題寫於畫面上的配畫詩，也包括題寫於畫面外的詠畫詩，兩者皆包括自題或題他人畫作之詩。詩人既可能是繪畫的創作者，也可能是單純的賞畫者。題畫詩與否可由詩題判定，而內容以畫爲立意來源，或記事描景，或鑑賞評騭，或寄興抒感，或諷喻議論，皆依詩人感思決定。

　　題畫詩，既是因畫而題的詩，它必須同時具備兩個條件：一、體裁是詩歌；二、創作的動機由圖畫引起。歷來題畫詩研究中爭論的焦點問題：中國現存最早的題畫詩是何詩，杜甫是否爲題畫詩的開創者等等，皆源於對以上題畫詩這兩個條件的不同認識與理解。明確其內涵，關於題畫詩研究的許多問題便迎刃而解，亦爲進一步研究題畫詩提供前提條件。

　　首先，題畫詩是詩歌。詩歌屬於韻文。我們最常看到的古代詩歌按體裁分爲五言、七言、古體、近體：律詩、絕句等。其他韻文，如四言的頌、贊、銘等是否可以統稱爲詩歌？據劉勰（約465～？）《文心雕龍》、蕭統（501～531）《文選》以及近現代學者的文體分類，或有將其與詩歌歸於一類者，〔註55〕但總體上多是分別而論。

〔註54〕周積寅，史金城，《中國歷代題畫詩選注・前言》（杭州：西泠印社，
　　　　1985年），頁1。
〔註55〕如《文選》分文體爲38類，但贊、頌等不屬於詩等，合爲「辭賦」

歷代的詩文合集多將其與詩歌分別錄輯，詩歌選集、總集多不錄贊、頌體。〔註56〕實際上，贊、頌皆可謂之詩體。蕭統〈文選序〉：「美終則誄發，圖像則讚興。」〔註57〕「頌」也是一種以讚美盛德為主的文體，與贊旨意相同，亦為四字韻文。《毛詩序》云：「頌者，美盛德之形容，以其成功告於神明者也。」〔註58〕孔穎達（574～648）《正義》言：「頌者，美詩之名。」〔註59〕晉摯虞（生卒年不詳）《文章流別論》云：「頌，詩之美者也。」〔註60〕

　　本論文所收題畫詩歌以近體（絕句、律詩）、古體（五言、七言、雜言）為主，只有兩首四言贊體：鄭思肖蘭畫所題一首，可在研究鄭思肖畫蘭詩作時作為佐證。錢選〈題碩鼠圖〉一首，此贊詩頗具諷刺意味，仍值得探討。由於數量不多，因此爭議有限，故本論文仍以一般對詩歌的認定為題畫詩研究文本。

二、題畫詩的發展與演進

　　關於題畫詩的起源，最早談到這個問題的是清人沈德潛（1673～1769），他在《說詩晬語》中說：「唐以前未見題畫詩，開此體者老杜也。」〔註61〕而王士禎（1634～1711）〈蠶尾文〉亦有類似看法：

　　　　六朝以來，題畫詩絕罕見。盛唐如李太白輩，間一為之，拙劣不工……杜子美始創為畫松、畫馬、畫鷹、畫山水諸

　　　　一類，稱為「著作之有韻者」。
〔註56〕如《先秦漢魏晉南北朝詩》、《御定全唐詩》、《元詩選》。
〔註57〕〔南朝梁〕蕭統編，〔唐〕李善注，〈文選原序〉，《文選註》（臺北：臺灣商務印書館，1986年《景印文淵閣四庫全書》：488～490），頁1329～3。
〔註58〕〔清〕阮元校勘，〈周南‧關雎〉，《十三經注疏‧詩經》，卷1之1，頁18。
〔註59〕〔清〕阮元校勘，〈周南‧關雎〉，《十三經注疏‧詩經》，卷1之1，頁19。
〔註60〕〔唐〕歐陽詢撰，汪紹楹校，《藝文類聚》（臺北：臺灣商務印書館，1983年《景印文淵閣四庫全書》：888），卷56，頁888～318。
〔註61〕〔清〕沈德潛，《說詩晬語》，卷下，頁19。

　　大篇，搜奇抉奧，補筆造化。嗣是蘇黃二公，極妍盡態，

　　物無遁形……子美創始之功偉矣。〔註62〕

此說以杜甫爲題畫詩創始者，或有疑問，其實在杜甫之前已有多人寫
過題畫詩，但因其戮力於各種畫題內容，而且題畫之作「搜奇抉奧，
補筆造化」，深刻地將繪畫的藝術效果描述出來了；但如果著眼於題
畫詩這種藝術形式的成熟及作者在詩史上的地位和影響來講，題畫詩
的確是到杜甫手裏才變得更加完善。

　　成杰在《詩含畫境畫滿詩情 —— 古代題畫詩研究》探討題畫詩
起源，對屈原〈天問〉、陶淵明〈讀山海經〉詩十三首的說法提出駁
議，而最後所下結論：

　　在筆者看來，我國最早出現的真正意義上的題畫詩是北周
　　詩人庾信的〈詠畫屏風詩〉二十四首……但欠氣韻生動，
　　還未能具備以後杜甫題畫詩中那種生動的氣韻。……雖然
　　最早的題畫詩出現於六朝，但這一時期卻少有其他的題畫
　　詩作品，直至唐代以前許多詩作都只能說是題畫詩這一藝
　　術形式的萌芽。〔註63〕

這種說法是可被認同的。因爲在唐人的詩文集中可以看見許多題畫的
作品，尤其是杜甫的題畫詩最爲豐富。沈德潛認爲：「杜甫其法全在
不粘畫上發論，如題畫馬、畫鷹必說到真馬、真鷹複從真馬、真鷹開
出議論。後人可以爲式。又如題畫山水，有地名可按者，必寫出登臨
憑弔之意；題畫人物有事實可拈者，必發出知人論世之意。本老杜法
推廣之才是作手。」〔註64〕因此杜甫是讓題畫詩真正成爲一種體裁並
且得到發展。

　　第一部收集題畫詩的專書是南宋孫紹遠編選的《聲畫集》，其中
有唐詩人十七人，詩四五題四七首；宋詩人八四人，詩五五〇題七五

〔註62〕〔清〕王士禎，〈蠶尾文・跋聲畫集〉，《帶經堂集》（上海：上海古
　　　　籍出版社，2002 年《續修四庫全書・集部・別集類》），卷 8，頁 696。
〔註63〕成杰，《詩含畫境畫滿詩情 —— 古代題畫詩研究》頁 13～14。
〔註64〕〔清〕沈德潛，《說詩晬語》，卷下，頁 19。

七首。〔註65〕從數量與題畫詩足以成爲編輯方向來看，可見由唐到宋題畫詩的逐漸勃興。

宋代畫壇還有一個非常令人關注的現象便是文人畫的興起。明末董其昌（1555～1636）在《畫禪室隨筆》裏說：「文人之畫自王右丞始。」〔註66〕這一說法已爲人們所認同。但文人畫風眞正形成規模並對畫壇產生巨大影響卻要歸功於北宋蘇軾（1037～1101）、文同（1018～1079）等文人的大力提倡。這種繪畫是古代文人以其餘力留意畫筆，業餘創作的。此時文人繪畫的目的是遊戲情懷，並非像以前的繪畫那樣以政教鑒戒爲目的，他們創作的意圖如蘇軾所言：「文以達吾心，畫以適吾意而已。」〔註67〕通過作畫，他們覓得了筆情墨趣中所隱含的深層意趣，獲得了內在情懷的愉悅，比院體畫〔註68〕多了一種生氣和韻味。據統計，蘇東坡一生創作的題畫詩有一百零五首，〔註69〕其中就有許多是直接題在文人畫上的，雖然沒有見到實物，但通過他的詩可以推斷。他有一首詩題爲：〈題文與可墨竹並敍〉，〔註70〕序中有言：「故人文與可爲道師王執中作墨竹，且謂執中勿使他人書字，待蘇子瞻來，令作詩其側。與可既歿，八年而軾始還朝，見之，乃賦一首。」「作詩其側」說明文與可（1018～1079）活著的時候就在畫上留下一塊空白讓蘇軾題詩，因爲蘇軾乃繪畫行家，他題的詩最能傳達出文與可的畫中深意。詩之能爲畫點睛，蘇軾堪稱最早的文人畫題詩專家。

〔註65〕李栖，〈宋題畫詩主要專書──《聲畫集》與《御定歷代題畫詩類》評析〉，《兩宋題畫詩論》，頁329。

〔註66〕〔明〕董其昌著，屠有祥校注，《畫禪室隨筆》（南京：江蘇教育出版社，2005年），頁151。

〔註67〕〔宋〕蘇軾，〈書朱象先畫後〉，《東坡全集》（臺北：世界書局，1986年《景印摛藻堂四庫全書薈要·集部·別集類》），卷93，頁14。

〔註68〕所謂的「院體畫」是指宮廷畫院的御用畫家所作之畫，這些院體畫講求形似，工筆寫實，細膩工整，富麗堂皇。

〔註69〕陶文鵬，《唐宋詩美學與藝術論》（南開大學出版社，2003年），頁204。

〔註70〕〔宋〕蘇軾，〈題文與可墨竹並敍〉，《東坡全集》，卷16，頁11。

　　不過到目前所見實物，第一首題在畫面上的詩是宋徽宗趙佶
（1082～1135）在《芙蓉錦雞圖》〔註71〕上所題的一首五言絕句，
而這是一幅院體畫。宋中興館閣儲藏載宋徽宗御題畫三十一軸，其
中前八幅花鳥是在自己的畫上題詩，後二十三幅是在別人的畫上題
字。〔註72〕題畫詩發展到此時，終於和繪畫在形式上結合在一起了。

　　儘管宋代的題畫詩已具一定規模，但直接題在畫上的詩，至少從
實物來看還不是很多，畫上題詩還不能稱為一種風氣，像宋徽宗那樣
題畫的只屬少數，畫上題詩成為一種時尚是從元代開始的。且舉元代
吳師道（1283～1344）一首絕句以見一斑：〈題玉澗禪師山水〉云：「玉
澗詩多畫上題，如何此畫不題詩？依稀樹石皆遊戲，一筆全無卻更
奇。」〔註73〕詩人以此畫無詩為奇並補題以臻完美。元代畫上題詩風
靡一時，數量之多令前代望塵莫及。元四家中的倪瓚（1301～1374）
幾乎沒有一幅畫不寫上題識。明沈顥（1586～1661後）《畫塵》說：
「迂瓚字法遒逸，或詩尾用跋，或後系詩，隨意成致。」〔註74〕畫必
有題詩就成為倪畫的特徵。其他像著名的大畫家黃公望（1269～
1354）、吳鎮（1280～1354）還有王惲（1227～1304）、柯九思（1290
～1343）等都寫了相當多品質高的題畫詩，有些文人像劉因（1249
～1293）、虞集（1272～1348）等都把題畫詩作為自己詩歌創作的重
要部分。這種畫上題詩的風氣絕非驟然轉變，介於南宋至元四家之間
的文人畫家，定已創作成風了。

　　綜觀中國的題畫詩，概括的可以這樣認為：題畫詩經歷了一千多
年的歷史，從漢魏六朝的醞釀產生，到唐代正式形成，經過宋代的興
盛，才能到元的發展定制。

〔註71〕　絹本・設色，81.5 x 53.6 公分，故宮博物院，北京，中國。
〔註72〕　〔清〕孫岳頒等奉敕撰，〈歷代鑒藏七〉，《佩文齋書畫譜》（臺北：
　　　　　臺灣商務印書館，1983年），卷97，頁823～329。
〔註73〕　〔元〕吳師道著，《禮部集》（臺北：臺灣商務印書館，1983年《景
　　　　　印文淵閣四庫全書》），卷9，頁1212～89。
〔註74〕　〔明〕沈顥著，《畫塵》（臺北：新文豐出版社，1989年《叢書集成
　　　　　續編・藝術類》據昭代叢書本影印）辛集，卷35，頁123。

第四節　宋末詩風

　　自宋室南渡之後，文學史隨著政治的分期也略有了劃分。若將南宋詩壇分前後期，應以「永嘉四靈」的出現作爲分界。南宋前期仍受江西詩派影響甚深，後來有以江西詩法入門的「中興四大家」開創新局，惜無後繼者，且反對江西詩法的「永嘉四靈」出現，也影響了南宋後期「江湖詩派」以及無法因政權移轉而在詩歌風格上斷然分割的宋元之際遺民與逸民詩風，概述如下：

一、江西末流、永嘉四靈、江湖詩派

　　北宋季，江西派詩人稟承黃庭堅（1045～1105）的詩法，重視學力修養，講究「點鐵成金」，詩歌的語言和意境在借鑒前人藝術經驗的基礎上推陳出新，即字字有來歷，又具有陌生化的審美效應，成爲跨越兩宋影響最大的詩歌流派。在靖康之難前後出生的陸游（1125～1210）、楊萬里（1127～1206）、范成大（1126～1193）和尤袤（1127～1194）等「中興四大家」〔註75〕崛起詩壇後，宋詩又呈現出新的氣象。他們早年都是從江西詩法入門，最終又從題材、風格和藝術表現手法等角度超越了江西派的詩風，改變了數十年間詩壇上江西詩派獨領風騷的格局。

　　在中興四大家即將退出詩壇之際，在永嘉（今浙江溫州）地區出現了四位元名字中都帶有「靈」字而並稱爲「四靈」的詩人：徐照（？～1211）字靈暉、徐璣（1162～1214）字靈淵、趙師秀（1170～1220）字靈秀、翁卷（生卒年不詳）字靈舒。四靈的學力才氣都不足以繼中興四大家之盛，既想另闢蹊徑，又不滿於江西末流「資書以爲詩」，於是「捐書以爲詩」，回歸晚唐，專工五律，實際上又滑入了宋初「晚唐體」的軌道。但由於他們受到當時著名的理學家葉適（1150～1223）的揄揚，而名著一時，詩壇上趨之若鶩，劉克

〔註75〕〔元〕方回〈跋遂初尤尚書詩〉，《桐江集》（臺北：新文豐出版社，1996年《叢書集成三編》：47），卷3，頁507。

莊（1187～1269）說是：「舊止四人爲律體，今通天下話頭行。」〔註
76〕整個詩風也爲之一變，並直接影響到稍後的江湖詩派。《四庫全
書總目》在〈雲泉詩提要〉中，從宋詩變化的角度對四靈作過切實
的評價：「宋承五代之後，其詩數變。一變而西昆，再變而元祐，三
變而江西。江西一派，由北宋以逮南宋，其行最久，久而弊生，於
是永嘉一派以晚唐體矯之，而四靈出焉。然四靈名爲晚唐，其所宗
實止姚合一家，所謂武功體者是也。其法以清切爲宗，而寫景細瑣，
邊幅太狹，遂爲宋末江湖之濫觴。」〔註77〕

　　繼四靈而起的是江湖詩派。江湖詩派大多是未曾仕宦而以詩文
行謁爲生的江湖遊士，其中也有些官場失意之士，如劉克莊（1187
～1269）等人。他們本是一個鬆散的創作群體，各人的身份不盡相
同，也沒有像江西詩派那樣公認的宗主，只是因爲當時臨安的書商
陳起（生卒年不詳）把他們的詩合刻爲《江湖集》，才被稱爲江湖詩
派。其中著名的有戴復古（1167～1248）、劉克莊等人。江湖詩派近
學四靈，遠宗晚唐，詩歌的境界比四靈詩要寬闊，工於白描，詩風
也比較清麗。由於他們在經濟上缺乏獨立性，維持生存成爲他們人
生的主要目的，因而他們比較注重個體實際的利益，相當一部分詩
人的社會責任感比較淡漠，追求人格的自我完善和人品的清高獨立
的觀念也比較淡薄。江湖詩人也許格調不高，但他們畢竟開展了一
些詩歌的可能性，仍有其時代價值，至少他們是多角度地展現了宋
末知識份子這一人格心態變化的歷程。

　　南宋後期的詩歌可以說是越過江西詩派重走晚唐和宋初詩人的
道路，這固然也體現出詩風的嬗變，但畢竟缺乏獨創性。然而在宋元

〔註76〕〔宋〕劉克莊，〈題蔡炷主簿詩卷〉，《後村先生大全集》（臺北：臺
　　　　灣商務印書館，1979 年），卷 16，頁 140。
〔註77〕〔清〕永瑢等撰，〈雲泉詩提要〉，《四庫全書總目》（北京：中華書
　　　　局出版：新華書店北京發行所發行，1965 年（1992 年 5 刷）以浙
　　　　江杭州本爲影印底本，參用武英殿本及廣東本相校，作校記附後），
　　　　卷 165，頁 5。

易代之際，文天祥及謝翱（1249～1295）、林景熙（1242～1310）、汪元量（1241～約 1317）等遺民詩人激昂慷慨的悲歌出現，打破了宋末詩壇相對冷清的格局，為宋詩增添了最後一道光輝！〔註78〕

二、江湖詩派、宋遺民詩、逸民畫家題畫詩

遺民詩派在宋元兩代詩風轉換中起了重要的作用。當「晚唐體」充斥宋季詩壇，成為當時江湖派詩人創作的主流傾向。「宋派亦淪墜，紛紛師晚唐」〔註79〕頗為形象地描繪出當時詩壇風氣。

王師次澄對江湖詩派對宋遺民詩人的影響提出深闢的見解：

詩評家及文學史對宋遺民詩歌均給予極高的評價，但多讚其內容，而對其藝術風格則略而不論。……其實遺民身處於江湖詩風盛行的時代，如何能完全超脫而不受其影響？況且文風的遞嬗，都有其過渡期，不可能一日驟變。筆者以為宋遺民詩所不同於江湖者，在於內容，而非藝術技巧，遺民詩風仍深染江湖習氣。〔註80〕

並且更進一步說明：

遺民詩人雖遭逢事變，但仍無法超脫江湖、四靈和江西詩派的影響力。詩才高者則取徑南宋四大家及李杜，才學低者則依傍江湖。因此遺民詩歌所呈現的風貌不一，而且水

〔註78〕此小節敘述參考曾毅，〈第四編 近古文學·第二十章 南渡後之詩〉，《中國文學史下冊》（臺北：文史哲出版社，1977 年）、嵇哲，〈第十六章 宋詩之宗派·（二）宋詩之轉變〉，《中國詩詞演進史》（臺北：莊嚴出版社，1978 年）、王忠林、邱燮友等，〈第五編 宋代文學·第三章 南宋的詩〉，《增訂中國文學史初稿》（臺北：福記文化圖書有限公司，1985 年）、劉大杰，〈第二十章 宋代的詩〉，《校訂本中國文學發展史》（臺北：華正書局，1991 年）、張毅，〈第六章 南宋後期的文學思想〉，《宋代文學思想史》（北京：中華書局，1995 年）、王師次澄，〈宋遺民詩風與江湖詩風——以連文鳳及方鳳詩作為例〉，《宋元逸民詩論叢》等書。

〔註79〕〔宋〕王柏，〈夜觀野舟浩歌有感〉，《魯齋集》（臺北：臺灣商務印書館，1986 年《景印文淵閣四庫全書·集部》）卷1，頁 1186～9。

〔註80〕王師次澄，〈宋遺民詩風與江湖詩風——以連文鳳及方鳳詩作為例〉，《宋元逸民詩論叢》，頁 2。

平也參差不齊。〔註81〕

就因爲逸民詩人詩風各異、水準不一，所以在探討這些逸民詩人的詩作時，應從他們個別作品加以探析。

劉靜則有更進一步的看法：

> 在規模龐大的江湖詩人謝幕後，遺民群體因時代驟變走上舞台。他們在艱難生存的同時，也對「晚唐體」進行了深刻的反思，還在此基礎上形成種種新變的因素，並借助於詩社活動與詩學授受這兩種方式將反思與新變廣爲傳播，從而扭轉「晚唐體」詩風，確立起新的詩歌發展模式。遺民詩派不僅爲宋代詩壇奏響了最後輝煌的樂章，並且由於它所攜帶的新變因數而成爲架構在宋元兩代詩風轉換中唯一的津梁。對詩歌發展史而言，此點尤爲重要。〔註82〕

其所謂「新的詩歌發展模式」，即超越「晚唐體」、「四靈」的「苦吟」、「浮靡」，確立「宗唐復古」的詩歌淵源。筆者以爲南宋遺民詩歌雖曾浸染四靈、江湖詩風，但在戴表元「宗唐復古」理論的提倡下，這些遺民詩人的作品的確在思想內容與藝術形式上，已極力破除四靈、江湖詩風的影響。在當時遺民群體中頗具影響力且籌組「月泉吟社」的方鳳（1241～1322）在〈仇仁父詩序〉中提及仇遠自稱其詩：「近體吾主于唐，古體吾主于《選》」，並稱許其詩「有《離騷》三致意之餘韻」，〔註83〕可見當代詩人是以具古人筆意自期並認爲「宗唐復古」是足以稱許的藝術追求。

不過當面對元政權正式入主中原，有些逸民詩人在自我身分與文化傳承上，也有不同選擇。而上述對「詩學授受」的說法間接的

〔註81〕王師次澄，〈宋遺民詩風與江湖詩風 —— 以連文鳳及方鳳詩作爲例〉，《宋元逸民詩論叢》，頁8。

〔註82〕劉靜，〈略論宋遺民詩派對宋季「晚唐體」的反思與新變〉，《中南民族大學學報》卷25期2，（2005年3月），頁165。

〔註83〕〔元〕方鳳著，〔清〕張燧輯，〈仇仁父詩序〉，《存雅堂遺稿》（臺北：臺灣商務印書館，1986年《景印文淵閣四庫全書·集部：232》）卷3，頁1189～543。

肯定了轉而從事學官、教諭的遺民身份，並以更大的寬容看待他們
在文化傳承的功能。但因本論文對「逸民」的界定，已將此類人物
除外，範圍更限定在「逸民畫家」上，且因題畫詩是詩與畫的結合，
內容與文人畫內涵較具關聯。而「逸民畫家」從事畫作，以詩歌體
制來講，當題畫於畫上，爲求畫面的完整，雖以「江湖、四靈」所
擅近體較爲合適，但畫外之詩亦多，此時古體詩就更能充分表現畫
家因畫而生的感思，且其人題畫詩風格多樣，山水題畫詩多寫清淡
閒遠隱逸之氣，歌詠詩歌（詠人、詠物、詠史）寫個人議論寄興，
題他人畫作之詩更因畫而有論畫論人的不同……，凡此種種，皆可
見逸民畫家題畫詩研究須自遺民詩派之外，另闢論述空間的必要性。

第二章　鄭思肖題畫詩

　　鄭思肖在宋元之際逸民畫家中，是一位特立獨行者。在有關鄭氏的史傳資料中，他和當時的藝術家與文人幾乎沒有任何詩文互動，鄭思肖特意將自己孤立起來，〔註1〕這種堅持與其他逸民相較，是很不尋常的，因爲其他文人在經過時間變遷，失衡心理或多或少都有些平復，認清事實，而不爲「忠君愛國」的意念束縛終生。但鄭思肖面對朝代鼎革的現狀所表現出來的行爲模式，卻一直是極其激烈的言行。他堅持至死的節烈心志，特別成爲明末遺民的典範，故對鄭氏揄揚者，從明末到清朝至民國，日益增多。

　　鄭思肖存世作品大率可分爲兩部份：其一即《心史》，但因爲《心史》發現於明代末季，發現的過程又幾近神跡，故對《心史》眞僞與否，〔註2〕歷來出現不少爭議，贊成與反對者各執一詞，甚至因其內

〔註1〕「絕交遊、絕著作、絕倡和，漸絕諸絕，以了殘妄爾。」〔宋〕鄭思肖著，陳福康點校，〈所南翁一百二十圖詩集自序〉，《鄭思肖集》，頁203。

〔註2〕《心史》於明末崇禎十一年（1638）發現于蘇州承天寺的一口古井中，裝在一個鐵函中。函內藏書兩卷：一爲作者「一生詩文」，「記宋末亡國事」，皆抒發了對元蒙王朝強烈的反抗與詛咒，意在恢復大宋王朝。一封上書「大宋孤臣鄭思肖百拜封。」。康熙間，徐乾學、閻若璩、全祖望等認爲《心史》爲他人所僞託鄭思肖作。此後，關於此書的眞僞問題一直討論不休，至今尚無定論。

容齮訛異族侵略，清朝官方將其列入禁燬之書。而本篇論文主題：「題畫詩」，在《心史》中所佔份量不多，在約二百五十首首詩作中，屬於題畫詩作品的，僅〈題明皇按樂圖〉、〔註3〕〈墨蘭〉、〔註4〕〈大宋地理圖歌〉、〔註5〕〈題蕭梅初舊所藏錢塘王幾圖〉同題七絕兩首，〔註6〕合計五首。故《心史》的真偽問題對研究鄭思肖題畫詩影響有限，因此在本章及本論文中不予探討。不過屬於《心史》中的詩文，可用來佐證或呼應題畫詩研究內容的部份，則酌與參考。鄭思肖另一部分作品，即《一百二十圖詩集》、《錦錢餘笑》、及《鄭所南先生文集》，均附於傳世思肖父鄭起（1199～1262）所著《清雋集》後，近代則有陳福康點校，上海古籍出版社所出版的《鄭思肖集》，〔註7〕此書除上述詩文之外，並附有後代文人題跋讚詞，以及詩作補遺，可謂已將鄭思肖作品收集齊全，提供研究者十分便利的資料，是故筆者即以此一版本為主，將鄭思肖「題畫詩」整理並予以探析。

　　鄭思肖是著名的畫家，但他的題畫詩作品卻不多，除《一百二十圖詩集》外，經整理另有約十二首題畫詩。〔註8〕本章在鄭氏題畫詩研究分成兩部份：一是《一百二十圖詩集》，此詩集研究者鮮少，加上以眾多人物故事觸發作者創作詩集動機的表現形式，是研究鄭思肖甚而研究「題畫詩」的極佳材料，故將此詩集研究獨立一節，且以較多篇幅予以探析。另一是其他著名的題畫詩，這部份是鄭思肖較廣為人知的題畫作品，筆者亦將其統整並作研析。

〔註3〕《鄭思肖集・中興集二卷》，頁81。

〔註4〕《鄭思肖集・大義集》，頁26。

〔註5〕《鄭思肖集・中興集二卷》，頁85。

〔註6〕《鄭思肖集・中興集二卷》，頁85。

〔註7〕《一百二十圖詩集》、《錦錢餘笑》、《鄭所南先生文集》及《清雋集》均存於《續修四庫全書》（上海：上海古籍出版社，1991年），〔宋〕鄭思肖著，陳福康點校，《鄭思肖集》亦有收錄。由於前書古字甚多，故所引之詩，以《鄭思肖集》為主要參考版本。以下引用作者、出版項略。

〔註8〕鄭氏題畫詩除《一百二十圖詩集》，另外共得七絕八首、七律一首、〈寒菊〉兩句七言詩、〈題蘭〉四言贊詩二首。

第一節　鄭思肖生平行狀

　　鄭思肖（1241～1318），連江（今屬福建）人，宋淳祐元年（1241年）出生於臨安（今杭州）。祖父鄭咸曾任枝江縣主簿，父親鄭起（1198～1263）（初名震）歷任平江（今江蘇蘇州）府安定、和靖二書院山長。傳承父親儒教的家世淵源，影響鄭思肖畢生心志行跡。以下則依鄭思肖創作分期及其受後人尊崇的抗元言行，較全面地認識鄭思肖此人：〔註9〕

一、創作分期

　　在歷史上，鄭思肖以其愛國激情激勵了無數仁人志士，多數論者結合其詩文創作談其身爲遺民的情操。下面我們可以依據《鄭思肖集》作者陳福康的劃分標準，結合其創作來考察鄭思肖的生平行狀：他將鄭思肖的創作分爲三個時期：第一個時期，主要作品是《咸淳集》；第二個時期：《大義集》、《中興集》；第三個時期：《一百二十圖集》、《錦錢餘笑》。

　　第一個時期爲鄭思肖二十歲（景定元年）到三十歲（咸淳五年），蒙古軍隊尚未打到蘇杭，但頻繁的侵略已給江南人民帶來了巨大的災難。這些年詩人所作極多，自稱爲「景定詩人」，但於「離亂之際，並所著散文盡失之」，只憑其記憶編了五十首爲《咸淳集》，在這些作品中，詩人的憂患之情俯拾即是。

　　然而自幼所承家教不可能使他這麼輕易地拋開寫作的意念。其父鄭起從事教學，爲人正直，曾挺身而出反對奸相史嵩，思肖從學于其父，必然「詩書禮儀誠明其心，衣冠禮樂光華於躬」。父死後母親對其耳提面命：「唯學父爲法」、「汝不學汝父之言，汝不如死」。父親愛國思想感召、母親的教導、儒家思想的浸染，加之目睹蒙古統治者及

〔註9〕關於鄭思肖生平事蹟，參見《宋遺民錄》（盧熊《蘇州府志》〈鄭所南小傳〉、王行〈題鄭所南行錄後〉、王逢〈題宋太學鄭上舍墨蘭序〉）、陶宗儀《輟耕錄》。這些篇章在《鄭思肖集》中都有收錄，故以《鄭思肖集》爲主要參考版本。

其軍隊慘絕人寰的暴行，在多年輟筆後，「德祐乙亥冬，有不可遏之興，時輒作數語，以道胸中不平事。」〔註10〕時年三十五歲，他毅然重拾詩筆，對侵略者踐踏中原，留下歷史紀錄並加以血淚控訴，作品收入《心史》，直到他四十三歲（1283 年），南宋滅亡已四年，他將《心史》手稿用錫匣鐵函密封，沉入蘇州承天寺古井，留下三百六十五年後才被發掘的傳奇。這便是其創作上的第二個高峰期。

到了晚年「凡有求皆不作」他說過：「夫詩也者，心之動也。其動維何？因所悅、所感、所憂、所苦觸之耳。」〔註11〕他在《一百二十圖詩集・自序》裡，這樣評價自己的晚年：「絕交遊，絕著作，絕唱和，漸絕諸絕，以了殘妄。」〔註12〕這裏的「殘妄」是詩人的愛國心、忠君志，是恢復大宋江山的宏願。《一百二十圖詩集》成為其晚年代表作。但是他真是做到如序中所謂的「了殘妄」了嗎？雖然詩人在佛教的自在解脫中徘徊，力求自我精神的完全超脫，但在南宋這樣特殊的時代，詩人根本無法擺脫歷史的重任，無法放棄現實社會的責任感，他註定要在這權利與義務之間作出痛苦的選擇。所以即使在晚年「終於禪」的情況下，也仍有他對祖國的一片執著心。在〈寒菊〉中有「禦寒不藉水為命，去國自同金鑄心」也有「寧可枝頭抱香死，何曾吹墮北風中」之句。〔註13〕這些詩句表現的愛國情懷都是一致的。

二、抗元言行

鄭思肖遺民形象在歷史上的定位，除了建立在他的詩文畫作的成就上，更明確而被人稱道的是他的抗元言行：

（一）鄭思肖生在儒學世家，長大後入太學肄業，曾以上舍生應博學宏詞科試。當時，元兵大舉南下，鄭思肖叩閽向太皇、太后和幼

〔註10〕《鄭思肖集・大義集自序》，頁 22。
〔註11〕《鄭思肖集・中興集一卷自序》，頁 43。
〔註12〕《鄭思肖集》，頁 203。
〔註13〕《鄭思肖集》，頁 290。此詩亦作〈水仙〉。

主上疏，陳言抗元之策，因「辭切直，忤當路」，未被採納。被迫「絕筆硯文史，謀入山林，退去姓氏，甘與草木同朽盡。」一度中止了詩歌創作。

（二）南宋滅亡後，鄭思肖不忘故朝，不再仕進，隱居平江（今江蘇蘇州）。字憶翁（有「憶宋」之意），平時坐臥必南向，不肯朝北，因號所南。自號山外野人，書其居室曰「本穴世界」，意即「大宋天下」；每年伏臘，便「南望野哭，再拜而返」。平時爲人狷介，誓不與元人交往；朋友聚會，「見有語音異者，即離去」。

（三）宋宗室趙孟頫（1254～1322）是當時很有才名的詩人和畫家，入元後仕元，鄭思肖惡其「受元聘，遂與之絕」。趙孟頫多次上門探望，均遭拒絕，「終不得見」。

（四）畫家于宋亡後畫蘭皆不寫土，人問何故，答曰：「土爲蕃人所奪，汝尚不知耶？」且蘭成即毀之，加上其蘭畫不隨便贈送他人，更顯其珍貴。有一次，邑宰求畫不得，知其有田地數畝，便以加征賦役相威脅。鄭思肖十分憤慨，有言：「頭可得，蘭不可得。」可見其清烈之質。鄭思肖樂善好施，不畏權貴。但常常「貨其所居，得錢則周人之急」，田產也多捐給寺廟，僅留數畝供自己生活，還對佃客道：「我死則汝主之。」

（五）晚年，鄭思肖居「無定跡，吳之名山、禪室、道宮無不徧歷。」但多住蘇州城內的萬壽、覺報二刹。延祐五年（1318 年）病卒。他一生未娶，沒有兒女。臨終前，囑其好友唐東嶼：「思肖死矣，煩書一位牌，當云：『大宋不忠不孝鄭思肖』。」在此之前，他曾自贊其像：「不忠可誅，不孝可斬，可懸此頭於洪洪荒荒之表，以爲不忠不孝之榜樣。」他至死還覺得自己有愧於故國與父母。〔註14〕

第二節　《一百二十圖詩集》探析

鄭思肖有《一百二十圖詩集》，是爲一百二十幅圖畫作的題畫詩。

〔註14〕《鄭思肖集·自序》，頁 100。

他在自序中提及這些題畫詩是他在「絕交遊、絕著作、絕倡和,漸絕諸絕,以了殘妄爾」的孤寂歲月中「或遇圖而作,或遇事而作,而或者又欲俱圖之」,〔註15〕可見這些詩是「遇圖而作」,也有「遇事而作」,而「俱圖之」又是其中一部分。「遇圖而作」是先有圖畫,再創作題詩;「遇事而作」是配合故事而創作圖詩;「俱圖之」是自畫自題詩。無論何種方式,此詩集可謂是鄭思肖聊以自遣的作品。此詩集是在宋朝已亡,鄭思肖在元初又生活了三十餘年,隨著元朝政權的逐漸鞏固,社會的生產力也有所恢復,民族之間的矛盾也得到了緩解,鄭思肖這時把精神寄託在宗教上。然而,他並不是真正的皈依於宗教,他說:「我自幼歲,世其儒。近中年,闖於僊。入晚境,游於禪。今老而死至,悉委之。」〔註16〕鄭氏曾自贊其像:「不忠可誅,不孝可斬,可懸此頭於洪洪荒荒之表,以為不忠不孝之榜樣。」〔註17〕由他死前書碑遺願及其贊詞來看,思肖至死還覺得自己有愧於父母國家。可見他即使在晚年「游於禪」、「究性命之學」,〔註18〕乃是基於一種複雜的精神狀態,或許是尋求一個身心安頓的方式,但最後他並未如願以償,於是「悉委之」。就在晚年,闖仙游禪之際,他留下了這一百二十首七言絕句。

依詩題來看,當時應也有一百二十幅圖畫,雖然圖畫已不傳,但詩題已清楚點名圖畫內容,若依次序來看,圖畫是自《黃帝洞庭張樂圖》始,於《無名氏巡簷數修竹圖》終,皆人物故事圖。作者從上古聖賢逸士傳說、春秋戰國諸子行事、漢代政治人物故事、魏晉文人軼聞,一直寫到唐宋詩人軼事,按照時代順序依次描繪。若以人物形象來看,有各代隱士、高人、神仙以及唐宋詩人、文學家、歷史人物等,涉及面非常廣泛。這些題畫詩並不像鄭思肖的其他蘭菊題詩,和淚蘸

〔註15〕 《鄭思肖集》,頁203。
〔註16〕 《鄭思肖集・三教記・序》,頁277。
〔註17〕 〔元〕盧熊,〈鄭所南小傳〉,《鄭思肖集・附錄二(傳記)》,頁334。
〔註18〕 〔元〕陶宗儀,《輟耕錄・狷潔》,《鄭思肖集・附錄二(傳記)》,頁335。

墨，皆抒發宋亡之痛，而是依據圖畫內容，敘事以達畫意。

若依其人物選擇、形象塑造而言，筆者將這些人物題圖詩的命題分成以下三類：形神空靜兩忘情──神仙世界、躍身吳越興亡外──高人逸士、一樹風霜千載心──忠義之士。第三部份又可分成兩類：歷史人物和逸民。當然，這些詩作無法全然依此劃分，道教神仙常是所謂的高人逸士，只是筆者認爲高人逸士多了從現實世界中更具體棄絕世俗的作爲。

若依詩歌意趣，可再分成三類：酒國韶光無際涯──酒國醉鄉、恣開笑口罵群仙──戲謔諷喻、滿載清風獨自歸──嚮慕「清」境。這些主題頗能呈現鄭思肖晚年心境與作品風格。

另外從寫作手法來看，鄭思肖這一百二十首絕句在詩句與圖題的掌握上，是以圖畫原意與扣緊題目關鍵字詞來發展文字。

以下依次論述：

一、圖詩命題

（一）形神空靜兩忘情──神仙世界

神仙之境是詩集的主要內容之一。其中有濃厚道教神仙意蘊的故事有〈黃帝洞庭張樂圖〉、〈老子度關圖〉、〈莊子夢蝶圖〉，乃敘述道家代表人物；〈秦女吹簫圖〉、〈湘靈鼓瑟圖〉、〈毛女圖〉、〈西王母蟠桃宴圖〉等，是藉女神仙的風姿表現令人悠然神往的空靈世界；〈徐福采藥圖〉、〈張子房遇黃石公圖〉、〈四皓圖〉、〈嚴君平垂簾賣卜圖〉、〈皇初平牧羊圖〉則以在人間求道、點化世人的故事爲主軸；〈張天師飛升圖〉、〈許眞君飛升圖〉、〈孫登長嘯圖〉、〈王烈餐石髓圖〉表明神仙之境是凡人可追求實現的理想；〈桃源圖〉、〈爛柯圖〉、〈南柯蟻夢圖〉、〈陳摶睡圖〉、〈唐明皇遊月宮圖〉乃形塑與現實世界對應的夢中虛境；〈張果老倒騎驢圖〉、〈藍采和踏歌圖〉、〈鍾呂傳道圖〉、〈呂洞賓賣墨圖〉、〈沈東老遇呂洞賓圖〉則是民間流傳的八仙故事。這些題圖詩不僅蘊含著生動有趣的神仙故事，而且表現了作者高超

的藝術駕馭能力。

　　鄭思肖題圖詩由於注重神仙故事題材，把情思指向悠遠的理想世界，因而造就了一種獨到的藝術神韻。由於他的執著和對故宋的忠心耿耿，其心靈觀照便是專心守一的，面對異族之「入侵」和故國之亡，他已經不能「兼濟天下」，因此，從道教神仙世界中尋找精神樂園，這便成為他的情思理想所在。在詩作中寄寓對道教神仙世界的想像，一方面表達對現實世界的不滿；一方面表達對精神自由的嚮往。

　　在〈陳摶睡圖〉中，他將現實世界與跟夢境結合的神仙世界做了區隔：

　　　　五季干戈亂似麻，慵將醒眼閱年華。齁齁一覺華山裏，誰
　　　　問春開幾度花〔註19〕

既然是「干戈亂似麻」的混亂政治，陳摶拒絕繼續醒著，不如一覺睡去，沉入夢境。從此才可以不管花開花落，不必再管外在環境政權是誰家天下。詩人對陳摶的欣羨之情溢於言表。

　　我們再讀他的〈莊子夢蝶圖〉：

　　　　素來夢覺兩俱空，開眼還如闔眼同。蝶是莊周周是蝶，百
　　　　花無口罵春風〔註20〕

作者按照莊周「齊物論」的思想來解讀莊周夢蝶的寓言。到底是莊周化為蝴蝶，還是蝴蝶化為莊周？這實際上已經不重要了。他所要追求的是一種空靈的境界，無論是開眼還是閉眼，一切都已成「空」。當然，詩人在構造詩境時候並沒有忘記國恥家恨，故而詩作的末句出現了一個「罵」字。雖然「百花無口罵春風」是一種否定式的語調，但正是這種否定加強了肯定的意義。因為「罵」字已造成了一種懸念，所以「百花」儘管「無口」卻也在罵。倘若有口，不就罵得更厲害嗎？這裏，詩人仍然將他對家國的情感貫注於其中，這是他的自然宣洩。

〔註19〕《鄭思肖集》，頁229。
〔註20〕《鄭思肖集》，頁206。

在這種情感宣洩之後，詩人便讓心靈進入了理想世界，「簫中應有別一曲，飛出青天影外吹。」〔註21〕告別人間世，飛到青天白雲之上，就能得到詩人渴望的自由。他想到「此心安份即逍遙，無欲何愁外境搖」，〔註22〕逍遙、無欲便是遠離現實的最佳方式。他企盼「一契高山流水心，形神空靜兩忘情」，〔註23〕這種哲學思惟顯示了詩人境界的昇華和理念的超越。

（二）躍身吳越興亡外——高人逸士

置身於現實環境卻不被世俗限制、逍遙世外的高士，更是鄭思肖嚮往不已的人物。在歷經政治紛擾之後，「隱逸」成了詩人最終的生命抉擇。

如〈范蠡扁舟圖〉：

> 烏喙無情奈若何，功成只合理漁蓑。躍身吳越興亡外，一舸江湖風月多〔註24〕

范蠡是相當具智慧的政治家，在吳越相爭之後，瀟灑遠離複雜的政治環境，因為他看到了「烏喙無情」，太多人可共患難卻無法共富貴，功高震主的結果正是招來殺身之禍，「理漁簑」才是「功成」之後的最佳結局。再如〈青門種瓜圖〉：「盡嫌嬴政鮑魚臭，爭慕邵平瓜圃香」、〔註25〕〈孺子濯纓圖〉：「臨風歌罷飄然去，賣弄滄浪清處多」〔註26〕都有類似的體認。最好的人生境界是與充滿權謀鬥爭的政治無干無涉，才能瀟灑于世俗之外。

試看他的〈桃源圖〉詩句：

> 長城徭役苦咨嗟，澧水偷春隱歲華。有耳不聞秦漢事，眼

〔註21〕〈秦女吹簫圖〉，《鄭思肖集》，頁210。
〔註22〕〈魯欹器圖〉，《鄭思肖集》，頁209。
〔註23〕〈鍾子期聽琴圖〉，《鄭思肖集》，頁206。
〔註24〕《鄭思肖集》，頁208。
〔註25〕《鄭思肖集》，頁211。
〔註26〕《鄭思肖集》，頁207。

前日日賞桃花〔註27〕

這是根據陶淵明「桃花源」故事所創作的詩。從內容上看，鄭思肖用此典故，顯然對元代之統治具有諷喻之意，可以說是一種借古喻今的方式。「長城徭役」即是對元初統治者壓迫漢人的暗示，「有耳不聞」則表示了避世的態度。他所嚮往的是「日日賞桃花」無憂無擾的清平世界。在這裏，作品既貫注著詩人的憂怨愁緒，又流蕩著他擺脫世俗煩惱的願望和理想。

超越世俗，不受拘束的隱逸高人還有〈許由棄瓢圖〉：

天下搖頭不肯爲，恰如瓢掛老松枝。許由不在箕山在，千古高風屬阿誰〔註28〕

擁有「箕山之志」的許由，面對當時局勢，選擇「天下搖頭不肯爲」，令我們聯想到宋末大批官員投降新朝之際，即使是對才名重當世的趙孟頫，鄭思肖仍「惡其宗室而受元聘，遂與之絕，子昂數往候之，終不得見，嘆息而去」的事實，〔註29〕就不難理解詩中寄託深廣的慨歎了。瓢掛松枝、飄然遠去的身影，詩人以「千古高風」作極力的讚頌。

再如「百姓相忘堯帝春，耕田鑿井淡無情」，〔註30〕一個「帝力」影響不到的地方，就是理想國度。〈嚴子陵垂釣圖〉中，〔註31〕新莽時期的政局紛擾，令人不耐，投身於桐江山水才是人們身心安頓的歸屬。欲於一絲之上「釣得清風滿漢家」不也正是作者自己心願的流露？

（三）一樹風霜千載心 —— 忠義之士

1. 現實歷史人物

除傳說中的神仙、高人、隱士外，鄭思肖對現實生活中的人物也

〔註27〕《鄭思肖集》，頁222。
〔註28〕《鄭思肖集》，頁204。
〔註29〕〔元〕盧熊，〈鄭所南小傳〉，《鄭思肖集・附錄二（傳記）》，頁334。
〔註30〕〈堯民擊壤圖〉，《鄭思肖集》，頁204。
〔註31〕《鄭思肖集》，頁215。

給予了格外的觀照。思肖詠歷史人物因其行事而給予評價，從中也可看到作者一生所堅持的行誼。

其中如屈原（約 340～278 B.D）、杜子美、蘇武（約 140～60 B.D）、孔明（181～234）等的題圖詩都在兩首以上，而且詩人對這四位人物的歌詠皆以其對國家的一片忠心爲主題。如〈屈原九歌圖〉：「只道此中皆楚國，還于何處拜東皇」、〔註32〕〈孔明成都八陣圖〉：「孔明抱義恥偏安，不道中興事業難」、〔註33〕〈杜子美茅屋爲秋風所破歌〉：「數間茅屋苦饒舌，說殺少陵憂國心」、〔註34〕〈子美孔明廟古柏行圖〉：「尙垂淸蔭蜀國裏，一樹風霜千載心」，〔註35〕這些以天下興亡爲己任的忠義之士，作者直接坦率地給予正面評價。

又如〈蘇武牧羊假寐圖〉：

> 十九年間墮渺茫，飢來齧雪齒生香。一心只夢飛歸國，雙
> 眼何曾看見羊〔註36〕

以蘇武長年久處惡劣的生存環境卻堅守節操爲背景，仍一心「夢飛故國」來表達作者自己的故國之思。

〈嚴君平垂簾賣卜圖〉〔註37〕也在嚴君平（73 B.D～17A.D）賣卜中，捕捉到了其「不離忠孝談玄妙」的特徵，亦可解讀爲思肖儒道思想的融合。這些人物對國家的忠心赤忱，是自幼接受儒家教育，具有根深柢固「全忠盡孝」思想的鄭思肖心中的最佳典範。不過這類詩歌的寫作手法也不全然是屬於正面的書寫，如〈蘇李泣別圖〉：

> 同爲武帝一時人，忠逆分違感慨深。早信子卿歸漢去，淚
> 痕滴滴滴黃金〔註38〕

就以同時代的蘇武、李陵（？～74 B.D）兩人作對照，一忠一逆，流

〔註32〕《鄭思肖集》，頁 208。
〔註33〕《鄭思肖集》，頁 216。
〔註34〕《鄭思肖集》，頁 225。
〔註35〕《鄭思肖集》，頁 225。
〔註36〕《鄭思肖集》，頁 212。
〔註37〕《鄭思肖集》，頁 214。
〔註38〕《鄭思肖集》，頁 213。

下的不僅是淚，更留下深深的感慨，這不也正呼應了元初文人的各自
抉擇？鄭思肖的這類題畫詩所折射、反照的依然是自己一顆忠於大宋
故國的赤誠之心。

2. 遺　民

　　作為一個最有資格稱作「南宋遺民」的「逸民」，鄭思肖的題圖
詩借歷史堪稱「遺民」人物的吟詠表現了作者懷念故國的情思與堅守
節操的決心，也帶有強烈的遺民意識。如〈夷齊西山圖〉：

　　扣馬癡心諫不休，既拼一死百無憂。因何留得首陽在，只
　　說商家不說周〔註39〕
據明王鏊（1661～1721）《姑蘇志‧鄭思肖小傳》記載：「元兵南下，（思
肖）扣閽上太皇太后、幼主疏，辭切直，忤當路，不報。」〔註40〕可
見「扣馬癡心諫不休，既拼一死百無憂」的伯夷、叔齊，再加上「只
說商家不說周」的「遺民」特徵描述，正是詩人自己形象的寫照。

　　試看他題的〈四皓圖〉：

　　曄曄紫芝巖石隈，避秦有地似蓬萊。可憐白髮坐不定，又
　　被漢朝呼出來〔註41〕
此處之「四皓」即商山四皓。據《史記》〈留侯世家‧第二十五〉及
《漢書》〈張良傳〉所載，漢代之初有四隱士，名東園公、用里先生、
綺里季、夏黃公，四人同隱商山，鬚眉皆白，故稱四皓。漢高祖（265
～195 B.D）徵召，不應。後高祖欲廢太子，呂后（241～180 B.D）
用留侯（？～186 B.D）之計，迎四皓，使輔太子。這四位隱士，由
於其高尚節操，被道門中人奉為神仙。在道教中，甚至還傳有四皓
丹，可見其影響頗大。四皓隱居於商山（今陝西丹鳳縣商鎮），本是
為了避秦之亂。他們遁世蓬萊仙島，自由自在，其樂融融。這種逸
民的生活在鄭思肖看來是保持崇高氣節的最好途徑。但是，四皓最

〔註39〕《鄭思肖集》，頁205。
〔註40〕〔元〕盧熊，〈鄭所南小傳〉，《鄭思肖集‧附錄二（傳記）》，頁334。
〔註41〕《鄭思肖集》，頁212。

終卻被張良用計召喚出來。他們重新入世，依鄭思肖之見，這實在是一件憾事。如此，一頌一歎，表現了作者對「遺民」守貞的明朗態度。

　　實際上，我們稍微稽考一下鄭思肖所涉及的人物，可以發現許多人物基本都帶有逸民的身份，像溪邊洗耳的巢父、棄瓢其山的許由、遁跡首陽的伯夷、叔齊、泛流江河的范蠡等等，皆屬於這一類人物。其中尚有對史上少數女性逸民的書寫，如吹簫引鳳的秦女弄玉、寄身密柳的毛女玉姜，可見作者對歷代逸民的歌頌是不分性別的，這正是他自我心跡的寫照，他那種不屈之個性必然促使他對具逸民身份，尤其是又具「遺民」意識的人物加以深切關注。

二、詩歌意趣與寫作手法

（一）詩歌意趣

1. 酒國韶光無際涯——酒國醉鄉

　　鄭思肖在南宋王朝瀕臨滅亡之際進入遊仙式的「醉鄉」境界，他在題圖詩中，力圖創造一種清醇的精神樂園。在他的心目中，元軍破宋，社會已變得齷齪骯髒，精神無所皈依，故只得從仙人世界中尋求寄託，但神仙世界畢竟是凡人無法企及的，「醉鄉」與「夢境」就成為另一理想境界，如〈阮籍醉眠酒家圖〉：「無情不作如花想，夢見醉鄉生月明。」〔註42〕在這些作品中，一方面常是世外桃源式的景色描摹，另一方面則寄託對故國的深深懷念。

　　〈畢卓甕閑圖〉即是「醉」與「夢」相結合的範例：

> 醉玉頹來欲化仙，一窪和氣藹芳妍。終宵自向華胥去，吏
> 部何曾甕下眠？〔註43〕

一個「醉」字使人立刻就聯想起詩人所構造的「醉鄉」之境。《世說新語・容止・第五則》將愛飲酒的嵇康（223～263）醉態以「玉山之

〔註42〕《鄭思肖集》，頁218。
〔註43〕《鄭思肖集》，頁218。

將崩」來形容，甚至賦與其「傀俄」一詞。〔註44〕此詩中「醉玉頹來」
之語則將醉倒甕間的晉代畢卓（生卒年不詳）呈現與嵇康相同的審美
效果，自然因為畢卓「拍浮酒池，足了一生」〔註45〕的人生觀令人嚮
往。在醉後，畢卓甚而脫離人世，化仙而去，其理想世界即是道門津
津樂道的華胥氏之國。這就把意境一下子推到世外悠遠之處，那種高
渺和朦朧蘊含著返璞歸真的藝術情思。另一方面這個意象又貫注了作
者對故宋的眷念之情，因為「華胥」是黃帝夢遊的理想之處，〔註46〕
黃帝是華夏民族的祖先，故而他夢遊的理想境界也就成為太平盛世的
象徵，也是故宋道統的標誌。在終宵醉詩的情景中飛向華胥氏之國，
其懷念故宋的幽情可想而知。

　　在鄭思肖的題圖詩中，「醉」並不是偶然的涉及，而是反覆詠歎
的一個意象。如〈劉伶荷鍤圖〉：

　　酒國韶光無際涯，大人境界絕朋儕。生來自有一方地，何
　　待醉終纔始埋〔註47〕

他嚮往「酒國」，因其「韶光無際涯」，「漸絕諸絕」而「絕朋儕」的
鄭思肖追求的即是「大人境界」，於是寄身於酒國醉鄉，終其一生。
最後一句，他則顯示了比劉伶「隨處可葬」更豁達的生死觀。〈輪扁
諫讀書圖〉：「古人糟粕終枯淡，誰醉天然滋味來？」〔註48〕因為
「醉」，人生更有滋味。在鄭思肖心中，盛唐詩人和酒的連結更為密

〔註44〕 「嵇康身長七尺八寸，風姿特秀。見者嘆曰：『蕭蕭肅肅，爽朗清舉。』
　　　　或云：『肅肅如松下風，高而徐引。』山公曰：『嵇叔夜之為人也，
　　　　巖巖若孤松之獨立；其醉也，傀俄若玉山之將崩。』」〔南朝宋〕劉
　　　　義慶編，余嘉錫箋疏，〈容止〉，《世說新語箋疏》（臺北：華正書局，
　　　　1911年），下卷上，頁609。
〔註45〕 「畢茂世云：『一手持蟹螯，一手持酒桮，拍浮酒池中，便足了一
　　　　生。』」〔南朝宋〕劉義慶編，余嘉錫箋疏，〈任誕〉，《世說新語箋
　　　　疏》，下卷上，頁740。
〔註46〕 「（黃帝）畫寢而夢，游於華胥氏之國。」列子，〈黃帝〉，《列子》（臺
　　　　北：臺灣古籍出版社，1996年）卷2，頁38。
〔註47〕 《鄭思肖集》，頁218。
〔註48〕 《鄭思肖集》，頁207。

切，如〈杜子美騎驢圖〉：「飯顆山前花正妍，飲愁爲醉弄吟顛」、〔註
49〕〈李太白硯靴圖〉：「斗酒未乾詩百篇，篇篇奇氣走雲煙。自從捧
硯脫靴後，笑看唐家萬裏天」、〔註50〕〈孟浩然歸隱圖〉：「狂吟搔首
笑歸去，滿路秋光上醉顏」，〔註51〕或許多情易感的詩人須要藉著酒
意，以非狂即顛的醉眼看這世間，才能創造更多佳作名篇。在作者
的筆下，既有「醉鄉」，又有「酒國」，在這樣的境地，不醉更待何
時？作者以酒香、酒色點染了醉鄉世界的百態千姿，儘管所用典故
不一樣，但其用意卻只有一個，那就是排遣內心愁緒，以塑造清澄
的心靈空間，讓他高潔的靈魂得以棲息。

2. 恣開笑口罵群仙 ── 戲謔諷喻

讀鄭思肖的題畫詩，可以感受到他在表現現實主題時多用語端莊
雅正，而在表現其他主題時則有揮灑戲謔之感。尤其呼應前一小節所
述，醉酒之後，作者所描述的盛唐三大詩人，都以狂、顛姿態，睥睨
世間。如〈李太白硯靴圖〉：「自從捧硯脫靴後，笑看唐家萬里天」、
〔註52〕〈孟浩然歸隱圖〉：「狂吟搔首笑歸去」、〈杜子美騎驢圖〉：「飯
顆山前花正妍，飲愁爲醉弄吟顛」。〔註53〕這些才子是以自身獨特應
對方式去嘲弄面對世間的不順遂、不公平。

再如〈玉川長髯赤腳圖〉：

> 慣例煎茶屋角頭，低眉頻候雪花浮。一奴一婢亦作怪，不
> 爲先生破屋愁〔註54〕

與〈盧仝煎茶圖〉：

> 月團片片吐蒼煙，破帽籠頭手自煎。七椀不妨都吃了，恣
> 開笑口罵群仙〔註55〕

〔註49〕《鄭思肖集》，頁225。
〔註50〕《鄭思肖集》，頁224。
〔註51〕《鄭思肖集》，頁224。
〔註52〕《鄭思肖集》，頁224。
〔註53〕《鄭思肖集》，頁225。
〔註54〕《鄭思肖集》，頁229。
〔註55〕《鄭思肖集》，頁226。

兩首詩皆以貧困環境為背景，而煎茶功夫的專注，竟能使人忘卻所有一般人不堪之憂。破屋之中，作怪的一奴一婢，嬉戲玩樂，渾不知愁，盧仝（795～835）更是以茶代酒，表現恣意，視神仙如無物的狂放。

而在〈南柯蟻夢圖〉中：「忘了堂堂六尺身，鬼花生豔幻微春。絕憐蟻窟無分曉，迷盡古今多少人」、〔註56〕〈東武子聚螢讀書圖〉：「讀來讀去東方白，笑殺流螢數點光」，〔註57〕思肖表達了對堂堂六尺男兒身追逐南柯一夢與耽溺讀書，勞形而傷身的情境，最終只能使流螢訕笑。天下人追逐富貴名利所付出的努力，作者以戲謔之語表現了自己的不以為然。

在現實中悲痛之情的極度重壓下產生的戲謔與嘲弄，與其端莊雅正的現實主旨並不對立。若與鄭思肖另一組詩作《錦錢餘笑》〔註58〕相互參照，更可見鄭思肖在風趣詼諧的背後所透露的激憤與血淚。因此，無論是與神仙高人的親和，還是對歷史人物的敬重；無論是戲謔的嘲弄，還是端莊的描述，都與鄭思肖的故國忠心有著無法割裂的關係。

3. 滿載清風獨自歸 —— 嚮慕清境

詩人掌握這些高人逸士的共同特色就在於詩句中所呈現對「清」的嚮慕。「清」從字面上來看，是相對於「濁」而言，尤其從屈原以來，多少無奈慨嘆皆從「眾人皆濁我獨清」一句而來。鄭所南在〈我家清風樓記〉曾對「清風」加以詮釋：

> 此空闊閒靜之所，天地一時之清風，非古今不息之清風。
> 是果何風？道德超邁之清風也。〔註59〕

〔註56〕《鄭思肖集》，頁228。
〔註57〕《鄭思肖集》，頁220。
〔註58〕《錦錢餘笑》二十四首均為五言八句古體詩，詩中大量運用口語，張元濟在〈影印鈔本清㒜集跋〉讚為：「饒有風趣」（《鄭思肖集》，頁332。）。這組詩大多是作者的自我寫照，反映了作者晚年風貌。詩人自序：「或問，『錦錢』者何義？曰：以『錦』為『錢』者，雖美觀，實無用也。」《鄭思肖集》，頁232。
〔註59〕《鄭思肖集》，頁236。

從「道德超邁」之處延伸，鄭思肖仰懷嚴子陵、許由、伯夷、叔齊、屈原、子陵輩，皆從「清」字出發，以顯示這些高人逸士的不同凡響。

在〈黃帝洞庭張樂圖〉中，「天水相涵萬象清」〔註60〕是對大化自然的禮讚。在〈孺子濯纓圖〉中，「臨風歌罷飄然去，賣弄滄浪清處多」〔註61〕與〈袁安臥雪圖〉中的「但覺胸中清氣多」〔註62〕即是渴求遠離塵世的污濁，還自己清白面目。〈嚴子陵垂釣圖〉：「釣得清風滿漢家」〔註63〕則直接表達對清明政治的期待。另外尚有〈王子猷訪戴圖〉：「滿載清風獨自歸」，〔註64〕詩人認爲若能瀟灑面對，不被俗人俗事牽制，就能與清風相伴。

清淨大自然的清風、現實社會政治的清明與內在心靈的清守自持，構成了鄭思肖由外而內對「清」的嚮慕。

（二）寫作手法

鄭思肖人物圖詩，因人物事蹟的不同在詩歌中的呈現亦多富有個性，不見雷同。這種個性的表現源于詩人對命題之意的緊密把握，更可見到詩人對人物個性的瞭解，再藉由文字呈現人物特徵。如〈張果老倒騎驢圖〉：

> 云是堯時丙子生，狂蹤怪跡恣幽情。拗驢面目不須看，一
> 任騎來顛倒行〔註65〕

詩歌重點把握的是張果老之怪。以張果老倒騎驢之原因，詮釋其狂怪的仙人性情。另外如〈張志和漁夫圖〉：

> 苕雪春深花滿谿，一鉤翻動碧琉璃。簑衣翁笠儻有意，不
> 到斜風細雨知〔註66〕

〔註60〕　《鄭思肖集》，頁204。
〔註61〕　《鄭思肖集》，頁207。
〔註62〕　《鄭思肖集》，頁215。
〔註63〕　《鄭思肖集》，頁215。
〔註64〕　《鄭思肖集》，頁217。
〔註65〕　《鄭思肖集》，頁226。
〔註66〕　《鄭思肖集》，頁227。

以「一鉤翻動」突出漁夫主要的象徵行為——「垂釣」，從而延展了對漁夫隱居生活與思想的普遍觀照，既緊扣圖題，表現出圖畫的個性色彩，又可在圖景描寫中，感受詩人所要傳達的漁隱主題。〈嚴子陵垂釣圖〉也以「釣」為中心，云：「無心偶向一絲上，釣得清風滿漢家」，〔註67〕世外幽情隱約於紙上。〈袁安臥雪圖〉則重在「臥」，詩云：「飛玉堆寒二丈過，杜門僵臥養天和，不愁屋外六花大，但覺胸中清氣多。」以因臥雪而近雪的「胸中」感受，傳達著高人的清逸之懷。

鄭思肖此詩集的許多標題簡潔易明，大抵是人物結合一動詞成為事件的敘事句型。〔註68〕如〈堯民擊壤圖〉是「堯民」「擊」「壤」；〈巢父洗耳圖〉是「巢父」「洗」「耳」；〈許由棄瓢圖〉是「許由」「棄」「瓢」。圖題即詩題，作者著力於題目的關鍵字詞上，〈戴安道破琴圖〉是以「破琴」點出畫之主意：「狂來寧可破琴去，不許俗人聞此音。」〔註69〕〈孫楚枕流漱石圖〉則借「枕流漱石」呈現一個完整的孫楚形象，並用以突出「枕流漱石」於高人逸風的重要作用。〈桃源圖〉必說「桃源」，〈爛柯圖〉必說「爛柯」，〈王烈餐石髓圖〉必說到「石髓」與「餐」，即：「明明正是洪濛髓，只恐凡人不肯餐。」〔註70〕〈孫登長嘯圖〉必言「長嘯」，即：「劃然長嘯誰聽得，獨有蘇門山點頭。」〔註71〕詩題即詩意，若是動詞，就成為詩歌詮釋主軸，若是單一名詞，就以此演繹所題畫各自內在畫意。

題目中的關鍵字詞不僅是詩人重點觀照的對象，也是詩人藉以昇華主題的方式。因此在鄭思肖一百二十首題圖詩中，儘管高人逸士的主旨占了很大部分，但此主旨的詩歌意象卻各具情態。其中也不難發

〔註67〕《鄭思肖集》，頁215。
〔註68〕敘事句型即「主語＋述語＋賓語」。
〔註69〕《鄭思肖集》，頁218。
〔註70〕《鄭思肖集》，頁222。
〔註71〕《鄭思肖集》，頁222。

現，詩人與畫中人物共同感受，並以畫中人物身份表情達意。從其詩句中，很難發現詩人自己心靈的獨白，自己情感的直接抒發，但從其對人物的觀照及其對故事的詮釋仍能讀出、感受得到詩人的情緒和觀念，即不與俗世苟合的清高與孤傲。

第三節　其他題畫詩

此節探析除《所南翁一百二十圖詩集》之外，鄭思肖的其他題畫詩。在這些題畫詩裡，除《鄭思肖集》中載錄的《心史》題畫詩，其他題畫詩主題俱為植物，且為四君子中的「蘭、竹、菊」。故此節分成《心史》題畫詩，以及植物題畫詩兩部分。《心史》題畫詩的探討，註解部份則參考楊麗圭台灣文化大學碩士論文：《鄭思肖研究及其詩箋註》。〔註72〕

一、《心史》題畫詩

《心史》是中國歷史上的一部奇書。傳說鄭思肖在四十三歲那年（1283 年，南宋滅亡整整四年），他把《心史》手稿用錫匣鐵函數重密封，悄悄沉於蘇州承天寺的一口古井中。這部手稿直到三百六十五年後，偶然被人從井底發掘出來，居然完好無損。鄭思肖目前傳世題畫詩作品在《心史》中所佔份量不多，在《咸淳集》、《大義集》、《中興集》約二百五十首詩作中，屬於題畫詩作品的，僅〈題明皇按樂圖〉、〔註73〕〈大宋地理圖歌〉、〔註74〕〈題蕭梅初舊所藏錢塘王畿圖〉〔註75〕七絕兩首，以及〈墨蘭〉〔註76〕五律，合計五首。前四首出自《中興集》，另〈墨蘭〉出自《大義集》。以下依次

〔註72〕楊麗圭，《鄭思肖研究及其詩箋註》。此論文僅作《心史》詩歌箋注，故可作《心史》題畫詩歌箋注參考。
〔註73〕《鄭思肖集・中興集二卷》頁 81。
〔註74〕《鄭思肖集・中興集二卷》頁 85。
〔註75〕《鄭思肖集・中興集二卷》頁 85。
〔註76〕《鄭思肖集・大義集》頁 26。

論述：

首先是〈題明皇按樂圖〉：

誰舉鑾輿向蜀行，梨園弟子歌新聲。及知凝碧池頭事，難得樂公雷海青〔註77〕

詩有序言：「唐史：凝碧池上樂公雷海青向西慟哭，爲祿山所殺。」此指史上著名的安祿山事變，唐玄宗（685～762）嬖幸楊太眞（719～756），寵幸楊國忠（？～756）、李林甫（？～752）等人，國政日非，安祿山（703～757）反，遂奔蜀。

此詩明顯爲借古喻今。詩題或畫中圖像以唐明皇好音律，彈奏樂器爲背景，但詩意卻在詠讚雷海青不懼強權終而犧牲生命的節烈事蹟。首句以疑問方式委婉道出畫中未呈現之景，再自問自答、恍然大悟此景竟成就了原本名不見經傳的樂工雷海青於青史流傳。唐朝盛世因一位愛好音樂美人的君王使得國勢急轉直下，與宋世自喜好藝術的徽宗以來，國勢積弱，頗有相似之處。詩中未評明皇功過，但以諷喻方式表達宋室失卻江山的心中隱痛。

另外兩首是〈題蕭梅初舊所藏錢塘王畿圖〉：

陰山戎馬踩京塵，鎖殺宮花不識春。哭問錢塘江上月，如今誰是去邠人。〔註78〕（其一）

撫膺唁國問蒼蒼，嘆唶聲中喜氣昌。偷抱故都忠義士，趙家天下又南陽。〔註79〕（其二）

〔註77〕〈題明皇按樂圖〉箋注：「梨園子弟指優伶。」「唐書禮樂志：『明皇既知音律，又酷愛法曲，選作部伎子弟三百，教于梨園，聲有誤者必覺而正之。號皇帝　梨園弟子。』」「凝碧池在陝西省長安縣唐之禁苑內，明皇雜錄：『天寶末，祿山陷西京，大會凝碧池，校園子弟歔獻泣下。』」楊麗圭，《鄭思肖研究及其詩箋註》，頁311。

〔註78〕〈題蕭梅初舊所藏錢塘王畿圖〉箋注：「陰山爲崑崙北支，綿亘于綏遠、察哈爾、熱河三省，自古爲中國北方之屛障，昔匈奴常據之以寇漢邊，王昌齡〈出塞詩〉：『但使龍城飛將在，不教胡馬度陰山。』」「邠：后稷十餘世之孫公劉，避桀之難，自邰徙邠。其地有豳山，今陝西枸邑縣。」楊麗圭，《鄭思肖研究及其詩箋註》，頁316。

〔註79〕〈題蕭梅初舊所藏錢塘王畿圖〉箋注：「太祖受周禪即帝位，國號宋，

這兩首或可詮釋爲金兵入侵、宋室南渡，或可詮釋爲元軍入侵，兩階段皆是外族侵略中原。雖是地理圖，但留存歷史的意義顯而易見。前一首以「去邠人」典故，寫留在錢塘王畿之地的遺民之心；後一首則以正面積極的態度，表現恢復故國江山的信心。這種對趙宋興盛再起的強烈意圖，亦表現在〈大宋地理圖歌〉這首長詩中：

> 混沌破後復混沌，知是幾番開太極。四方地偏氣不正，中天地中立中國。神禹導海順水性，太章〔註80〕步地窮足力。悖理湯武暫救時，謀篡莽操大生逆。離而復合合復離，卒末始終定於一。粵自炎帝逮唐堯，兩漢大宋傳火德。我朝聖人仁如天，歷年三百猶一日。形氣俱合禮樂修，誰料平地生荊棘。風輪舞破須彌山，黑雹亂下千鈞石。銅莽萬舌咀梵雲，玉帝下走南斗泣。中有一寶壞不得，放光動地神莫測。云是劫劫王中王，敕令一下罔不伏。燕南垂，趙北際，忽必烈正巢其地。一聲霹靂吹雲飛，眞火長生世永世。山山深，水水清，縱橫十方變化身。恆河沙數天壞殼，獨我志氣長如新。

「地理圖」通常是爲表帝國榮光而將山川水岳所作的描繪，此詩是否爲題畫詩，可再商榷，但鄭思肖確是「因圖而作」，且刻意將「地理圖」寫成「歷史圖」，因此暫且列入本文探討。「大宋」的名號早已名實俱亡，這是遺民心中明知卻不願明說，更不願面對的事實，於是明明是積弱不振的局勢，卻多方歌頌自太古以來，歷經唐堯、夏禹、兩漢到宋統一天下、繼承大統的威德，藉此爲支離破碎的內心求得安慰。中間不是未生波瀾：「悖理湯武暫救時，謀篡莽操大生逆」，此是歷史離合的必然，最後終由宋「定於一」。故忽必烈所建立的元朝雖如同黑雹、銅莽萬舌，席捲天下，在這種危局下，詩人

先後平定荊南、南漢、江南等處。群雄相滅，乃告統一之局。」楊麗圭，《鄭思肖研究及其詩箋註》，頁 316。

〔註80〕〈大宋地理圖歌〉箋注：「太章即禹臣之名，《淮南子》〈墜形訓〉：『禹乃使太章步自東極，至于西極二億三萬二千五百里七十五步。』注：『太章、豎亥皆禹臣也。』」楊麗圭，《鄭思肖研究及其詩箋註》，頁 318。

並沒有失去信心，他滿懷企盼時局產生轉機，認爲只要志氣能堅守長新，南宋王朝復興之日即可期待。值得注意的是，詩中使用不少佛教意象：須彌山、梵雲、劫、恆河沙數，以及道教意象：眞火長生等。這與鄭思肖出入儒釋道三教的思想形成自有關聯。

在《中興集》二卷，題下自注云：「己卯（1279年）夏後至庚辰（1280年）八月所作。」〔註81〕其自序中說：「夫詩也者，心之動也。」「五六年來，夢中大哭，號叫大宋，蓋不知其幾。此心之不得已於動也！夫非歌詩，無以雪其憤，所以皆厄挫悲戀之辭。」〔註82〕他仍然堅信：「以天道人事驗之，中興迫矣！」因而他把詩集命名爲《中興集》。以上三詩皆在驗證「天道人事」，以厄挫悲戀之辭來安慰鄭思肖渴求中興之志。

最後〈墨蘭〉一詩，實出自比《中興集》較前的《大義集》，但是因爲此詩與其他四首歷史紀錄風格不同，且可與下一小節所論述的植物題畫詩相互輝映，所以列在最後論述。此爲五言律詩：

> 鍾得至清氣，清神欲照人。抱香懷古意，戀國憶前身。空
> 色微開曉，晴光淡弄春。悽涼如怨望，今日有遺民。

詩中並未出現畫中蘭花外形描述，不知是否爲露根蘭。首聯即歌頌墨蘭具有天地「至清」之氣，而這「至清」之氣，就是爲了映照人間，映照出的對象，即是頸聯、末聯直接點明墨蘭爲思戀故國的遺民，如此表明了詩人加諸墨蘭現身於世的身份，即堅持節操的遺民，亦如同詩人本身。「空色微開曉，晴光淡弄春」則是思肖的空觀思想，「空即是色，色即是空」的些微曉悟，明瞭春日晴光這種美好事景定然稍縱即逝，於是淡然看待。不過這種來自宗教的體悟，卻無法解決內心的沈鬱與衝突，當遺民身份成爲必然，最終還是悽涼怨望。詩中情懷比起《心史》諸詩而言，較不激越，但與其他蘭竹菊相同，有共同寄託與心理投射。

〔註81〕《鄭思肖集》，頁26。
〔註82〕《鄭思肖集·中興集二卷》，頁69。

鄭思肖《心史》雖是「古今所未有」的奇書，但又有歷史的眞實性，更是充滿著浩然之氣的心靈史。它和鄭氏其他作品一起，反映了南宋王朝日趨覆亡的現實悲劇和當時劍拔弩張的民族對立局勢，讚頌了以文天祥爲代表的民族英雄的凜然正氣，反覆表達了鄭氏「一統正乾坤」〔註83〕的熱切意願和「終身只宋民」的堅定決心，達到了「篇篇字字皆盟誓」〔註84〕的程度。若《心史》諸詩不存眞僞疑問，與其他傳世題畫詩作兩相比較，《心史》題畫詩直抒胸臆，《心史》之外的題畫詩則詩意含蓄，借物寄情，或許在《心史》中，內在憂怨憤慨之情不須借另一載體——「畫」表露，以此推想《心史》中題畫詩作較少的原因，也就可以得到理解了。

二、植物題畫詩

鄭思肖曾撰寫〈一是居士傳〉，以寄其磊落襟懷。在〈傳〉中，他曾說：「性愛竹，嗜餐梅花，又喜觀雪。」〔註85〕在風雪中堅忍不拔的植物方爲思肖關注對象，「梅蘭竹菊」正可表現「凌霜雪而不凋」的君子節操。情之所鍾，發爲文藻，在他的詩中，亦出現詠「梅蘭竹菊」四君子的作品。而題畫詩中，思肖以畫蘭名於世代，兼及竹菊，但很少雜以閑草野卉。梅詩較少，應是與作者擅長繪畫主題有關。另外《一百二十圖詩集》以人物爲主，提及梅花處只在〈逋仙探梅圖〉中，林逋與梅妻鶴子的連結眾所皆知，此詩以「隱逸」作梅花象徵。《心史》中無梅花題畫詩，詠梅詩則維持一貫激越語調。

鄭思肖嘗在自畫《墨蘭》卷上題：「純是君子，絕無小人。深山之中，以天爲春。」〔註86〕他正是以純然憤俗的君子品格和忠烈憤愈、

〔註83〕〈重題多景樓〉，《鄭思肖集·咸淳集》，頁7。
〔註84〕〈八礪三首〉其二，《鄭思肖集·中興集二卷》，頁76。
〔註85〕〈一是居士傳〉，《鄭思肖集》，頁137。
〔註86〕〔元〕陶宗儀，《輟耕錄·狷潔》，《鄭思肖集·附錄二（傳記）》，頁335。

絕不與苟同元朝的小人並列的遺民心情，觀照筆下的蘭竹菊等植物。茲分述如下：

（一）題蘭詩

思肖「工畫墨蘭，不妄與人。」〔註87〕且其「蘭成即毀之」，故其畫蹟流傳甚少。且其「人求之甚靳……貴要者求其蘭尤靳，弗與。」〔註88〕他對權貴者的不屑與對自己蘭畫所表現的個人心志，尚表現於一名元代佚名作者所作的鄭思肖傳記中所著錄的題蘭贊詩中：「求則不得，不求或與。老眼空闊，清風萬古。」此佚名傳記作者並認為思肖此詩目的為「譏一世之士，無足當其意也」，〔註89〕如此也可見「老眼空闊」的思肖自覺當世皆濁，而以寫蘭追求「清風萬古」之意。

關於鄭思肖蘭畫，一般人較熟悉的是他根不著土的墨蘭，但依其蘭畫著錄，其實分為有根蘭、露根蘭兩種。

1. 有根蘭

〈壯陶閣書畫錄〉卷五有《宋鄭所南蘭花卷》一幅。上云：

> 絹本高七寸五分，葉雲谷潘德畬藏，予得之南海，絹色已黯，令良工洗之，墨色略淡，幽蘭兩株，生於土坡，葉長花放，丰神絕世，題詩行楷，大逾指，得蘭亭枯樹賦神骨，擬摹入帖，所南翁畫跡生平祇見只一種，湘蘭題詩既佳，字仿枯樹賦，亦奇女子也。〔註90〕

詳述了思肖畫作的內容，其中「生於土坡，葉長花放」的「幽蘭兩株」描寫，可見以往思肖心中「幽蘭」原貌。可貴的是上面還有思肖的自

〔註87〕〔元〕陶宗儀，《輟耕錄‧狷潔》，《鄭思肖集‧附錄二（傳記）》，頁335。

〔註88〕〔明〕程敏政編，佚名，〈宋鄭所南先生傳〉，《宋遺民錄》，卷13，頁1。

〔註89〕〔明〕程敏政編，佚名，〈宋鄭所南先生傳〉，《宋遺民錄》，卷13，頁2。

〔註90〕〔民國〕裴景福，《壯陶閣書畫錄》（臺北：中華書局，1976年），卷5，頁38、39。

題詩，此首七絕詩云：

　　明月曉風不自由，湘江楚水碧於油。無人空谷誰能賞，獨

　　領離騷一段秋。

詩中所述蘭花的主題意象是屈原《楚辭》中高風亮節的君子，孤絕於

「無人空谷」之中。〔註91〕這時候他甚至還有「不自由」與待尋知音

的喟嘆，應該還有典型儒士待君王賞識，一展抱負的冀願。梁廷枏

（1796～1861）云：「國亡後，畫蘭不畫土，此則根盤土石間，當作

於神州陸沉前矣。」〔註92〕相比於他之後畫蘭不畫土，更驗證了思肖

後來放逐自身，於天地之間茫茫無所依的思想轉變。

2. 露根蘭

　　鄭思肖所畫之蘭，自南宋亡後，寫蘭不寫坡地，可稱為「露根

蘭」，〔註93〕以寄故國之思。

　　傳世的《墨蘭圖》（日本大阪市立美術館藏）以淡墨寫幽蘭一叢，

無水土雜木，簡潔疏朗，高雅不群。其墨蘭「疏枝簡葉，不求甚工」，

〔註94〕又「天真爛漫，超出物表」。〔註95〕從繪畫的筆墨形式上講，

〔註91〕周嘯天主編，《楚辭鑑賞》（臺北：五南圖書出版公司，1993年）頁
　　　　69。詩人屈原對蘭花極為讚美，〈九歌・少司命〉詩曰：「秋蘭兮青
　　　　青，綠葉兮紫莖，滿堂兮美人。」故畫蘭亦稱寫「離騷」。
〔註92〕〔民國〕裴景福，《壯陶閣書畫錄》，卷5，頁40。
〔註93〕鄭思肖所畫不畫坡地之蘭，從目前傳世的《墨蘭圖》來看，蘭花見
　　　　葉不見根，但從元代陶宗儀紀錄：「自更祚後，為蘭不畫土，根無所
　　　　憑藉。」可見其所畫是見根不見土，兩者蘭花型態有別。思肖所
　　　　畫蘭是否有根，因其蘭畫流傳甚少，故無法僅以《墨蘭圖》一窺思
　　　　肖蘭畫全貌，本文「露根蘭」仍以陶說為準。
　　　　另外現代作家陳之藩在〈失根的蘭花〉一文中所寫：「宋朝畫家思肖
　　　　畫蘭，連根帶葉均飄於空中，人問其故，他說：『國土淪亡，根著何
　　　　處？』沒有國的人，是沒有根的草，不待風雨折磨，即行枯萎了。」
　　　　陳文題名「失根」，然文中所謂「連根帶葉」，又言：「沒有根的草」，
　　　　其實文字有自相矛盾之處，但因散文作品重點實在於作家感興，不須
　　　　強求文字精準。陳之藩，〈失根的蘭花〉，《陳之藩文集一・旅美小簡》
　　　　（臺北：天下文化，2006年），頁257。
〔註94〕〔元〕鄭元祐，《遂昌雜錄》，《鄭思肖集・附錄二（傳記）》，頁344。

鄭思肖的墨蘭並不算精工之作，反有生拙之感。但就筆墨的意蘊而言，鄭思肖的墨蘭極其鮮明地寄託著畫家的情感與個性，此畫以無根之蘭表達對元滅宋的憤傲與悲愴。時人或後人評價鄭思肖之畫也多能從其畫中發現他寄寓的黍離之悲，由於鄭思肖的畫寄託了愛憎，獨具一格，其藝術手法也為後世文人畫家所推崇。如倪瓚題其畫蘭云：「秋風蘭蕙化為茅，南國淒涼氣已消。只有所南心不死，淚泉和墨寫離騷。」〔註96〕雖為題畫，卻與畫面基本無涉，而側重于鄭思肖作畫心態的闡發。詩人則由畫及人，由人及變，寫出了滄桑之感，揭示了畫家心靈。

畫上有書：「丙午正月十五日作此一卷」，這時宋亡已有二十六年，作者也已是六十五歲的老人了，而鄭思肖的民族自尊心卻老而彌堅。畫上題詩：

> 向來俯首問羲皇，汝是何人到此鄉。未有畫前開鼻孔，滿天浮動古馨香。

羲皇，即伏羲氏，上古時代漢民族的領袖，這裡指一向被作者崇敬古雅的墨蘭。前兩句，作者把蘭擬人化，他向蘭發問：「你是何人？難道不知道國土正遭元人蹂躪？為何來到沒有存身之地的『此鄉』？」作者以愛國情思，抒發亡國之痛，情真意癡。後兩句是作者寫自身對蘭的品格的感受：在作畫之前，畫家就已經馳騁想像，開放五官，特別是鼻孔嗅覺，於是便能聞到滿天的濃郁芳香了，而且這種流動的芳香還帶有「古意」。馨香，本來是自然屬性，但在鄭思肖的筆下，卻賦予了它社會屬性，成為高潔、堅貞的人格象徵。馨香「滿天浮動」而且「古」，表現了作者的香心不泯、風節不變的品格。這裡的「古」，與開頭的「羲皇」呼應，「古」即「故」，亦具諧音雙關的效果，為點題之筆。

〔註95〕〔元〕夏文彥，《圖繪寶鑒》（臺北：臺灣商務印書館，1983年），卷5，頁814～616。

〔註96〕《鄭思肖集・附錄三（題詠）》，頁344。

另外《鄭思肖集・補遺》中，另有兩首題蘭詩，並有補註：「以上據鄭氏存世畫蹟」，可知這兩首詩都是題在畫上之詩。詩云：

> 一國之香，一國之殤。懷彼懷王，於楚有光。（之一）

> 玉珮凌風挽不回，暮雲長合楚王台。青春好在幽花裏，招
> 得香從筆硯來。（之二）〔註97〕

前首詩為四言贊詩，後首詩為七言絕句。兩首詩都以屈原寫作《離騷》、《楚辭》的精神寫蘭，一方面顯示自身對故國的懷想，一方面也與屈原忠心作跨越時空的呼應。從「一國之殤」、「懷彼懷王」、「玉珮凌風挽不回」的詩句中推論，此兩幅蘭畫均應作於宋亡之後，故應是「露根蘭」。

三首蘭詩均強調其「香」，借指君子之德，也使鄭思肖的墨蘭在中國繪畫史上散發出千古不滅的馨香。

（二）題竹詩

鄭思肖亦工墨竹，可惜畫蹟未能流傳，不過在《書畫彙考》卻有其〈推篷竹圖並題卷〉的著錄。〔註98〕題下有說明：「紙本高三寸，跋高七寸，長四尺。」與蘭卷高「五寸許」相比，尺幅更小，但由「竹枝飄瞥離披，情景俱異」〔註99〕來看，所南繪竹，頗具巧思。更具奇想的是從他的題詩來看：

> 清曉清風吹過後，露出青青一罅天。一似推篷偷看見，竹
> 林半抹古蒼烟。

著錄者說明此詩句「題竹葉間」，與一般題詩在畫幅空白中不同，書法文字與畫中竹葉融為一體。詩中顯示此竹似乎是在「推篷」之下得見半抹，因此未見全貌，而青天又僅露「一罅」，畫者（觀賞者）的位置就值得多加思索了：「篷」的位置，似在畫外，畫中應不見「篷」，此種角度取景的拿捏，令觀賞者無法直接領會所南畫意，難怪題跋者

〔註97〕《鄭思肖集・補遺》，頁289。
〔註98〕〔清〕卞永譽撰，《書畫彙考》（臺北：臺灣商務印書館，1983年《景印文淵閣四庫全書》），卷45，頁828～887。
〔註99〕嚴澍所言。〔清〕卞永譽撰，《書畫彙考》，卷45，頁828～889。

意見不一：「竹」、「節」、「清氣」、「竹典」……都能有番發揮。因此不管是鄭思肖的畫中玄機，以及所取景或是題詩位置，皆與他的蘭畫一般，具有「超出物表」的效果。

此畫作有鄭元祐（1292～1364）題詩：

> 墨胎之墨死不化，固應此君常入畫。雨裡推篷略見來，至
> 今風節傳天下〔註100〕

此詩鮮明的說明鄭思肖留給觀畫者最深刻的印象，並非「竹」外在的形象，而是「竹」的精神，結合畫者的堅貞意志，亦即「雖死不化的風節」。據嚴澍（生卒年不詳）所言：「鐵網中具在諸人題跋，尚有所南自製一詩，六人跋語，是必爲狡獪之徒，分成兩卷，不稱完璧爲深惜耳。」〔註101〕此詩爲：

> 萬頃琅玕壓碧雲，清風幽興渺無垠。當時肯首說不得，不
> 意相知有此君。

從詩人所言「萬頃琅玕壓碧雲」來看，與前述《推篷竹》的「竹林半抹」不同。雖然六人題跋，有五人提及「推篷」一事，但從俞焯（1783～1843）題跋：「孤竹君家原姓墨，墨君消息要深參。詩人莫作推篷看，認取南枝見所南。」或陳昱（1618～1665）題跋的前四句「我身坐船中，竹自在沙渚。靜觀不推篷，固已識全體。」來看，都只是以「推篷竹」來觀照眼前竹畫。因此只能說「推篷竹」與「露根蘭」一樣，是鄭思肖「竹、蘭」圖畫的重要象徵，而嚴澍推論「同一畫作被一分爲二」的說法是有待商榷的。

再看這首題跋，更可說明嚴澍所言的問題所在：

> 要寫秋光寫不成，愁凝苦竹淡煙橫。葉間尚有湘妃淚，滴
> 作江南夜雨聲。

敘述詩人原本是要作畫的，但無法描繪秋景燦爛，於是在滿懷愁緒、

〔註100〕 陳福康則著錄爲「〔元〕宋無〈題鄭所南推篷竹卷〉」《鄭思肖集·
  附錄三（題詠）》，頁344。
〔註101〕 〔清〕卞永譽撰，《書畫彙考》，卷45，頁828～889。

淚眼迷濛中，藉由湘妃對舜帝的追念相思，〔註102〕言其畫中的遺民之情。而作者的淚亦如江南夜雨，瀟瀟不止，悲怨也因此連綿不盡。此詩中呈現的煙雨蒼茫和「推篷竹」的清風、清曉、青天有更清楚的差異。顯見這是兩幅不同畫作。

所南另有〈愛竹歌〉云：

此君氣節極偉特，令人愛之捨不得。遍造山林有竹處，不問主人識不識。朝朝暮暮看不足，感得碧光透雙目。一旦心空忽歸去，挺身特立化爲玉。〔註103〕

自東晉王徽之愛竹至發之內心讚嘆：「何可一日無此君？」〔註104〕「此君」即成「竹」的代稱，亦直接道出「竹」的君子特質。「氣節」是竹的標誌、身處山林，即使不爲君王所識，仍自散發出透目碧光，即使世局多變，生命凋零，仍挺身特立，成爲如玉的君子。這是鄭思肖直接詮釋他愛竹的因由。

另外鄭思肖的題畫竹詩，多寫蒼煙半抹、清風數竿之景，也正如前面《一百二十圖詩集》的探討所言，是他重清氣的最佳表徵。自〈自題墨竹〉：「萬頃琅玕壓碧雲，清風幽興渺無垠」、〔註105〕〈自題推篷圖〉：「清曉清風吹過後，露出青青一罅天」、〔註106〕〈無名氏巡簷數修竹圖〉：「何啻數來千萬個，不知那個弄清風」、〔註107〕〈王子猷看

〔註102〕　任昉《述異記》有言：「舜南巡不返，殂葬於蒼梧之野。堯之二女：娥皇、女英追之不及，相思慟哭，淚下沾竹，文悉爲之班班然。」又曰：「衛有淇園出竹，在淇水之上。詩云：『瞻彼淇澳，綠竹猗猗』」〔宋〕李昉等撰，《太平御覽・竹部一・竹上》（臺北：臺灣商務印書館，1983 年《景印文淵閣四庫全書》），卷 962，頁 901～525、526。

〔註103〕　《鄭思肖集・中興集二卷》，頁 78。

〔註104〕　「王子猷嘗暫寄人空宅住，便令種竹。或問：『暫住何煩爾？』王嘯詠良久，直指竹曰：『何可一日無此君？』」〔南朝宋〕劉義慶編，余嘉錫箋疏，〈任誕〉，《世說新語箋疏》下卷上，頁 760。

〔註105〕　《鄭思肖集・補遺》，頁 291。

〔註106〕　《鄭思肖集・補遺》，頁 290。

〔註107〕　《鄭思肖集》，頁 230。

竹圖〉:「秋沁徹之骨亦清,翠光如水漾空明」〔註108〕來看,詩中一再呈現「竹與清」的縮合,再伴隨著清風,頗能顯現鄭思肖嚮慕純粹「清」的境界。色彩上則全是青綠色調:碧雲、青天、翠光,都是既定背景,而碧血丹心、留名青史,一向是中國儒士的最終目標,思肖深受儒教洗禮,自然以竹爲其「忠心」投射的知己。

(三)題菊詩

鄭思肖的題菊詩與題竹、題蘭詩相較,更多了一些孤絕與忍耐的意味。

〈寒菊〉詩云:

花開不並百花叢,獨立疏籬趣未窮。寧可枝頭抱香死,何
曾吹落北風中〔註109〕

鄭思肖的這首畫菊詩,與一般自陶淵明以來,讚頌菊花隱逸情志的詩歌不同,而是託物言志,深隱詩人的人生遭遇和理想追求。鄭思肖自勵節操,憂憤堅貞,他頌菊自喻,傾注了他的血淚和生命!「花開不並百花叢,獨立疏籬趣未窮」這兩句詠菊詩,是景物描寫,且是人們對菊花的共識:菊花不與百花同時開放,自是不隨俗不媚時的高士。「寧可枝頭抱香死,何曾吹落北風中」後兩句進一步寫菊花寧願枯死枝頭,決不被北風吹落欺凌折辱的不屈精神,描繪了傲骨淩霜,孤傲絕俗的菊花,表示自己堅守高尚節操,寧死不肯向元朝投降的決心。這是鄭思肖獨特的感悟,是他不屈不移、忠於故國的誓言。

自從宋朝偏安江南,詩人因此有了對菊花枯死枝頭的詠嘆。陸遊在〈枯菊〉中有「空餘殘蕊抱枝乾」〔註110〕的詩句,朱淑貞則在

〔註108〕 《鄭思肖集》,頁217。

〔註109〕 《鄭思肖集‧補遺》,頁291。此詩以「寒菊」爲名,是爲「詠物詩」,然亦有一說爲「題畫詩」。在《宋遺民錄‧宋鄭所南先生傳》中,「題其畫菊曰:『花開不竝百花叢,獨立疎籬趣未窮。寧可枝頭抱香死,何曾吹墮北風中。』」稱其爲「畫菊」詩,故本論文將此詩列於題畫詩範疇探析。《宋遺民錄》,卷13,頁2。

〔註110〕 〔宋〕陸游,《劍南詩彙》,(臺北:台灣商務印書館,1983年《景

〈黃花〉中提出「寧可抱香枝上老，不隨黃葉舞秋風」。﹝註111﹞陸遊是形象化的審美，朱淑眞則進一步點出了個人心志的抉擇與執著。而鄭思肖的「枝頭抱香死」比朱詩「抱香枝上老」更爲痛切悲壯，且語氣更具誓無反顧的力道。「何曾吹落北風中」和「不隨黃葉舞秋風」相較，前者以反問語氣表達肯定意念；後者陳述，甚至「舞」字，尚有了淡然遠離的態度。鄭思肖還點出「北風」，對象明確，直指來自北方的蒙古汗國，對元的反抗之情，躍然紙上。

　　鄭思肖又曾詠菊：「禦寒不藉水爲命，去國自同金鑄心。」﹝註112﹞表明忠心如金堅。

　　其他與菊有關的題寫詩句則出現在《一百二十圖詩集》中。菊與人物的結合，最容易令人聯想的就是愛菊的陶淵明了。在〈陶淵明對菊圖〉中，「誰知秋意凋零後，最耐風霜有此花」﹝註113﹞是寫菊抗風霜的堅毅，而〈陶淵明三逕圖〉：「閒情幽淡菊花開」﹝註114﹞則寫菊隱逸象徵。

　　較特殊的是，屈原原是屬於「蘭」的典型人物，但在鄭思肖〈屈原餐菊圖〉：「誰念三閭久陸沉？飽霜猶自傲秋深。年年吞吐說不得，一見黃花一苦心！」﹝註115﹞詩人另寫屈原與「菊」的聯繫，因屈原在《離騷》中有「朝飲木蘭之墜露兮，夕餐秋菊之落英」之句，﹝註116﹞故在鄭思肖詩中，菊花成爲屈原縈繞於心、「說不得」的苦痛。

印文淵閣四庫全書》），卷 61，頁 1163-12。

﹝註111﹞　〔宋〕朱淑眞，《朱淑眞詩集後集‧補遺》，（臺北：新文豐出版社，1989 年《叢書集成續編》），卷 1，頁 759。

﹝註112﹞　此詩亦有指「水仙」。明‧王逢，〈題宋太學鄭上舍墨蘭有序〉，《鄭思肖集‧附錄三（題詠）》，頁 344。

﹝註113﹞　《鄭思肖集》，頁 221。

﹝註114﹞　《鄭思肖集》，頁 221。

﹝註115﹞　《鄭思肖集》，頁 208。

﹝註116﹞　〔宋〕洪興祖撰，〈離騷經‧王逸序〉，《楚辭補註》（臺北：藝文書局，1996 年）卷 1，頁 10。

第四節　結　語

　　鄭思肖著《所南翁一百二十圖詩集》是一百二十首題畫詩。這些詩絕大多數取材於歷史故事或傳說，是與其相關繪畫相互依存的詠史詩作。在這些題畫詠史詩作品中，作者寄寓了久積於胸的憤意。可以看到，鄭思肖是通過對圖畫的選擇和對其「忠」的題寫，間接地傳達著自己的喜好與情感。他詩歌中的高人逸士，多具有神仙的氣質或神仙的經歷。對神仙的抒寫，一方面展示了其對於塵世的絕棄，這在最大程度上實現著絕棄元代社會的心願。同時，他又以忠於國家的圖畫人物，展現了其與南宋故國的記憶連結。例如他寫〈伯牙絕弦圖〉一詩：「終不求人更賞音，只當仰面看山林。一雙閑手無聊賴，滿地斜陽是此心。」表面寫的是唯一能解伯牙琴中意趣的鍾子期一死，伯牙遂斷弦，終身不復鼓琴的故事，但若推敲其中文句，詩人展示的卻是他個人遁跡山林，不求人知的內心世界。「只當仰面看山林」是擇善固執，我行我素的孤芳自賞。「滿地斜陽是此心」藉夕陽寫內心的淒惶。夕陽再好，已是黃昏，恢復宋室的希望如此渺茫，世上知音又日漸稀少，於是在詩中流露的自負、孤獨、憂傷等情緒，不正是思肖個人心態？因此，他的題畫詩從總體來看正是他心理上的真實寫照。

　　鄭思肖以曉暢澹淡的筆調書寫，描繪了一幅包含各色人物的畫屏。不同於一般的題畫詩，多是以「圖畫」為主軸，「詩」是因畫而生發的作品，讀詩之餘，畫面也隨之浮現。這一百二十首詩，卻是因思肖「遇事」或「遇圖」，以「遇」而提出個人對此一人物故事的感受，「詩」為主，「畫」反倒成為次要的存在，這在中國文學史上，應也是少見的作品形式。

　　而在鄭思肖對植物的題畫中，他寫蘭取其「香」，寫竹取其「清」，寫菊則以其外在風霜欺凌，對比其內在的堅毅。他是以蘭菊自比，並以其「香」表其人格，而另以竹作為知己。綜觀他的植物題畫詩可以韓奕（1334～1406）《韓山人詩集·五言古詩》〈鄭所南畫（蘭）〉作結：

　　　　惟公生南楚，侍宦來吳中。身遭宋國亡，耿耿存孤忠。無

　　家又無後，南冠號北風，灑淚寫《離騷》，咄咄如書空。疏
　　花綴簡葉，孤生不成叢，愉然數筆間，遺恨自無窮。圖成
　　繼數語，語怪誰能通，流落爲世重，寧論拙與工。此花有
　　時盡，此恨何時終，籲磋匹夫心，所收由天衷。我思殷頑
　　民，千載將無同。〔註117〕

詩句中敘述鄭思肖生平遭遇，並體認他是將強烈的愛國情感表現在繪
畫中。不論是他的蘭畫或竹、菊畫，呈現的藝術價值在其心志展現，
再以詩配畫，緣物抒情，深化了題意。作者借筆墨抒發胸中逸氣，成
爲文人畫中最重要的內涵，詩畫作品也就是自我思想品格的寫照。鄭
思肖獨特的生命抉擇與當代詩人有不小差異，他不似江湖詩人攀附權
貴，也不同其他遺民詩人唱酬結社，他以刻意而爲的方式創作，以各
種詩歌形態表現他的痛苦心境。《心史》的沈痛與悲憤之外，即使如
《錦錢餘笑》的嬉謔，都有鄭思肖自苦終身的軌跡。

　　在《一百二十圖詩集》自序裡，他曾提及寫作這組人物題圖詩的
目的：

　　天地之靈氣爲人，人之靈氣爲心，心之靈氣爲文，文之靈
　　氣爲詩。蓋詩者，古今天地間之靈物也……將欲靈，夫不
　　靈之靈以爲靈，其靈靈乎？其不靈靈乎？此其所以滿目青
　　山綠水，垂咲于無窮，無窮無窮也邪！

此段鄭思肖提出「詩主性靈」的概念。在滿目青山綠水、無窮天地間，
詩人不同於當代江湖詩人，走清淡閒遠的詩風，而是選擇鋪陳一百二
十個人物圖，人物皆有所本，他以評價古人言行事蹟，作爲他性靈的
出口，精神的表徵。

　　身爲一個儒者，鄭思肖有著儒士所共有的審美情致。在談到詩
時，鄭思肖強調：「（爲詩）其體製欲溫柔敦厚，雅潔瀏亮，意新語
健，興趣高遠，追純古之風，歸於性情之正，毋爲時之所奪焉，凡一
言一行，皆此心之形所見者也。」〔註118〕作詩原則如此，詩、書、

〔註117〕　〔元〕韓奕，《韓山人詩集》（臺南：莊嚴文化，1997年《四庫全書
　　　　　全目叢書・集部・別集類：23》），卷2，頁23～363。
〔註118〕　〈心史・自序〉，《鄭思肖集》，頁3。

畫本爲一體，由此我們可以想見鄭思肖作畫的原則也應爲古樸簡約，超然物外，反映在他的畫作《墨蘭圖》來說，「露根蘭」的形象太強烈，他追求的是一反南宋畫院寫眞雕琢的風格，而是深具個人風格、獨特品行的主題。

鄭思肖詩歌被認爲「險異詭特，蓋所以抒寫其憤懣云」，〔註119〕此評價應是針對《心史》詩歌而言。然在除《心史》題畫詩外，「憤懣之心」是有的，「險異詭特」則未必。鄭思肖其他詩歌的總體面貌，與《心史》迥不相同，都是「饒有風趣」的「白話詩」〔註120〕及文，故余嘉錫評其詩爲「皆出世之語，風格似寒山子，與《心史》之感事抒懷者了無關涉。」〔註121〕

若以本章所探討的題畫詩來看，《一百二十圖詩集》詠人詠史的白描陳述、植物題畫詩的歌詠風節，都清楚表達他內心性情。其詩或明或隱，識者卻可以輕易感受到詩中所表露他的民族氣節與對宋王朝的懷念和忠心，或其對元朝廷的憎恨。的確，鄭思肖的「蘭畫」對後世頗有影響，《心史》加身的讚譽，更使鄭思肖聲名大噪，但那是在民族氣節的部份，明末清初思想家顧炎武（1613～1682）就十分崇敬他，曾作〈井中心史歌〉紀念。〔註122〕但是鄭思肖的「題畫詩」亦有創新的呈現，所以除了「畫蘭」的鄭思肖之外，書寫「題畫詩」的鄭思肖也不容被湮滅。加上「詩靈」之說應爲後世晚明公安派、清袁枚（1716～1797）等人「詩主性靈」〔註123〕之濫觴，鄭思肖的題畫詩作實應有被重新認識的必要。

〔註119〕〔元〕鄭元祐，〔清〕顧修輯，《遂昌山人雜錄》（臺北：藝文出版社，1968年《讀畫齋叢書〔四〕》），頁14。

〔註120〕張元濟，〈影印鈔本清雋集跋〉，《鄭思肖集》，頁332。評《錦錢餘笑》二十四首：「皆白話詩，饒有風趣。」

〔註121〕《鄭思肖集》，頁332。

〔註122〕《鄭思肖集·附錄三（題詠），頁345。》

〔註123〕「大都獨抒性靈，不拘格套，非從自己胸臆流出，不肯下筆。」這是公安派的重要理論。〔明〕袁宏道，〈敘小修詩〉，《袁宏道集箋校》（上海：上海古籍出版社，2008年），頁187。

第三章　馬臻題畫詩

　　宋元時期，儒道釋思想融合的背景，使得文人在理學儒教的薰陶下，追求人格道德的完善，而道釋宗教則成爲心靈精神上重要寄託。

　　馬臻是逸民畫家裡身份較爲特殊的人物，不只是薰染道教思想，他直接出家當道士。身爲道士，因爲有信眾的供養，在經濟生活上少了不少負擔，加上自身繪畫才能，與當代人物的交遊往來，除了談玄論道，還可以有詩畫贈答，於是在人生的抉擇上，亦比其他逸民詩人更多了一些自主的條件。

　　關於馬臻此人傳記資料流傳不多，主要可參考《霞外詩集》〔註1〕中龔開、仇遠、毛晉與四庫館臣的序跋，《遼金元文學史》第三單元元代部份有提及，〔註2〕這些事蹟紀錄差距不大，略有增減而已，但在《武林元妙觀志》這本道家著作中則有較爲詳盡的介紹。〔註3〕

　　馬臻字志道，號虛中，錢塘人（浙江省杭州市），生於宋寶祐甲寅歲（1254年）。自少不慕榮利，翻然學道，受業於褚雪巘先生之門，以詩畫著名於時。四庫館臣曾提出〈述懷〉一詩，認定其身爲宋末遺老的身份。〔註4〕他與一般認定「忠於故國」的「遺民」不同，〈述懷〉

<hr>

〔註1〕本章所引用馬臻之詩皆以四庫本爲主，以下作者、出版項略。
〔註2〕吳梅，《遼金元文學史》（臺北：河洛圖書，1979年），頁102
〔註3〕〔清〕青嶼仲衡輯，〔明〕梅志暹編，《武林元妙觀志》（揚州：江蘇古籍出版社，2000年《中國道觀志叢刊：17》）卷2，頁63～64。
〔註4〕「觀其〈述懷〉一詩，殆宋末遺老，寄託黃冠。」〈提要〉，《霞外詩

詩中述及馬臻原可以其文才求得仕進，卻在宋室「母老子弱」即將覆滅的情況下，他看到了政治現實的腐敗黑暗，於是決定扮演一個忠於自我的角色，回到初心，來到他嚮往的宗教世界。〔註5〕所以筆者認爲將馬臻列入「逸民」更爲適當。

> 平昔尤慕陶貞白〔註6〕之爲人，因築別業於湖上，雜植松竹，徜徉山水間，以樂其志。暨出家著道士服，隱約西湖之濱，士大夫慕與之交。不過習清虛，談淡泊，無一言及勢力聲利。〔註7〕

宋趙昺祥興二年（1279年，元世祖至元十六年），南宋王朝覆亡，徹底改變馬臻生活道路，他隱於杭州西湖之濱，潛心修道。時仇遠讚頌其「無一言及勢力聲利」、「一言不少屈」，實爲對其前半生的概括。入元後易裝爲道士，依然優遊世間。很幸運的，馬臻的際遇全由自己主宰，湖上別墅的風光與生活，是多少人畢生追求的目標，「西湖」對馬臻來說，是夢想，是以樂其志的場域，也是他最初與最終的選擇。馬臻和其他有嚴正「政治潔癖」的「遺民畫家」處世方式不同，不同於鄭思肖的「不與人交」，也不同於溫日觀的「眼空俉狂」，他並不拒絕與當時在朝爲官的人交往。「道士」既是他的志業，而和當時士大夫的交往，也以談論道家學說思想爲交往的基礎，對勢力聲利不至於鄙視，但也不及一言。所以四庫館臣評其人格：「在通介之間」，〔註8〕大致如此。

> 大德辛丑從天師張與材至燕京，行內醮將授之道秩，非所好

集》，頁1204～1。《霞外詩集》中有三首〈述懷〉詩，一爲卷1〈述懷〉，一爲卷5〈述懷五十韻〉，一爲卷8〈述懷〉，依照詩意來看，四庫館臣所指，應爲卷5〈述懷五十韻〉。

〔註5〕《霞外詩集》，頁1204～64。

〔註6〕陶貞白即陶弘景（456～536），南朝秣陵人，字通明。工草隸，好道術。齊高帝時，爲諸王侍讀。梁時隱於句曲山，自號華陽隱居，武帝時，禮聘不出，然朝廷大事，無不諮詢，時稱爲山中宰相，卒贈大中大夫，諡貞白先生。

〔註7〕《霞外詩集》，頁1204～108。

〔註8〕《霞外詩集·霞外詩集序》，頁1204～55。

也，辭而歸。至大間，天師命爲佑聖觀虛白齋高士，亦不就。
作詩謝之曰：「盤空獨鶴下仙壇，紙上春風墨未乾。駑馬斷
無千里志，鶬鶊惟羨一枝安。青天蕩蕩元恩大，白髮悠悠世
路難。容得閒身老林壑，湖西山色倚樓看。」〔註9〕

此段生平敘述，應是眾多論者將馬臻視爲「遺民」的重要因素。兩次
晉升機會，馬臻詩中均有紀錄。〔註10〕元朝統治者後期對江南諸道採
取懷柔政策，元世祖忽必烈一入主江南，奉行「以道護國」的種種寬
懷之策，終於改變馬臻對元廷的態度。成宗大德五年（1301 年）與
江西龍虎山正一道大師張宗演（1244～1292）去大都（今北京市），
朝拜成宗孛兒只斤鐵穆耳（1265～1307）。大德六年（1302 年）返回
杭州。這一趟大都之行，會見了一些當朝權傾之士，由此可見馬臻對
元朝廷的態度，他不憤世嫉俗卻保持著一定距離。當然這次北行也可
能是馬臻「壯遊之心」的蠢蠢欲動。既然不只一次拒絕了道士身份的
晉階之路，對世俗功名，馬臻更是不放在心上了。在詩中，馬臻清楚
的表達自己的志趣所在，學道不爲了神仙世界的追求，而是回到人世
間，執筆紙上，寫詩作畫。因對時局與社會上貪緣富貴者仍有疑慮，
他跟官場保持一定距離，但是爲了遠離人間是非，他的選擇是隱逸於
林壑山水之間。

嘗手畫龍門、桑乾二圖，流傳海內，不見者輒以爲恨。其
爲人所傾慕多類此。所著有《霞外詩集》及文集、外集，
俱行于世。

這段文字敘述馬臻著名於世的繪畫、詩文，以及他的人格。在人心不
安的元世，他曾是「流行時尚」的代表。他的詩、畫相融，內容多取
材於西湖的煙雲、花草。而他的人與作品與世界保持一股既遠離又親
近的隱逸精神的展現，的確也算是元代文人畫家的前驅者。

〔註 9〕《霞外詩集》，卷 5，頁 1204～108。
〔註10〕〈大德辛丑冬內醮禮成，天師眞人親奉上旨，祈雪繼沐感通，謹賦
七言律詩稱賀二首〉，《霞外詩集》，卷 4，頁 1204～91。〈至大己酉
春天師教主大眞人俾予佑聖觀虛白齋高士，僅裁七言律詩一首辭
謝〉，《霞外詩集》，卷 5，頁 1204～71。

　　馬臻題畫詩作品自《霞外詩集》整理，合計一百一十一首，以近體詩為主：七絕七十一首、五絕四首、七律三首。古詩雖少，也有三十二首，且以較詳實的詩句敘事論畫。其中有一〈畫意〉組詩，共二十二首；單從〈畫意〉詩題，無法明瞭究竟是否為題畫詩作或是寫景之詩。但在《御定歷代題畫詩類》中，既已選錄其中十三首，〔註11〕且其中有「不妨傳入畫圖看」之語，〔註12〕言其因「老去怕風兼怕水」，故將浙江「秋濤拍夜灘」之景，留為畫作內容，因此筆者仍將〈畫意〉列為題畫詩作。

　　依其題目探究畫中內容，可分為四類。第一類山水主題是大宗，其中據題意來看，多是馬臻自畫自作，由於此類型詩作較多，故獨立一節研究。其次有題他人畫作之詩，可看出馬臻對畫家的評價以及對畫作的鑑賞觀點。第三類則是具當時作詩背景的題目，可一探馬臻交遊，並可明瞭馬臻向朋友吐露的真情感慨。最後一類則是馬臻詠人詠物詠史的詩作。綜合上述詩作類型，或可對馬臻這位身處動盪時代兼具道士身份的逸民畫家，有更進一步的認識。

第一節　山水題畫詩

　　馬臻隱居於西湖之濱，眼前所見山水、自然成為他詩畫主題。自他全部的題畫詩來看，馬臻畫作也多屬山水自然之類。根據題目，直接表明山水題畫詩作的有〈題畫山水〉五古與七絕兩首，〔註13〕另外〈題畫雜詩〉十九首、〔註14〕〈畫意〉二十二首、〔註15〕〈題畫卷〉

〔註11〕〔清〕陳邦彥編，《御定歷代題畫詩類》（臺北：臺灣商務印書館，1986年《景印文淵閣四庫全書》），卷52，頁1435～640。此書將〈畫意〉編於「閒適類」。

〔註12〕全詩為「吳儂生長浙江干，慣見秋濤拍夜灘。老去怕風兼怕水，不妨傳入畫圖看。」《霞外詩集》，卷10，頁1204～160。

〔註13〕《霞外詩集》，卷7，頁1204～133。《霞外詩集》，卷8，頁1204～141。

〔註14〕《霞外詩集》，卷8，頁1204～144。

〔註15〕《霞外詩集》，卷10，頁1204～159、160。

四首，〔註16〕都是組詩性質，加上兩首七絕：〈畫青山白雲圖〉、〔註17〕〈山平水遠圖〉，〔註18〕一首〈題宿雲圖〉古詩，〔註19〕合計五十首。據詩意來看，皆爲馬臻自畫自題的作品。加上還有一些因景而作的山水畫，成爲他主要題詩的作品

　　詩作爲畫的解讀，雖未見畫作，卻經由「詩」，畫面自然呈現。就其山水題畫詩作內容探索，首先可見到馬臻摹山範水，描繪景物，將尺幅畫面濃縮於詩句之中，再進一步可見其抒發就其畫面所引生的情志。

一、摹山範水

　　摹山範水是將畫家所欲呈現的空間景物，超越時空距離的限制，於紙本上呈現，在相似的山水景觀中，因文字描繪而顯露畫作的差異，詩與畫相乘，由此可見畫家在季節色調、畫面安排的匠心獨運。

（一）季節與色彩

　　摹寫山水景物，常以季節爲背景。但在〈畫意〉〔註20〕前四首，詩人刻意以春夏秋冬四季依序鋪寫，春：「千樹萬樹桃花發，三聲五聲鶗鴂鳴」、夏：「晴雲冉冉拂空翠，群木陰陰生夏寒」、秋：「亭亭樓觀藏山坳，上有疊嶂爭秋高」、冬：「寒空黯淡飛鳥沒，某丘某壑同一色」。四季不同，畫家取材取景也不同。

　　以四季山水來看，馬臻慣以春秋兩季景色陳述，其中又以秋氣爲多，或許是因爲秋季空幽，正是潛心修行的時機。色彩方面，則大多以水墨、黑白色調呈現。如：

> 月華如水天如空，蒼煙遠樹涵秋容。筆頭墨盡意不盡，參
> 錯雲山三四重。（〈題畫雜詩〉之十一）〔註21〕

〔註16〕《霞外詩集》，卷7，頁1204～125。
〔註17〕《霞外詩集》，卷7，頁1204～124。
〔註18〕《霞外詩集》，卷2，頁1204～69。
〔註19〕《霞外詩集》，卷7，頁1204～123。
〔註20〕《霞外詩集》，卷10，頁1204～159、160。
〔註21〕《霞外詩集》，卷8，頁1204～144。

偶爾加上青黃點綴，更見美感。如：

> 曉清江浦生秋水，林麓青黃差可喜。詩情畫意欲相高，一
> 抹沙堤三千里。（〈題畫雜詩〉之十三）〔註22〕

另外「江干秋染爛斑樹」〔註23〕則以紅色妝點，具有繽紛的視覺效果。

春景較具多彩，尤其要寫桃李杏花，必由斑爛色彩呈現自然之景。如：「輕紅淺碧爛斑濕，複水重山共春色」，〔註24〕若無色彩，怎能顯現春天生機盎然？試看：

> 江村日暖春冥濛，李花如雪桃花紅。山長水遠望不斷，盡
> 在乾坤生意中。（〈畫意〉之十二）〔註25〕

再如：

> 輕雲漠漠天影空，江村雨過生微風。似嫌野外春淡薄，故
> 點桃花深淺紅。（〈題畫雜詩〉之十四）〔註26〕

是以深淺不一的紅色，點出花朵，而使春天更具形態。較特殊的是沒有春天繁花，如何呈現春天？

> 雨餘山色天然好，洗盡鉛華任春老。羨爾營丘水墨仙，正
> 須不用閑花草。（〈題畫雜詩〉之六）〔註27〕

馬臻體認雨後春景，天然可喜，故以水墨表現，不寫花草。「眾色一掃群峰寒，春凝寶汞石齒乾」〔註28〕則在雲霧迷濛中，以黑白色彩寫春寒凍凝水流的景象。同樣寫春天山水，畫家變化不同表現方式，可見他經營畫面的用心。

有時季節不是重點，純以畫家在紙幅上的需求而定。如：「千章古木間青紅」，〔註29〕再如：「西牐正是斜陽好，一帶泥金抹遠山」，

〔註22〕《霞外詩集》，卷8，頁1204～144。
〔註23〕《霞外詩集》，卷10，頁1204～159、160。
〔註24〕〈題畫雜詩・之一〉，《霞外詩集》，卷8，頁1204～144。
〔註25〕《霞外詩集》，卷10，頁1204～159、160。
〔註26〕《霞外詩集》，卷8，頁1204～144。
〔註27〕〈題畫雜詩〉，《霞外詩集》，卷8，頁1204～144。
〔註28〕〈題畫雜詩・之十〉，《霞外詩集》，卷8，頁1204～144 。
〔註29〕〈畫意・之十一〉，《霞外詩集》，頁1204～159、160。

〔註30〕藉由文字的說明，可以明瞭馬臻山水畫中黑、白、青、紅、黃、金色彩運用的靈活多變。

（二）山水布局

主題既是山水，畫面安排，山景、水景的描繪，因此有了必然的差異。試看一首描繪山景的詩作：

> 亭亭樓觀藏山坳，上有疊嶂爭秋高。支筇共語不知遠，轉覺身世輕鴻毛。（〈畫意〉之三）〔註31〕

寫山景時，唯一的人為建築物就是道觀，道觀常藏於雲間，屬於道教神仙世界的塑造。山徑上，總有一人拄杖支筇，緩步行走其間，應是入山求道的形象，這裡也正是馬臻「道士職業」的寫照。

另外在寫水景時，馬臻畫面安排又有不同。如純寫景的兩首詩：

> 江花江草映江樓，寫出江天一片秋。隔岸小橋低數尺，淡煙消處見漁舟。（〈畫意〉之八）〔註32〕

> 青青疊嶂摩蒼天，下有五湖煙水連。漁家小橋雨新漲，扁舟繫傍茅簷邊。（〈畫意〉之二十）〔註33〕

馬臻水景詩作，集結了水上漁舟、江上帆船、岸邊村籬茅舍、小橋江樓等常見的江南水鄉印象，是屬於結廬人境，心遠地偏的場景，漁父則是畫面中未必出現卻隱然存在的人物。其中頗見馬臻「漁隱」心志，雖和入山求道稍有悖離，但由於馬臻最初和最終都選擇西湖隱居，即使遠赴他地，西湖也是馬臻鄉愁所寄，〔註34〕馬臻和一般道士生活重心、生命抉擇確實有所不同。

寫山景時，又常有水景共入畫中，可見馬臻作畫時畫面的安排。如：

> 石迤盤盤入翠微，山腰樓觀白雲飛。微茫野外人煙晚，一

〔註30〕〈題畫雜詩・之五〉，《霞外詩集》，卷8，頁1204～144。
〔註31〕《霞外詩集》，卷10，頁1204～159、160。
〔註32〕《霞外詩集》，卷10，頁1204～159、160。
〔註33〕《霞外詩集》，卷10，頁1204～159、160。
〔註34〕〈寓金臺畫西湖空濛圖〉，《霞外詩集》，卷3，頁1204～90。

片風帆何處歸。(〈畫意〉之九)〔註35〕

溪翁住處臨溪水,一道飛泉翠微裏。西山爽氣爭秋高,樓
觀參差白雲起。(〈畫意〉之十八)〔註36〕

兩首詩融合山景、水景的所有元素,可見馬臻介於道境、人境之間,不是全然的方外人士,與世人的相處,亦感和諧自適。

二、借景抒情寫志

馬臻山水詩大多以絕句書寫,文字清雅閑淡,主要寫畫中山水,表現隱逸志趣,偶發對人世的感嘆。

在題名「畫意」的組詩裡,最能看到馬臻眼前所見之境及其因景而產生的詩情。〈畫意〉〔註37〕二十二首詩都是七言絕句,前二句寫景,後二句抒情。就以〈畫意〉(之一)來看,春天草木勃發,加上鳥鳴的熱鬧,詩人以「媚」字形容,再直言受到山水景物感召,所體會的自然是詩情。詩情畫意互相生發,成為馬臻山水題畫詩的基調。

筆者即據此基調,分成自然禮讚、塵世感慨、隱逸歸屬三項,以探析其山水詩中所表現「情」、「志」為何。

(一)自然禮讚

當馬臻置身自然山水之中,「千樹萬樹桃花發,三聲五聲鶗鴂鳴。溪山春色媚人眼,但見物物生詩情。」〔註38〕繁花盛開、鳥鳴聲不絕於耳,呈現的畫面柔媚動人,怎不令身兼詩畫技藝的藝術家欲為此情此景作詩繪畫?畫家以詩人之心感受到外界事物的美好;詩人以畫家之眼觀看到外在環境的千姿百態,於是由衷發出對自然大化的禮讚。面對如「西牎正是斜陽好」、〔註39〕「雨餘山色天然好」〔註40〕的夕

〔註35〕《霞外詩集》,卷10,頁1204~159、160。

〔註36〕〈畫意〉,《霞外詩集》,卷10,頁1204~159、160。

〔註37〕《霞外詩集》,卷10,頁1204~159、160。

〔註38〕〈畫意・之一〉,《霞外詩集》,卷10,頁1204~159、160。

〔註39〕〈題畫雜詩・之五〉,《霞外詩集》,卷8,頁1204~144。

〔註40〕〈題畫雜詩・之六〉,《霞外詩集》,卷8,頁1204~144。

陽映窗、雨後初晴美景，詩人以「好」這個簡單一字，表達內心被觸發的感動，讀詩者亦可從中接受到畫家迫不及待畫下這稍縱即逝畫面的心情。這種情況尤以春景最能觸動馬臻的心：

> 江村日暖春冥濛，李花如雪桃花紅。山長水遠望不斷，盡
> 在乾坤生意中。(〈畫意〉之十二)〔註41〕

> 飄風不動江天豁，何處歸舟犯空闊。大哉宇宙春無私，小
> 草幽花岸邊活。(〈題畫雜詩〉之九)〔註42〕

兩首詩皆描繪春景，由於冥濛江水在冬日冰封後盛大流動，天地之間，草木蓬勃、生機盎然，尤其幽花野草妝點春景，使得空闊江水竟因此有了畫龍點睛的歸屬。這是對宇宙乾坤的歌詠，形諸於畫、於文字當中。

（二）塵世感慨

馬臻本身遠離政治場域，但對當時政治環境上，許多人最終歸附元廷的現況，馬臻不由自主發出了喟嘆：

> 千章古木間青紅，路接溪橋出莫鐘。衰老無人賦招隱，山
> 雲更入兩三重。(〈畫意〉之十一)〔註43〕

離開山中，轉入溪橋，當鐘聲不再耳聞，遠處重重山雲，顯示作者距山越離越遠，似乎也顯現作者徘徊於入山出山的處境，雖是寫畫，字裡行間卻有鐘聲的招引，視覺與聽覺因文字而巧妙融合。第三句「衰老無人賦招隱」，源於左思的〈招隱詩〉。〔註44〕原詩「招隱」一詞乃為左思入山尋訪隱士，欲與隱士同居山林的願望。馬臻面對自身「衰老」的人生處境，加上現實已「無人賦招隱」的狀況，不由流露出內心感傷，此種深層的傷感也只能寄予遠處重重疊疊山雲之中了。相對於仍在政治場中追逐聲勢權利，卻用「隱逸心志」包裝自己的，如趙

〔註41〕《霞外詩集》，卷8，頁1204～144。
〔註42〕《霞外詩集》，卷8，頁1204～144。
〔註43〕《霞外詩集》，卷10，頁1204～159、160。
〔註44〕〔梁〕蕭統編，〔唐〕李善註，《文選註》(臺北：臺灣商務印書館，1986年《景印文淵閣四庫全書》：488～490)卷22，頁1329～381。

孟頫之流，也稍具反諷警醒之意。

　　另一首詩表露出更直接的惋惜：

　　　江雲矗矗親林影，境會心融發深省。可惜長艘載利名，乾
　　　坤清氣無人領。（〈畫意〉之二十一）〔註45〕

馬臻一方面領略自然山水之美，歌詠讚嘆；一方面卻不由自主的思索
世人對名利的追求，如此汲汲營營。天地清氣充塞宇宙中，但卻只由
「境會心融發深省」的人領受，凡俗之人何其多，來往舟楫承載著世
人的慾望，馬臻憂「道之不行」溢於言表。再看下一首詩亦出現類似
慨嘆：

　　　北風眼冷搖林莽，興盡歸來數聲艣。無人領此一段奇，卻
　　　向青樓醉歌舞。（〈題畫雜詩〉之十五）〔註46〕

先以擬人的「眼冷」寫出北風呼嘯過林，在冬景中出現的本是肅殺的
場景，人卻在其中充滿遊興，且有「盡興而歸」的滿足感，正由於作
者的「冷眼」看待，反而能從中產生奇異奧妙的感受。再寫世人不能
領略山水之奇，頗有對世人在青樓買醉，歌舞昇平的享樂，表達心中
的不以爲然，另一方面還有「眾人皆醉我獨醒」的憂心。

　　　輕紅淺碧斕斑濕，複水重山共春色。憑誰喚起鄭廣文〔註
　　　47〕，白髮相看化胸臆。（〈題畫雜詩〉之一）〔註48〕

　　　晴雲冉冉拂空翠，群木陰陰生夏寒。弭楫攜琴訪溪叟，世
　　　塵膠擾知音難。（〈畫意〉之二）〔註49〕

前一首先讚賞春景色彩繽紛，亦如杜甫與鄭虔的深厚交情。後一首刻
意不寫夏日暑熱，反而藉「夏寒」這樣的溫度反差，感嘆「世塵膠擾」、
「知音難尋」，於是尋訪溪叟如同尋訪知音。再如：「下有尋幽人，支

〔註45〕《霞外詩集》，卷10，頁1204～159、160。
〔註46〕《霞外詩集》，卷8，頁1204～144。
〔註47〕鄭廣文即鄭虔（685～？），字若齊，原籍河南滎陽。學識淵博，是
　　　　盛唐時的著作家、書畫家。
〔註48〕《霞外詩集》，卷8，頁1204～144。
〔註49〕《霞外詩集》，卷10，頁1204～159、160。

节注林壑。良朋渺何許，雜樹森草閣。」〔註50〕先觀詩畫中山水景物，再體會其詩中所興感受，亦可以明瞭馬臻行走世間，面對世道淪喪，不見良朋的孤獨。他是以「怨而不怒」的筆法，書寫塵世感慨。

（三）隱逸歸屬

馬臻曾寫〈西湖春日壯遊即事〉，〔註51〕又在〈送仇仁近之溧陽教授〉一詩中寫出：「我昔萬里遊，轉覺山水好。歸來桑梓間，凝情向故老……」〔註52〕可見同樣是西湖山水，他將萬里壯遊與歸於桑梓、隱居西湖山水是有所分別的，也道出以往年輕氣盛時「壯遊」經歷促使他感受山水之美，才有了歸隱之念。

對馬臻來說，入山求道一直是他本來想走的路：

> 紅塵堆裡嬾低顏，石路迢遙入亂山。擬向雲邊種黃獨，已
> 時容我屋三間。（〈畫意〉之五）〔註53〕

於山中隱居的冀願，是從「紅塵堆裡嬾低顏」的動機開始，而所寫之景並不是小橋流水、清風明月的閒適，而是危險迢遙的亂山道路，所以馬臻並非追求悠然人生，反而有些自苦心態。

他並多次於詩中明示自己的隱逸心志與隨時準備棄絕俗世的準備。例如：「老夫已製女蘿衣，他日相期伴雲宿。」〔註54〕但他也明瞭，隱逸之樂並不是如此易得，所以發出疑問：「洪荒古意畫圖在，安得著我茅三間？」〔註55〕畫中與現實中的山水已成為他心中隱逸歸屬之地。在〈題畫山水〉一詩中，他寫道：

> 連山轉迴谿，眾木參差列。上有不動雲，練練積蒼雪。寫
> 此清曠心，浩蕩入寥泬。所以冥栖士，終身慕高潔。〔註56〕

〔註50〕〈題溪山訪友圖〉，《霞外詩集》，卷8，頁1204～136。
〔註51〕《霞外詩集》，卷9，頁1204～147。
〔註52〕《霞外詩集》，卷4，頁1204～59。
〔註53〕《霞外詩集》，卷10，頁1204～159、160。
〔註54〕〈題宿雲圖〉，《霞外詩集》，卷7，頁1204～123。
〔註55〕〈題畫雜詩・之二〉，《霞外詩集》，卷8，頁1204～144。
〔註56〕〈題畫山水〉，《霞外詩集》，卷7，頁1204～133。

因景生情產生了「清曠」之心，故作畫以表自己的高潔志向，這些與畫、與現實交融的山景，成爲他的人與心靈棲息於其中的場域。

　　山水詩既寫畫境，但以實境來說，若要隱居於山，他的首選是終南山：

　　　　支筇路入諸峰頂，回首繁華謝朝槿〔註57〕。古來天下多名
　　　　山，不是終南終不隱。(《畫意》之七)〔註58〕

在登山的歷程中，漸漸遠離人世繁華與短暫生命的牽絆，而在生命的實踐上，他有自我的選擇與執著。在眾多山中，終南山是他認爲最符合的地方，就因爲登上終南山與繁華塵世最無關聯，此時山才能與道境合而爲一。

　　心願固然如此，不過現實情況未必能如他所願，山常被「亂雲」遮斷，如：

　　　　幽人自樂山中趣，閒訪山家入山去。記得西峰阿那邊，亂
　　　　雲遮斷無尋處。(《題畫雜詩》之十九)〔註59〕

原本是「自樂山中趣」的幽人，所以「閒訪山家入山去」，但遇到「亂雲遮斷無尋處」的窘境，也只能放棄入山之念。在真實世界裡，「亂雲」遮山也就成爲馬臻拒絕「道秩」的理由了。另一首詩也可看出端倪：

　　　　有客騎驢入林麓，山深疑是王官谷。平生輸與釣魚翁，獨
　　　　木橋邊結茅屋。(《畫意》之十四)〔註60〕

此詩表現了馬臻對山與水之間的分別心態。山中林蔭深處令他聯想到司空圖(837～908)隱居的王官谷，〔註61〕但此詩中，作者是以「客」的身份騎驢入山，而將「平生輸與釣魚翁」，可見他是在隱於山求道

〔註57〕朝槿：即木槿，夏季開花，朝開暮落，故稱朝槿，常用以象徵人生
　　　短暫。
〔註58〕《霞外詩集》，卷10，頁1204～159、160。
〔註59〕《霞外詩集》，卷10，頁1204～159、160。
〔註60〕《霞外詩集》，卷10，頁1204～159、160。
〔註61〕「王官谷」位於山西省境中條山，爲唐代司空圖的隱居之所。

與隱於水扁舟垂釣之間，最終選擇了「漁隱」西湖的生活方式。也因「生平每厭囂塵喧，羨爾扁舟獨垂釣」，〔註62〕扁舟垂釣的生活似乎才能使他遠離厭惡的塵囂喧鬧。試看另一首詩，更清楚表達他對「漁隱」的看法：

> 城中車馬自喧譁，江上清風未有涯。欲遂平生瀟灑志，數椽茅屋傍漁家。（〈畫意〉之十）

將城中車馬喧譁與江上清風對應，自然能表明他對遠離俗世的嚮往，所以平生志向，就是「瀟灑」，方式就是「漁隱」了。在〈湖上春日遣興六言〉中：「夢絕笙歌聲裏，人老湖山畫中。花意欲回夜雨，詩情不讓春風。」〔註63〕西湖山水既是詩亦是畫，是他最愛的主題，因此若要隱居於水湄，則非西湖莫屬。西湖更為其鄉愁所寄，在遠颺他鄉的日子，因見不到西湖，就有了羈旅之思。試看其〈寓金臺畫西湖空濛圖〉，即是為了慰藉思鄉之念，故繪下此幅空濛圖：

> 吳雲飛燕山，舒卷在所得。西湖不在眼，客子氣蕭瑟。幾夕憑夢歸，月暗失阡陌。豈若隨天遊，疇能縮地脈。今朝好晴景，木落月影白。潑墨水雲翻，勾出空濛色。頓失羈旅仇，萬里如不隔。何當歸江南，展卷畫江北〔註64〕

他鄉山水再如何美好，於馬臻來說，內心仍是蕭索孤寂，藉由畫筆才能令他暫忘魂縈夢牽的西湖。最後內心的期待，還是回到江南，與如今遠遊他地的自己相較，他的隱逸歸屬之地非西湖莫屬。

　　若以〈畫意〉這二十二首組詩來看，較能完整呈現馬臻對隱逸歸屬的選擇。畫面景物描寫完全不是重點，自然也難見畫面的布局，只是知道大約畫幅上或許是山或許是水，藉由出現在文字中的物件去推想。雖然是題畫詩，但馬臻著力在寫出「畫意」，亦即「作畫之意」與「畫外之意」。故詩意中常有些隱喻雙關的用語，例如「擬向雲邊

〔註62〕〈題畫雜詩・之十〉，《霞外詩集》，卷8，頁1204～144。
〔註63〕《霞外詩集》，卷10，頁1204～169。
〔註64〕《霞外詩集》，卷3，頁1204～90。

種黃獨」,「黃獨」本是草藥名,杜甫有詩云:「黃獨無苗山雪盛,短衣數挽不掩脛」顯示貧窮困窘之境,〔註65〕但此處馬臻卻是採用「種黃獨」意義,表現隱逸心志。再來如「山深疑是王官谷」的疑慮,或是「亂雲遮斷無尋處」的入山艱難等等,皆是抒情寫志重於寫景敘事,這是馬臻這部份山水題畫詩獨特之處。

　　繪畫受限於畫紙的篇幅,畫上題詩更要求版面的協調,在這些基本約制之下,馬臻山水題畫詩乍看雖具多樣內容,但因大致以絕句形式呈現,除描繪景物之外,還得顧及抒情寫志,讓讀詩者理解畫面的空間有限,故在讀者感受上,各首詩歌內容差異不大,加上畫作不傳,也很難讓人分別出他的山水畫作的特色。

第二節　其他題畫詩

　　此節將馬臻除山水畫詩之外的題畫詩分成三部份論述:首先是題他人畫作之詩。山水畫詩固是馬臻擅長的題材,故多是自畫自題詩,但同時擁有繪畫與文學的才能,馬臻不單是個創作者,同時也有鑑賞評畫的能力,這分能力正可展現在馬臻題人畫作之詩上。第二則是題畫以敘事之詩。馬臻傳記資料少,從他這部份的題畫詩創作上,可稍稍鉤勒出他的繪畫方式、交遊人物與他特殊的壯遊事蹟。文字敘述出除了道士身份外,悠遊在文學與藝術領域的馬臻。第三則是馬臻借題畫以評人、評史與詠物,這部份又可觀其身為文學家對這些人事物的看法,並知其立身準則。

一、題他人畫作

　　除了自己的畫作,馬臻對其他畫家的作品,也會藉由題畫詩加以品評,表現自己對藝術的見解。除此之外,馬臻亦會在詩中陳述畫中布局、抒發個人賞畫體悟,有時則是以圖畫為媒介,表現的卻是詩人

〔註65〕〔唐〕杜甫,〔清〕聖祖,《御定全唐詩》,卷218,頁1425～39。

與畫者之間的情誼，或是對畫者人格評價讚賞。

　　試從馬臻題畫詩品評繪畫所重視的角度及馬臻對畫者本身的評價，或是藉畫中景物抒發個人體悟三方面，探析馬臻題人畫作之詩：

（一）品畫賞畫

1. 重「神、氣」

　　東晉顧愷之（317～386）畫人像畫不點上眼睛，人問其故，他說：「四體妍蚩，本無關於妙處，傳神寫照，正在阿堵中。」將「傳神」視爲繪畫要素。〔註66〕北宋時，蘇軾在〈書鄢陵王主簿所畫折枝〉詩中認爲：「論畫以形似，見與兒童鄰。」說明論畫若指重形似，便與兒童的見解差不多。他並非不重「形似」，而是更強調本身主觀情感的抒發。他評吳道子（731～814）：「吳生雖妙絕，猶以畫工論。」，但卻遜於王維（701～761）「得之於象外」，〔註67〕即從「寫形狀物」、「傳神寫意」兩方面作爲對二人評價的高低。

　　馬臻評畫，並未出現特別的畫論，但沿襲蘇軾以來「神似」重於「形似」的論點。他在題畫詩中最崇高的讚賞即畫家畫筆的「有神」，他曾讚美趙孟頫：「松雪仙翁筆有神」，〔註68〕並對同爲逸民畫家的錢選予以評價：「錢公寫生高吳興，比例超詣森有神」，他讚美錢選的「寫生」能力是吳興第一人，除了因爲他的畫「比例超詣」，在要求「形似」的畫技上，自然毋庸置疑，而「有神」才是錢選所以能成爲吳興第一人的最重要原因。

　　除了「以形寫神」，所繪物體的「氣」亦是馬臻所重視的評畫標準，亦可說是「氣韻」。南齊謝赫（生卒年不詳）在《古畫品錄》（約

〔註66〕〔南朝宋〕劉義慶編，余嘉錫箋疏，〈巧藝・二十一〉，《世說新語箋疏》，頁722。

〔註67〕〔宋〕蘇軾撰，〈鳳翔八觀・王維吳道子畫〉，《東坡全集》，卷1，頁378～69。

〔註68〕〔清〕卞永譽撰，〈題松雪臨郭河陽溪山漁樂圖〉，《書畫彙考》，卷46，頁829～34。

成書於 530 年）中提出六法論，將「氣韻生動」列爲第一法，〔註69〕從此成爲傳統繪畫創作與批評的重要原則與標準。「氣韻」實際上包括客觀世界的描繪、主觀精神的表現和富有個性的藝術語言的運用，「氣韻生動」是這三方面的統一，是由感物、應心直到傳達創作全過程完成後所達到的審美境界。

馬臻評龔開畫馬，就讚其畫中馬「氣豪似與神龍爭」，〔註70〕而在〈題鄧蓀壁所藏龔處士畫馬卷〉：「精凝繭香回雪色，氣隨神變發權奇。」〔註71〕且將「氣」與「神」合而爲一論述龔開畫馬，除能掌握馬本身的姿態，更具有天地造化所賦予馬的「神氣」。

馬臻善畫山水，故亦重視山水畫中氣韻，在〈題溪山訪友圖〉中，他讚頌郭熙（1001～1090），言其：「畫師發天機，筆底氣參錯。」〔註72〕並在〈天師眞人畫小景卷〉中說道：「元氣淋漓一尺楮」，〔註73〕由此看到馬臻推崇的是能掌握「自然元氣」並表現出筆底「氣韻」的山水畫家。畫家畫山水畫，正是經過「行萬里路」的飽游躍看，在大自然中積累了豐富的印象和感受，產生了創作意圖，再對所得的印象和感受在頭腦中加以去蕪存菁、提煉創作，使欣賞者感受到圖畫的生動氣韻，也就是無論是作品中的藝術形象，還是構成這些形象的表現因素，都充滿了盎然勃發的生機。

2. 道法「自然」、靜中顯動

浸淫於自然造化之中，馬臻也在題畫詩中提出「道法自然」的觀點：〈天師眞人畫小景卷〉中，馬臻題寫同道之畫，詩中特別顯現他身兼畫家與修道之人對山水畫呈現的評畫標準：

> 溪煙蒙青林，秋色灑天地。歸舟何人斯，傑閣吐茫昧。淺

〔註69〕〔南朝齊〕謝赫，《古畫品錄》（臺北：台灣商務印書館，1983 年），頁 812～3。
〔註70〕〈龔聖予畫瘦馬行〉，《霞外詩集》，卷 1，頁 1204～63。
〔註71〕《霞外詩集》，卷 4，頁 1204～98。
〔註72〕〈題溪山訪友圖〉，《霞外詩集》，卷 8，頁 1204～136。
〔註73〕《霞外詩集》，卷 4，頁 1204～101。

雲展白練，絕巘立蒼翠。眞人心，虛無發穎抉。元氣淋漓
一尺楮，回薄萬里意。長聞郭忠恕，刻劃破精粹。豈若法
自然，淡乎似無味。六丁愼呵護，恐有風雷至〔註74〕

前六句將「小景」的景物作大致的描繪，可知這是一幅山水畫。名爲
「小景」，表示其畫幅不大，但景物呈現其實氣勢磅礴，在自然中看
似平淡無味的景觀，卻蘊含風雷將至的聲勢。此詩中馬臻清楚表示並
不贊成如郭忠恕（？～977）刻畫精粹的創作，而是讚賞在自然虛無
中展現的大化元氣。

　　馬臻對靜態畫面所顯現的動態感特別激賞，故在「小景」中，卻
「恐有風雷至」，而在〈題周法師月溪圖〉中：「虛舟不動水悠悠」〔註
75〕就頗能欣賞靜止的船中卻顯出水流的動態悠遠。另在〈題日觀蒲
萄卷〉中：

老衲摶空無，混沌爲之闢。拔得天地根，不假雨露力。寒
藤挂鬼眼，纍纍冷光碧。驪龍亦驚猜，夜半風霆急。〔註76〕

溫日觀的墨葡萄，竟具有令「驪龍亦驚猜，夜半風霆急」的詭譎動態。
道家講「虛無」：「眞人心，虛無發穎抉」、佛家講「空無」：「老衲摶
空無，混沌爲之闢」，馬臻觀畫並讚賞畫者其人對虛靜空無的掌握，
卻創作出足以驚天動地的作品。

　　馬臻在〈題許道寧畫軸〉中，則融合上述對畫作的評價標準：

畫師天與力，落筆貴宏壯。神巧刻虛無，衆色爲彫喪。嘗
聞許道寧，氣逼韋偃行。君家見茲圖，激我泉石況。午光
翻素壁，錯愕引遐望。冥冥霧靄霽，水木散清曠。遠近層
岡來，造設不可狀。初如擁陣馬，忽覺轉疊浪〔註77〕

上天賦予畫師筆力，就在表現「宏壯」之「氣」。北宋畫家許道寧（約
970～1052）運用了此神巧之力，從虛無中刻畫的景物，超越任何雕

〔註74〕　〈天師眞人畫小景卷〉，《霞外詩集》，卷4，頁1204～101。
〔註75〕　〈題周法師月溪圖〉，《霞外詩集》，卷9，頁1204～158。
〔註76〕　〈題日觀蒲萄卷〉，《霞外詩集》，卷1，頁1204～68。
〔註77〕　〈題許道寧畫軸〉，《霞外詩集》，卷7，頁1204～132。

琢、色彩濃厚的作品。所以觀賞者在看圖時，竟然有「午光翻素壁，錯愕引遐望」的錯覺，接著更神奇的是無法名狀的視覺效果：「遠近層岡來，造設不可狀。初如擁陣馬，忽覺轉疊浪。」這就是靜態平面的畫幅所蘊含自然造化動態的氣勢與力量。

（二）以畫論人

馬臻雖是題畫，但詩中經常是在以畫論人，藉由一幅畫來討論畫家定位，所以他幾乎在每一首題畫詩中，都有對畫者概略的評述，而非只針對所題之畫。例如他論郭熙：「畫師發天機，筆底氣參錯。」〔註78〕論天師眞人〔註79〕：「眞人心，虛無發穎抉。元氣淋漓一尺楮，回薄萬里意。」〔註80〕論廣微天師（生卒年不詳）：「天人體道天機深，書畫時傳道之迹。」〔註81〕論溫日觀：「老衲摶空無，混沌爲之闢。」〔註82〕論許道寧：「畫師天與力，落筆貴宏壯。神巧刻虛無，眾色爲彫喪。嘗聞許道寧，氣逼韋偃行。」〔註83〕論錢選：「錢公寫生高吳興，比例超詣森有神。」〔註84〕論龔開：「淮陰龔公老儒者，落筆文辭馳二雅。有時快意埽馬骨，妙處不在曹公下。」〔註85〕論張玉田：「賞月吟風不要論，曳裾何處覓王門。誰人得似張公子，粉蝶如知合斷魂。」〔註86〕也可以說，這些對畫者的肯定評論正是馬臻之所以題畫的原因。

文人畫家與院體畫家及民間畫人最基本的差異即在其兼具寫詩與作畫的能力。故馬臻在以畫論人時，除了畫技，亦重視詩才，他特

〔註78〕〈題溪山訪友圖〉，《霞外詩集》，卷8，頁1204～136。
〔註79〕天師眞人應指張天師，爲道教的創始人張道陵（34～156）。
〔註80〕〈天師眞人畫小景卷〉，《霞外詩集》，卷4，頁1204～101。
〔註81〕〈廣微天師墨竹〉，《霞外詩集》，卷8，頁1204～139。
〔註82〕〈題日觀蒲萄卷〉，《霞外詩集》，卷1，頁1204～68。
〔註83〕〈題許道寧畫軸〉，《霞外詩集》，卷7，頁1204～132。
〔註84〕〈題錢舜舉畫竹萌茄蔬圖〉，《霞外詩集》，卷9，頁1204～152。
〔註85〕〈龔聖子畫瘦馬行〉，《霞外詩集》，卷1，頁1204～63。
〔註86〕〈集句題張玉田畫水仙〉，《霞外詩集》，卷8，頁1204～137。

別強調一個具詩才的畫家，便優於能畫不能詩的畫者。說到龔開時，他稱其：「淮陰龔公老儒者，落筆文辭馳二雅。」〔註87〕更進一步認為龔開優於曹霸（唐玄宗時畫家）、韓幹（生卒年不詳）的地方即在「髯龔貌得霜雪蹄，曹韓無詩不敢齊。」〔註88〕對於畫者兼能詩，此人才分更被推重，所以馬臻同意龔開繼承曹霸、韓幹的畫馬絕技，但「能詩」卻是其重要的超越。

　　而在〈題松雪臨郭熙溪山漁樂圖〉〔註89〕中，馬臻再加上「書法」，結合詩畫成為「三絕」：「松雪仙翁筆有神，西山茅屋共秋雲。千年不獨王摩詰，三絕今看鄭廣文。」雖是題趙松雪臨郭熙畫的絕句，但四句中只有第二句是畫中景物，其他三句都是對趙松雪的讚譽之辭。第一句是讚其畫風筆力，第三、四句則以詩書畫三絕並稱的王維、鄭廣文（685～764）〔註90〕評價趙孟頫，足以成為千年以來另一位兼具詩書畫天份的藝術家。

　　馬臻在賞畫品畫的同時，常同時提出對畫者繪畫才能的評價，不過多是讚頌，幾無批評，可見他對所題之畫的選擇，定也是能令自己感動的作品。值得注意的是，不論是談及韋偃〔註91〕與許道寧的畫中氣韻，〔註92〕或是郭忠恕與天師真人的刻畫與自然的不同，〔註93〕還是曹霸、韓幹與龔開畫馬的差異，〔註94〕馬臻都運用了人物比較映襯的方式，表達自己對畫與畫家的鑑賞評價。

〔註87〕　〈龔聖予畫瘦馬行〉，《霞外詩集》，卷1，頁1204～63。

〔註88〕　〈龔聖予畫瘦馬行〉，《霞外詩集》，卷1，頁1204～63。

〔註89〕　〔清〕卞永譽撰，《書畫彙考》，卷46，頁829～34。

〔註90〕　鄭廣文即鄭虔，為唐玄宗時的知名詩人兼畫家及書家，號稱「三絕」。

〔註91〕　「韋偃，父鑾，善畫山水松石，時名雖已籍籍，而未免墮於古拙之習。偃雖家學而筆力遒健，風格高舉，煙霞風雲之變，與夫輪囷離奇之狀，過父遠甚。」〔宋〕佚名，王雲五主編，《宣和畫譜》（臺北：臺灣商務印書館，1983年），卷13，頁813～149。

〔註92〕　《霞外詩集》，卷7，頁1204～132。

〔註93〕　〈天師真人畫小景卷〉，《霞外詩集》，卷4，頁1204～101。

〔註94〕　〈龔聖予畫瘦馬行〉，《霞外詩集》，卷1，頁1204～63。

（三）因畫抒感

由於馬臻畢生鑽研畫事，欣賞其他畫家作品時，特別容易觸發內心感受，故他在題寫他人畫作時，常會物我合一，將自己投身畫中，寫出自己因畫而生的體悟，藉由賞畫而有抒情寫志的表達。

首先看〈題錢舜舉畫竹萌茄蔬圖〉：

秋茄戀我遣不去，飲水曲肱有真意。達官日日飽大官，笑我出言蔬筍氣。錢公寫生高吳興，比例超詣森有神。視此甚勿貴八珍，重茵列鼎聞之嘆。所謂紫駝峰，猩猩唇夢想，不到林下人。但願一飽安餘齡，區區口體之累何足云。〔註95〕

馬臻觀看此畫，詩中除了讚頌錢選對物體描摹的真實之外，並沒有太多對畫中秋茄的描述，較多的反而是對世俗的感慨。相對於達官貴人對山珍海味、口腹之慾的重視，他從蔬果飲食中得到的身為林下人飲水曲肱的真實意義。在元世如此令文士心靈不安的亂世，面對世人追求名利權貴的現象，馬臻選擇遠離，嚮往魏晉時代竹林文士的風骨與生命型態。最後三句，他表現了對最原始「食性需求」的不以為意，也是出家修道者最基本的修行。

另有一位遺民畫僧溫日觀的墨葡萄也令馬臻讚嘆不已。溫日觀嘗罵楊璉真伽「掘墳賊」的事蹟，定令馬臻心生讚賞，他在〈題日觀蒲萄卷〉中，形容溫日觀所畫葡萄是：「寒藤挂鬼眼，纍纍冷光碧。驪龍亦驚猜，夜半風霆急。」〔註96〕其眼中所見的葡萄已非尋常蔬果，反具有冷視元廷，令非正義者心生戒懼的象徵意味。

類似對世人反諷警醒的題畫詩還有〈題李安忠畫雪岸寒鴉圖〉：

北風萬里吹石裂，古樹槎枒摧朽鐵。群烏啞啞如苦飢，倦飛還向空林歇。孤村荒寒得食遠，日暮沙邊啄殘雪。回情訴意各有態，羨殺畫師心更切。我嘗記得天隨詩，至今讀之長激越。婦女衣襟便佞舌，始得金籠日提挈。老烏老烏，爾身毛羽黑離離，況復人間厭爾啼。何不飛鳴大人屋，大

〔註95〕〈題錢舜舉畫竹萌茄蔬圖〉，《霞外詩集》，卷9，頁1204～152。

〔註96〕〈題日觀蒲萄卷〉，《霞外詩集》，卷1，頁1204～68。

人屋頭春柳綠。〔註97〕

詩總共十七句，前六句寫畫中寒鴉，之後十一句，馬臻則將自己所思所感直言托出：畫中寒鴉各具情意姿態，令同為畫師的馬臻心羨不已，寒鴉也因此鮮活起來。這時馬臻不免化身老鴉，感嘆世人喜愛的是「婦女衣襟便佞舌」的諂媚小人，而擁有醜陋黑羽、啞啞噪啼的寒鴉，只能正視自己，盡力尋找能令自己安身立命的所在。

　　再看他對龔開與其畫的題詩。有關對龔開的馬畫題品即出現三首，有龔開最著名的瘦馬，亦有龍駒駿馬。為這些不同的馬畫題品，馬臻運用想像力使畫中馬躍然紙外，甚至有其故事背景，最重要的是，他藉由題詩表達對龔開的友情與悼念。例如〈龔聖予畫瘦馬行〉：

　　……憶昨嫖姚騎戰時，旋雲轉雨分四蹄。翻然踏碎關山雪，歸來汗血光淋漓。霜枯萬骨功誰利，太平總為將軍致。如今衰瘦箭瘢乾，生駒卻受黃金轡。此馬此馬絕世無，先生慷慨傳此圖。可憐韋諷日已遠，獨撫此畫深嗟吁。北風動地天色慘，展開猛士寒搖膽。詠罷新詩無限情，卷向空齋白日晚。〔註98〕

此詩表明的是對「瘦馬」的心有所感，嗟吁惋惜。「北風動地天色慘，展開猛士寒搖膽。」意在言外，頗有時局現象的映現。

　　再看〈和黃瀑翁寄弔龔嚴翁畫馬詩〉：

　　……匡廬老仙得此畫，迸淚激越成悲歌。歌成惆悵翁仙去，價直千金那忍顧。殷勤寫挂墳樹枝，不知冥漠能知不。〔註99〕

此詩前有序：「……余于嚴翁久敬不忘，故拭淚次其韻，以重存歿之感焉。」明示詩以畫為媒介，為一首追悼龔開之詩，故詩中歌哭情深，用詞濃烈。而〈題鄧蓀壁所藏龔處士畫馬卷〉略有不同，或許題詩時，龔開辭世已有一段時日，故馬臻以同為畫者的立場觀看此畫，流露的是畫壇上失去當代畫馬名家的惋惜不捨之情：

〔註97〕　〈題李安忠畫雪岸寒鴉圖〉，《霞外詩集》，卷8，頁1204～144。
〔註98〕　〈龔聖予畫瘦馬行〉，《霞外詩集》，卷1，頁1204～63。
〔註99〕　〈和黃瀑翁寄弔龔嚴翁畫馬詩〉，《霞外詩集》，卷10，頁1204～167。

金釘繩短駐霜蹄，曾見先生手畫時。精凝繭香回雪色，氣隨神變發權奇。華軒欲試丹青動，絕筆無傳造化私。今日有誰偏愛惜，鄧公馬癖無人知。〔註100〕

從親眼見到龔開畫馬，到對他的馬畫讚嘆不已，甚至還試著畫馬，才體認到龔開馬畫是「絕筆無傳造化私」，詩中說明的是馬臻以畫者身份對龔開畫的惺惺相惜。

將「我」置身畫中山水，是馬臻題寫其他畫家山水畫時，常出現的現象，如：

……山陽最奇秀，安得數椽傍。終然記華巔，蕭蕭擺塵块。因思造化理，詩成一惆悵。〔註101〕

……弱齡見手畫，此士久冥漠。萬里岷峨風，空待遼天鶴。〔註102〕

……我昔事扁舟，頗識山水樂。如今日月駛，此景亦蕭索。愧乏買山資，老負宿昔諾。展卷令人嗟，高歌激寥廓。〔註103〕

三首詩皆從寫景轉而抒懷，畫中隱逸情懷，令馬臻心生嚮往，但又感嘆自己未能及時隱世，空自惆悵。

馬臻身為創作者，題寫他人畫作時，除可看出馬臻對繪畫的要求與鑑賞觀點，並可進一步瞭解馬臻情感與其內在心志追求。

二、題畫以敘事

詩人常在詩前作序陳述一些經歷、事由，再以詩抒情。馬臻有詩序的題畫詩並不多，不過他既是圖畫的創作者，就可以藉由題畫詩說明寫畫的背景、對象，且可直接自詩句敘述其繪畫歷程、與人交遊，及其壯遊事蹟的紀錄。

〔註100〕 《霞外詩集》，卷4，頁1204～98。
〔註101〕 〈題許道寧畫軸〉，《霞外詩集》，卷7，頁1204～132。
〔註102〕 〈題常牧溪山水卷〉，《霞外詩集》，卷9，頁1204～150。
〔註103〕 〈題溪山訪友圖〉，《霞外詩集》，卷8，頁1204～136。

（一）繪畫歷程

馬臻在為人作畫題詩的同時，也將自身繪畫歷程作完整敘述。以〈為松瀑黃尊師作溪山疊翠圖〉來看：

> 平生固多愚，懶惰足棄捐。賴有詩畫事，與物相磨研。恨無鵝溪絹，幽意鬱不宣。秋晚形神清，落筆且周旋。尺素混太古，象具剖闢先。溪山忽重疊，浩思浮雲煙。樓觀金碧開，眾態敷幽妍。秋色挾以至，高風生樹顛。羣有備一幻，孰謂理不然。老耳厭喧卑，但覺靜所便。幸遇古君子，締此翰墨緣。見山有真意，淵明得其全。〔註104〕

此詩以敘事為主，故採用可充分表達的古詩形制。前六句先自謙愚懶，說明繪畫是本身興趣，從以繪畫為志到有落筆機緣，然後到版面配置的構圖，從初稿再到敷色再到畫面給人的感受，經由文字作清楚的表達。

　　文中點明創作需要靈感，更要不為世俗打擾「形神清」的狀態。萬事起頭難，有了天時人和的配合，下筆後就順暢不少。而繪畫一如他個人心志的展現，秋色高風，在「有」中藏「幻」，繪畫的同時，「厭喧喜靜」的繪畫者與贈畫對象的古君子也與陶淵明「三」得益彰。閱讀此詩，使讀者也參與了這場暢快的創作歷程。類似的情境也出現在〈為翁子善作晴江圖〉中：

> 故人遺我清江縣裏一疋紙，白光晶熒心所好。幾欲寫作晴江圖，塵土昏人意不到。竹風入戶，忽然鏗戞琅玕聲，為我胷中掃煩躁。濡毫掃素遊其神，乃悟周穆王時西極之化人。但見重巒列嶂，盤春轉碧，應接來不斷。滄浪之水倒影翻青春，風檣沙鳥紛入眼，物色明麗不可陳。因思神禹功，疏鑿本天意。愧我一寸筆，浩浩逼茫昧。又疑此水通星河，八月秋風揚素波。君若乘槎訪牛渚，為言博望成蹉跎。嗚呼，雲邊縱得支機石，成都卜肆今日無人識。〔註105〕

〔註104〕　〈為松瀑黃尊師作溪山疊翠圖〉，《霞外詩集》，卷5，頁1204～109。
〔註105〕　《霞外詩集》，卷7，頁1204～125。

此詩敘事完整，從得到一疋白紙開始，作者就有了構思：「晴江圖」是既定的內容，但因「塵土昏人意不到」，所以一直無法創作此圖，因此瞭解所有藝術創作還是需要心神清靜的狀態，胸中煩躁掃除，方可濡毫下筆繪畫。接下來的的描述十分精彩：從「竹風入戶」可知，藝術家雖然身處室中，卻神遊如遇周穆王西極化人，〔註106〕珍貴的靈感因此源源不絕，更可觀的是眼前有了重巒列嶂、滄浪之水、風檣沙鳥，物色明麗，紛至沓來。相對於之前的困頓，此刻的落筆更顯得氣勢磅礴，而關鍵竟在「竹風入戶，忽然鏗戞琅玕聲」，讓創作者不但有了精彩作品，更有了不少對畫中景物的想像，從大禹疏濬的黃河到張騫泛槎的星河，〔註107〕此畫雖是贈品，但因有此機緣，想必也是馬臻相當滿意且津津樂道的繪畫歷程。

另外馬臻也會因時因地因人而選擇繪畫題材。例如〈為義齋方山長賦青山白雲圖〉：

> ……玄英隱處昔曾見，出岫無心如有羨。為與先生芳譜聯，臭味相同故相戀。老我營得屋數椽，錢塘湖上連秋煙。青山白雲夙所愛，為君寫入圖中傳。〔註108〕

以「臭味相同」作為寫畫緣由，再以所喜愛的青山白雲與人物相比相贈。

再如〈再題白湛淵買宅圖後〉：

> 靜者貴行止，即事在厥初。君家鄉黨敬，稱善真不虛。昔我當青年，寫君買宅圖。清風羅竹樹，曲沼映游魚。嘉賓沓然至，日以清事娛。……〔註109〕

此詩歌已不算題畫詩，主要是回憶敘事，並呈現兩人情誼。不過後段

〔註106〕 列子著，楊伯峻釋，〈周穆王篇〉，《列子集釋》（北京：中華書局，1979年），卷3，頁90。
〔註107〕 《荊楚歲時記》：「張騫尋河源，得一石，示東方朔，朔曰：『此石是天上織女支機石，何至於此。』」〔宋〕李昉編，《太平御覽‧地部十六‧石上》，卷51，頁893～568。
〔註108〕 〈為義齋方山長賦青山白雲圖〉，《霞外詩集》，卷10，頁1204～163。
〔註109〕 《霞外詩集》，卷10，頁1204～159。

描寫馬臻根據新屋園林、嘉賓聚集的熱鬧景象作描繪，可見馬臻也有
立即寫生的經驗與能力。

（二）為人作畫、與人交遊

　　遠離政治場域的馬臻，已經不再是個參與者，「士大夫慕與之交」
的他，在被動與主動的立場上，成為一個旁觀者，所以他對仕宦中人，
可以一方面稱讚對方，一方面借詩畫提醒告誡。面對別人游移仕隱之
間的不安，他卻很輕鬆的成就自己的人際網絡，在與知交好友的交遊
上，也表示他的真情摯意。他以詩畫贈人，因贈畫、為人作畫而出現
的題詩，直接以詩題敘事：一可知贈畫對象，二可知畫中內容，且這
兩部份具一定關聯。由於馬臻交遊廣闊，此類詩作頗多，故本小節將
馬臻友人依據詩意分成「知交」、「畫友」、「好友」、「文友」、「官場友
人」、「道友」六類，茲分述如下：

1. 知交：仇遠、仰山長老熙晦翁

　　仇遠應是馬臻最重要的朋友，他為馬臻在《霞外詩集》作序，成
為瞭解馬臻生平的重要參考，在《霞外詩集》中尚有不少和韻詩歌述
及二人的交往。如〈雪夜仇仁近、屠存博數先輩過山房分韻得朝字〉、
〔註110〕〈和仇仁近歲暮見寄韻〉、〔註111〕〈和仇仁近教授見寄詩韻〉、
〔註112〕〈倍葛元白、仇仁近訪南竺詩僧分韻〉、〔註113〕〈和山村見
寄詩韻七首〉、〔註114〕〈送仇仁近之溧陽教授〉〔註115〕等，數量最
多，亦可謂兩人交情最深。晦機和尚（1238～1319）則是其方外之交，
馬臻有詩：〈淨慈西隱祭晦機和尚〉、〔註116〕〈延祐丁巳夏偶成七言

〔註110〕　《霞外詩集》，卷1，頁1204～58。
〔註111〕　《霞外詩集》，卷6，頁1204～117。
〔註112〕　《霞外詩集》，卷6，頁1204～124。
〔註113〕　《霞外詩集》，卷3，頁1204～59。
〔註114〕　《霞外詩集》，卷10，頁1204～163。
〔註115〕　《霞外詩集》，卷4，頁1204～97。
〔註116〕　《霞外詩集》，卷9，頁1204～152

二韻詩十首奉寄雲門斷江長老聊述近況就敘別懷〉（之三）：「晦機八十似古佛，胸中盎盎浮陽春。仰山極力負之去，今也湖上無其人。」〔註117〕都講述馬臻與其深厚交情。

三人正好分別代表儒釋道不同的背景。而在題畫詩中，也頗多馬臻、仇遠加上熙晦翁，三人愉快相處的敘事題畫詩。「先生高興似樵漁」〔註118〕讚頌仇遠，「月色如德人，萬古光不滅。」〔註119〕則讚頌晦機老和尚。最有趣的是一首〈暇日偶寫熙晦翁仇山村俾予陋貌彷彿三老，坐松石間，傳于短縑，長不盈尺，就成七言詩一首，奉寄仰山丈席〉：

> 晦機老子八十餘，青瞳炯炯霜眉鬚。風幡自動心自如，胸中錯落盤經書。別時記得吟詩送，世事區區等春夢。漢無綺皓商山輕，越有鴟夷五湖重。神遊夜遶梅花洲，覺來衣袂清香留。賴有白頭仇博士，與我聲氣同相求。招邀三老成圖畫，從渠讚嘆從渠罵。不然只做虎溪看，他日叢林作佳話。〔註120〕

頗似現代寫真攝影的圖像，在此畫中被記錄下來。人在畫圖中，馬臻繪畫的興之所至，將虎溪三笑儒釋道會通的典故，巧妙穿越時空，成為三人情誼的最佳寫照。

2. 畫友：龔開、黃瀑翁、鄧蓀壁

〈延祐丁巳夏偶成七言二韻詩十首奉寄雲門斷江長老聊述近況就敘別懷〉中，馬臻除向雲門斷江長老聊述自己的近況，也述及不少與他有交情的眾人，其中「我家瀑翁廬山秀，文行綽綽堪吾宗。一往南真向十載，不意歲晚凋孤松。」（之四）、〔註121〕「開元宮中鄧蓀

〔註117〕 《霞外詩集》，卷8，頁1204～139

〔註118〕 〈集句題山村圖〉，《霞外詩集》，卷8，頁1204～123。

〔註119〕 〈偶成小軸山水寄仰山長老熙晦翁〉，《霞外詩集》，卷8，頁1204～143。

〔註120〕 《霞外詩集》，卷9，頁1204～150。

〔註121〕 〈延祐丁巳夏偶成七言二韻詩十首奉寄雲門斷江長老聊述近況就

壁,妙年藻思長於詩。孤清不受俗務累,調臂看雲也大奇。」(之七),
〔註122〕就提及黃瀑翁(生卒年不詳)、鄧蓀壁(生卒年不詳)這兩位
好友,而這兩人在馬臻題畫詩的出現都與龔開有關。

　　龔開是馬臻相當敬重的一位畫家,因為對他的畫作讚嘆,還有對
他的離世感傷,馬臻在詩作中表現與龔開的情誼。其《霞外詩集》中
有多首為龔開寫的詩,都含有敬意友情之意。〈送龔聖予之姑蘇別業
謁戎使君〉〔註123〕既是互相勉勵共保清節,又叮囑要注意態度,勿
得罪官員,見得一片深情。其〈哭岩翁龔處士二首〉〔註124〕歌哭情
深,並且透露出龔開生前身後的境況。

　　有兩首題畫詩的寫成比較特殊,他是藉由和黃瀑翁弔祭龔開畫
馬詩與鄧蓀壁所藏龔開馬畫詩,一方面評畫,一方面也述及彼此之
間的交情。如〈和黃瀑翁寄弔龔岩翁畫馬詩〉,詩前有序:

　　　大德丁未黃瀑翁寄弔龔嚴翁畫馬詩,因路雲溪、過西江、
　　　訪李鶴田,請同賦。明年路雲溪回杭,瀑翁首出此卷,索
　　　和章,余于嚴翁久敬不忘,故拭淚次其韻,以重存歿之感
　　　焉。〔註125〕

此詩是否為題畫詩,應有商榷之處,但詩中仍以龔開畫馬為主軸,依
畫以題詩,故筆者仍將其視作題畫詩,詩中大半對畫中馬的栩栩如生
多所讚嘆,而表現情感主要在後六句:

　　　匡廬老仙得此畫,迸淚激越成悲歌。歌成惆悵翁仙去,價
　　　直千金那忍顧。殷勤寫挂墳樹枝,不知冥漠能知不。〔註126〕

　　　　　敘別懷〉,《霞外詩集》,卷8,頁1204~139。
〔註122〕　〈延祐丁巳夏偶成七言二韻詩十首奉寄雲門斷江長老聊述近況就
　　　　　敘別懷〉,《霞外詩集》,卷8,頁1204~139。
〔註123〕　「每因送別憶前時,淮海名流漸漸稀。獨樹草堂工部老,蒼苔茅屋
　　　　　廣文歸。三峰有約期終隱,五馬推賢莫謾違。若遇天隨憑寄語,布
　　　　　袍今擬換荷衣。」《霞外詩集》,卷2,頁1204~78。
〔註124〕　《霞外詩集》,卷4,頁1204~97。
〔註125〕　《霞外詩集》,卷4,頁1204~78。
〔註126〕　〈和黃瀑翁寄弔龔嚴翁畫馬詩〉,《霞外詩集》,卷10,頁1204~

祭弔詩中顯示了黃瀫翁的傷痛，即使是馬臻已修道出家，在面對好友離世之時，雖不像黃瀫翁「迸淚激越成悲歌」，但內心的惆悵與詩掛墳前，渴望黃泉之下的龔開得知的心情，較一般題畫詩加上更多私人情感的故事。另一首〈題鄧蓀壁所藏龔處士畫馬卷〉：

> 金釘繩短駐霜蹄，曾見先生手畫時。精凝繭香回雪色，氣隨神變發權奇。華軒欲試丹青動，絕筆無傳造化私。今日有誰偏愛惜，鄧公馬癖無人知。〔註127〕

據詩中內容來看，距離龔開去世應有一段時日。詩中有回憶，馬臻曾親眼看過龔開作畫，最後的感慨應是對龔開離世造成畫馬藝術的中斷，充滿惋惜。此詩中，鄧蓀壁、馬臻可謂是龔開的知音。

3. 好友：楊簡齋、方仲客、翁子善、義齋方山長

在詩題上可看到，馬臻常為人作畫，這一些被筆者歸類為馬臻好友的人，馬臻贈其詩畫的目的，常是為了表示敬重或思念，有些是為了分享自己目前的生活與心情。這別具意義的贈禮，是除了書信之外，以圖詩並茂的方式，表達馬臻對友朋的珍惜與情誼。

〈為楊簡齋題空濛圖〉〔註128〕目的是為了與好友分享西湖山水空濛的景象，更為了借寫西湖山水，書寫個人心志。

〈為方仲客作子晉吹笙扇兼賦詩寄意〉〔註129〕詩中說明年少好友，因路遠導致音訊全無，然後中年之際，在距離三百里，春季的闔閭城，兩人又有一段愉快的相聚，論文把酒、結伴同遊，因為歡聚導致別後的思念，在西風吹起的秋天更加濃厚，於是馬臻將王子晉月下吹笙的故事畫上白團扇，再寄給已至蘇州的方仲客。詩中敘事完整，將與方仲客的交遊過程，做了清楚的陳述。

〈為翁子善作晴江圖〉〔註130〕一詩中，則看到馬臻將自身一幅

167。
〔註127〕 《霞外詩集》，卷4，頁1204～98。
〔註128〕 《霞外詩集》，卷3，頁1204～88。
〔註129〕 《霞外詩集》，卷2，頁1204～72。
〔註130〕 《霞外詩集》，卷7，頁1204～125。

極滿意的作品贈送給翁子善，可見兩人交情之深。詩中最後發抒對自身狀況的感慨，大致有已有求道契機，但面對求道未成所面臨的瓶頸，也算是對好友發一發牢騷。

〈爲義齋方山長賦青山白雲圖〉〔註131〕馬臻說明自己以青山白雲這尋常可見的景物入畫，是因具有雄心壯志的玄英先生（809～888）〔註132〕隱居之處青山白雲環繞，來象徵隱士的居處更有比類之意。加上自身也是最愛青山白雲，既是臭味相投，想必對方定也最愛青山白雲，以此相贈，就顯得順理成章了。

以這些詩作內容來看，馬臻交友贈畫，是根據不同人物而有不同畫作相贈，可謂用心非常。

4. 文友：張仲美

在《霞外詩集》有〈送張仲美之黃陂縣令〉及〈寄越上張仲美〉，提及兩人的交情。張仲美（生卒年不詳）雖爲官，但「之官冰糵清，吟高存雅道」、〔註133〕「俸薄不堪供鶴料，才高長是贈人詩」〔註134〕品格與文才皆受馬臻推崇。他有一首〈爲張仲美畫夢元遺山雪夜論詩圖〉：

> 虐焰焦玄根，古道日淪墜。安知大化中，元氣塞天地。遺山與仲美，先後本一揆。上士以神契，冥冥感靈會。長淮夜風雪，清夢短檠對。玄趣非名言，豈索形骸外。煌煌三百篇，光焰高百世。日予託人境，塵土觸肝肺。苦吟愧蠅鳴，況復事粉繪。諸公足題品，靡靡發眞祕。持此寄遠心，江漢已秋意。中有虢風蟬，哀哀響寒翠。〔註135〕

繪畫主題雖不知是張仲美要求或是馬臻構思，但他借讚美元遺山〈論

〔註131〕 《霞外詩集》，卷10，頁1204～163。

〔註132〕 方干字雄飛，唐朝新定（今浙江遂安縣西）人，是聲名頗盛而功名不就的詩人，隱於會稽鏡湖，人稱「官無一寸祿，名傳千萬里」。死後其學生私諡他「玄英先生」。

〔註133〕 〈送張仲美之黃陂縣令〉，《霞外詩集》，卷5，頁1204～111。

〔註134〕 〈寄越上張仲美〉，《霞外詩集》，卷2，頁1204～71。

〔註135〕 《霞外詩集》，卷1，頁1204～67。

詩絕句〉三十首來評價張仲美，可見其在人品與文學論述上或有相同之處，並且也將張仲美視爲能詩之人。

馬臻在這首詩中難得表明對時局的看法，「虐焰焦玄根，古道日淪墜。」應指元室入主中原，華漢文化淪墜，最後「持此寄遠心，江漢已秋意。中有號風蟬，哀哀響寒翠。」和內容無涉，而是以秋蟬自喻，表示亂世中他還堅持自己的操守。

此詩尚呼應《論詩絕句》對魏晉古風的推崇，甚至上推對「詩三百」的歌頌，再對自身承繼當代「苦吟蠅鳴」的詩風感到羞愧，更不願以此繪圖，這樣的觀點和當時以「崇古」爲尚的風氣不謀而合。

由此可再證明馬臻畫中題材的別具用心，他會根據贈畫對象構思畫中內容，再以詩說明選擇題材的原因。

5. 官場友人：湯同知、韓聰甫、張府卿

馬臻對在職的湯同知（生卒年不詳）、張府卿（生卒年不詳）與即將退休的韓聰甫（生卒年不詳）都有詩畫相贈，在其中他表現的態度，都是建議對方遠離官場，如此才能得到眞正的心靈自由。試看〈爲北村湯同知題畫卷〉：

> 山人慣識山中趣，來訪山家陟山路。轉頭萬事總不知，只有秋聲在高樹。（之一）
> 黃塵浩浩眯人眼，怪石急流生野姿。溪橋不放車馬過，山頭樓觀秋參差。（之二）〔註136〕

從詩題來看，畫不知是湯同知收藏或是馬臻贈送的禮物，但是馬臻特別爲他題詩相贈。前一首是敘事，先讚美這位來訪山家的客人是識趣之人，又不免提醒到山家之路的曲折難行。詩中可見畫中人轉頭若有所思，因爲對方雖是久歷官場者，仍有無法理解世事多變的困擾，可見來訪者或是爲了尋求馬臻這位道士解惑而來，於是馬臻以「高樹秋聲」如此不明說的自然聲響，暗示對方「復返自然」。

〔註136〕《霞外詩集》，卷6，頁1204～123。

第二首詩中有警醒對方之意，此題畫詩顯示畫分兩景：前兩句是現實人世黃塵眯人眼，「怪石急流」正是在其中徵逐名利者的奇言異行。後兩句借「溪橋」截分兩樣世界，進入山家求道之境，也呼應前一首的最後一句。如同此詩，「同知」是文官職稱，可知馬臻與湯同知因身份不同，也處於道境與現實人境兩個世界。詩中提醒對方來訪山家，車馬停留在溪橋之外，山中樓觀才是真正的目的地。

而〈爲疇齋張府卿作樵雲圖〉也是充滿諄諄告誡之意：

> 喧寂本異軌，乃知靜者心。清晨整芒屩，斧斤入山林。擔挑煙霞氣，出沒窮幽深。終南太華長入眼，蕭蕭不斷松濤響。靜觀天地生化機，抱膝無言坐成晚。昔日會稽朱買臣，汲汲行吟背負薪。輕將富貴博幽意，野風吹老青山春。碧桃花底煙光莫，應見仙人著碁處。時清不用歌紫芝，獨自穿雲下山去。〔註137〕

詩直接以「喧寂本異軌，乃知靜者心」破題，再以樵雲生活體認自然之道的深意作誘導，接著連續以朱買臣、商山四皓、爛柯記等典故，提醒富貴不可恃，遇到時濁時，隱逸就成爲唯一選擇了。

另在〈送浙東帥幕韓聰甫請老歸汴梁白陽舊業因題畫卷〉中：

> 笑抛公府簿書忙，坐時看春兩鬢霜。不但昔人還手板，祁奚應喜得賢郎。（之一）
>
> 東風汴水布帆飛，就業歸來計未遲。只有白陽山色好，輕輕渾似別家時。（之二）〔註138〕

自「東風汴水布帆飛」、「只有白陽山色好」來看，此畫應是山水畫卷，而詩題說明餞別目的；離開公職，是值得一笑的事，退休之日，反是可喜可賀。而最好的景色也就是離家時的白陽山色。

馬臻與這些官場中人來往，傳道解惑提點對方生命選擇的態度確與其他心靈之交的方式大爲不同。

〔註137〕〈爲疇齋張府卿作樵雲圖〉，《霞外詩集》，卷3，頁1204～89。

〔註138〕〈送浙東帥幕韓聰甫請老歸汴梁白陽舊業因題畫卷〉二首，《霞外詩集》，卷7，頁1204～131。

6. 道友：松瀑黃尊師、石室瑛上人

馬臻曾爲廬山黃尊師（生卒年不詳）畫《西湖煙雨》，可從吾丘衍（1272～1311）的題畫詩：「含毫染霧入幽思，寫開十里玻璃天」〔註139〕中，間接地感受到蒼茫淒迷的水墨畫風。馬臻還爲黃尊師另作《溪山疊翠圖》，並題詩如下：

> 平生固多愚，懶惰足棄捐。賴有詩畫事，與物相磨研。恨無鵝溪絹，幽意鬱不宣。秋晚形神清，落筆且周旋。尺素混太古，象具剖鬭先。溪山忽重疊，浩思浮雲煙。樓觀金碧開，眾態敷幽妍。秋色挾以至，高風生樹顛。羣有備一幻，孰謂理不然。老耳厭喧卑，但覺靜所便。幸遇古君子，締此翰墨緣。見山有眞意，淵明得其全。〔註140〕

這幅畫作較《西湖煙雨》色彩豐富，題畫詩則具敘事功能，包括馬臻最近的狀況，以及如何完成這幅畫作的過程。較特別的是，因對象不同，詩中方有談哲論道的部分。馬臻於此詩，表達了自己厭倦俗事喧鬧，求生命「清靜」狀態，而詩畫與山水最能紓解個人幽意鬱結的心思。更值得注意的是明明是自己的創作，最後卻感念與黃尊師的相遇，才有這趟淋漓暢快的創作歷程，能有將自己的心志充分展露的機會。

在〈爲石室瑛上人題松陵圖〉詩題中，是「題圖」而非「作圖」，所以畫未必是馬臻所畫，故「左右江湖送客船，分明往事十年前。三高祠下秋風起，貌得詩愁畫裏傳。」〔註141〕短短四句的內容，不寫畫意而寫回憶，彼此交情建立在十年以前，祠下秋風不靠文字言傳而靠賞畫去心領神會。

馬臻爲人作畫所寫的題畫詩，其實較容易看出的是文人畫家的

〔註139〕 〔元〕吾丘衍，〈馬盧中爲廬山黃尊師畫西湖煙雨〉，《竹素山房詩集》（臺北市：臺灣商務，1986年《景印文淵閣四庫全書》：243），卷2，頁1195～749。

〔註140〕 〈爲松瀑黃尊師作溪山疊翠圖〉，《霞外詩集》，卷5，頁1204～109。

〔註141〕 〈爲石室瑛上人題松陵圖〉，《霞外詩集》，卷8，頁1204～137。

筆調，但當遇到同為修道之人，才會令人感受到馬臻身為道士的身份。但不管是誰，在以詩畫作為媒介建立的人際網絡裡，馬臻因此足以以最真實的性情與這些或親或疏的朋友維持一定的情誼。

（三）壯遊紀實

「壯遊」一詞對中國士人的啟發，應從莊子〈逍遙遊〉開始。〔註142〕莊子雖是以寓言書寫鵬鯤與蜩與學鳩的小大之辯，但也為世人留下了「壯志南溟」、「鵬鯤萬里」的想望與翱翔青雲、蓬蒿的心志。漢代司馬遷（135 或 145～86B.D）行走萬里江山，並寫下《史記》，唐代王維「觀獵」（〈觀獵〉）、杜甫「壯遊」（〈壯遊〉）〔註143〕詩題同時記事，兩詩所表現的豪邁之氣，與兩人日後一閒淡、一沈鬱的詩風有很大差別，正因其描述的是在青年時期意興風發的旅遊經歷。陳雅玲在〈放大你的格局，人一輩子要有一次壯遊〉說明「壯遊」：

> 其實，青年旅行不是現代專有的活動，自古有之。當時，有一個專有名詞「壯遊」。壯遊，指的是胸懷壯志的遊歷，包括三個特質：旅遊時間「長」、行程挑戰性「高」、與人文社會互動「深」、特別是經過規畫，以高度意志徹底執行。……這名詞源自唐朝，那是一個壯遊的時代。高僧玄奘到天竺（印度）取經，就是古今中外最知名的壯遊之一；連詩聖杜甫都曾在蘇州準備好船，差點東遊到日本，他自傳性的「壯遊詩」就寫道：「東下姑蘇台，已具浮海航。到今有遺恨，不得窮扶桑……」也因為這首詩太有名，留下「壯遊」一詞。……巧的是，在歐洲也有一種旅行叫「Grand

<hr>

〔註142〕〔清〕郭慶藩撰，〈內篇‧逍遙遊〉，《莊子集釋》（臺北：河洛書局，1974 年）卷 1 上，頁 2。

〔註143〕〈壯遊〉詩中有一段精彩的各地遊歷：「飲酣視八極，俗物多茫茫。東下姑蘇臺，已具浮海航。到今有遺恨，不得窮扶桑。王謝風流遠，闔閭丘墓荒。劍池石壁仄，長洲芰荷香。嵯峨閶車北，清廟映回塘。每趨吳太伯，撫事淚浪浪。蒸魚聞匕首，除道哂要章。枕戈憶勾踐，渡浙想秦皇。越女天下白，鑑湖五月涼。剡溪蘊秀異，欲罷不能忘。」〔唐〕杜甫，〔清〕聖祖《御定全唐詩》，卷 222，頁 1425～87。

Tour」，恰恰好可以譯成壯遊。〔註144〕

屬於青年旅行的「壯遊」因此有了現代化的詮釋。杜甫「詩史」的稱號，原是南宋遺民崇敬的對象，而他「壯遊同高（適）、李（白）」〔註145〕的事蹟，亦成爲南宋遺民的效仿範式，如謝翱寫〈登西臺慟哭記〉〔註146〕之後，還有與好友方鳳、吳思齊（1238～1301）等人遊歷金華等地，並留下不少文學作品。〔註147〕

　　在馬臻詩中的「壯遊」回憶對他的意義與影響，可在其他詩作中看到。如〈西湖春日壯遊即事〉有三十首七言絕句，在詩序中，說明了作詩因由：

> 延祐戊午春，偶以釣槎之暇，因念西湖春日壯遊，尚歷歷然眉睫間，光陰幾何，余蹮鑠矣，遂成七言二韻詩三十首以寫幽懷，後我之生或不我信，儻遺老覽之，則將同一興感焉。〔註148〕

此時馬臻已隱居西湖，過著以「釣槎」爲樂的生活，優遊自得。詩中說明原本西湖就是他青壯年遊歷之地，隨時間飛逝，在蹮鑠老年回憶昔日西湖，仍舊歷歷在目，可見西湖於馬臻來說，就因爲印象深刻，心心念念，所以最後他選擇以西湖爲終老之處的原因也可理解了。錢謙益也有類似感嘆：「良夜開卷，閒房點筆，追思壯年昔游。春燈秋卷，未嘗不撫駒策驢，歎老至而悲無聞也……」〔註149〕「壯遊」對

〔註144〕《商業周刊》，期1004。（2007年2月19日）。
〔註145〕〈昔游〉：「昔者與高、李，晚登單父臺。」〔唐〕杜甫，〔清〕聖祖《御定全唐詩》，卷222，頁15。〈遣懷〉：「憶與高李輩，論交入酒壚。兩公壯藻思，得我色敷腴。氣酣登吹臺，懷古視平蕪。」〔唐〕杜甫，〔清〕聖祖《御定全唐詩》，卷222，頁1425～88。
〔註146〕謝翱，〈登西臺慟哭記〉，《晞髮集》（臺北市：臺灣商務，1986年《景印文淵閣四庫全書》：229），卷10，頁1188～328。
〔註147〕如謝翱，〈金華洞人物古蹟記〉，《晞髮集》，卷10，頁1188～324。方鳳，〈金華洞天行紀上〉，《存雅堂遺稿》，卷4，頁1189～550。方鳳，〈金華洞天行紀下〉，《存雅堂遺稿》，卷5，頁1189～554。
〔註148〕《霞外詩集》，卷99，頁1204～147。
〔註149〕〔清〕錢謙益著，〔清〕錢曾箋注，錢仲聯標校，〈明發堂記〉，《錢牧齋全集‧初學集》（上海：上海古籍出版社，2003年），卷45，

這些文人來說，是他們在青壯時期最特殊美好的記憶，正因為有了這些記憶，才使步入老年者一方面感嘆時光飛逝，一方面可以擁有津津樂道、「畫」（或「話」）想當年的材料。

馬臻好遊歷，他在〈五雲山寫望〉中述及自身對「壯遊」的渴望：

> 乾坤心自放，頗覺塵土窄。安得千金橐，使我窮地脈。征途多荊榛，此志寧復得。〔註150〕

因有感所處世界的狹隘，而且要有廣大天地才能容納「心」真正的自由，所以需要遊歷。長途旅行需要金錢，需要冒險，不管旅途多麼艱難，「壯遊」卻是馬臻心志的實現。在〈送陳子振歸姑蘇有序〉：「（序言）偶辱見寄壯游諸詩……不覺快然會心。夫何鴈蕩片雲，恨論交之不早。」〔註151〕此序中一可見馬臻當時文壇地位，一可見馬臻對「壯遊」的熱忱：他坦率表明因對方「壯遊」事蹟，才將其視為同好而有結交動機。

馬臻有兩幅最著名的畫作：《桑乾圖》、《龍門圖》，〔註152〕且合賦一首題畫詩，即是他將自己「壯遊萬里」的旅遊經歷，以詩、畫各自呈現的「旅遊紀實」：

> 昔我經龍門，晨發桑乾嶺。回盤鬱青冥，驅車盡絕頂。異騎倦行役，苦絕道路永。引領望吳楚，日入眾山暝。歸來愜棲遲，山水融心境。寸毫寫萬里，歷歷事可省。里也存自然，疇能搜溟涬。〔註153〕

此詩以記事為主，龍門山、桑乾嶺（今屬河北）的景觀則濃縮至畫幅中。詩中前八句敘述攀山越嶺的艱難：清晨即起，一直到日暮西山，且有多種交通方式，如：乘車、騎馬、步行等。這旅途雖令他苦不堪

　　　　記5，頁1141。
〔註150〕　《霞外詩集》，卷1，頁1204～58。
〔註151〕　《霞外詩集》，卷2，頁1204～59。
〔註152〕　「嘗手畫《龍門》、《桑乾》二圖，流傳海內，不見者輒以為恨。」
　　　　　〔清〕青嶼仲衡輯，〔明〕梅志暹編，《武林元妙觀志》，卷2，頁
　　　　　63～64。
〔註153〕　〈題畫龍門山桑乾嶺圖〉，《霞外詩集》，卷7，頁1204～129。

言，卻成為日後作者精神滋養、追求自然心境的來源。後六句則將畫家寫畫的原因直言道出：「寸毫寫萬里，歷歷事可省。」令讀詩者不禁心生一念：擁有詩畫才能，是多麼令人艷羨的事情？

　　馬臻曾登上高山，也曾泛舟赤壁，這些記憶在無攝影錄像的年代，繪圖紙上是最佳方式。三國赤壁之戰成就的英雄事蹟，使「赤壁」〔註154〕成為文人雅士嚮往一遊之處，尤其蘇軾〈赤壁賦〉早已成為遊賞古蹟、懷古典範。關於赤壁之遊，馬臻有三首題畫詩，第一首說明動機與遊賞赤壁緣由：

　　　　夜雪蕭騷入剡溪，高懷忽起故人思。當時興盡不回棹，千
　　　　載誰傳一段奇。（〈題山陰回棹赤壁夜遊圖〉之一）

首句寫季節、地點、〔註155〕背景，第二句的「故人」指的應是蘇軾。蘇軾遊赤壁的事蹟，成為馬臻讚賞的「高懷」，也因此有了這趟非計畫中的旅行，「忽起」的遊念造就一場旅遊的驚喜。在生命的直線上行走，也常常在某些轉彎處，才能得到意想不到的收穫。

　　第二首則介紹了他與旅伴的夜遊，藉由天空光線，從月光到日光的變化，表現時間的移轉。

　　　　穿空亂石驚濤拍，月滿孤舟從二客。覺夢悲歡總不真，一
　　　　聲鶴唳東方白。（〈題山陰回棹赤壁夜遊圖〉之二）〔註156〕

特別的是第三句，在月光下行船，如夢似幻、不真實的感覺，是當下的心情，再讓「一聲鶴唳」將他帶離這場夢境。此時山水已不只是山水，正因為置身其中者，感受到的不是眼前景色的變換，而是同時浮

〔註154〕 赤壁位於赤壁市蒲圻縣西北，舊名蒲圻，在赤壁山臨江懸崖上，還留有「赤壁」二字。沒想到蘇東坡一句「故壘西邊，人道是三國周郎赤壁」，引發了赤壁所在地之爭，進而有了文赤壁、武赤壁之分。武赤壁即為蒲圻的周瑜赤壁，文赤壁則又稱為東坡赤壁。東坡赤壁位於黃岡市黃州城的西北邊，古往今來有無數文人墨客遊覽過赤壁，一直到蘇軾被貶黃州，寫下了前、後赤壁二賦及〈念奴嬌·赤壁懷古〉，使得黃州赤壁聲名大漲。

〔註155〕 本詩地點在「剡溪」，屬浙江省，又和流傳的赤壁所在地有別。

〔註156〕 〈題山陰回棹赤壁夜遊圖〉二首，《霞外詩集》，卷10，頁1204～166。

現的人生悲歡，所以才會有下面一首詩的再度回味：

　　絕壁驚濤故壘西，扁舟明月夜何其。樂遊不記元豐事，只

　　有臨皋道士知〔註157〕

這三首應是記錄同一次的旅行，詩句雖脫胎自蘇軾的〈念奴嬌·赤壁
懷古〉與前、後〈赤壁賦〉，但內容與懷古關係不大，而是「回棹」
造成他定義的「樂遊」〔註158〕回憶，更令他不但要創作畫更要創作
詩歌來紀念。由於寫景都在第一句，後三句則是記事抒情，可見馬臻
「壯遊」題畫詩，主要目的是補畫面詮釋的不足，若不以文字交代，
可能發生的憾事，就在另一首題畫詩中出現：

　　江山萬里舊曾遊，閒裏收將水墨秋。記得雙帆投別浦，老

　　來忘卻是何州〔註159〕

此詩說明馬臻的習慣是將旅遊之事以水墨山水畫的方式留下紀錄，但
是人的記憶受限，若缺少文字說明，片段記憶尚能依稀留存，但天地
如此廣闊，確切地點將因老去而忘卻。這種現實中必須面對「老而健
忘」的生理狀態，馬臻倒也平實托出。

　　有時地點也不是如此重要，因為有曾經的經歷，眼見畫面如此，
便有了容易的聯想：

　　山水蒼寒起煙霧，客船繫在沙邊樹。卻如昔日壯遊時，揚

　　子江頭卸帆處。（〈題畫雜詩〉之八）〔註160〕

此詩前兩句寫景，敘述煙霧繚繞、船繫岸邊樹的畫面；重點在後兩句，
他不忘借留存圖像回憶過去「揚帆壯遊」、待出發的心境。這樣的敘
述可和前一首詩相互呼應。

　　馬臻這部分的題畫詩，有個共同的特點，亦即以敘事抒情為主。

〔註157〕　〈題赤壁夜遊圖〉，《霞外詩集》，卷10，頁1204～161。

〔註158〕　「夢一道士，羽衣翩躚，過臨皋之下，揖予而言曰：『赤壁之遊，
　　　　　樂乎？』問其姓名，俛而不答。嗚呼噫嘻！我知之矣，疇昔之夜，
　　　　　飛鳴而過我者，非子也耶？道士顧笑，予亦驚悟。」〔宋〕蘇軾撰，
　　　　　〈後赤壁賦〉，《東坡全集》，卷33，頁13。

〔註159〕　〈題秋山圖〉，《霞外詩集》，卷7，頁1204～127、128。

〔註160〕　《霞外詩集》，卷8，頁1204～123

詩與畫皆是他的創作，山水景物既已有畫面的留存，故題畫詩主要目的在補畫面呈現的不足，也就是寫畫的動機與當時感受。這也是畫家自題畫作的題畫詩，與賞畫者寫作題畫詩必在畫中景物多所著墨的情況有很大的不同。

三、見解特出之題畫詩

題畫詩可以有包羅萬象的內容，端視不同圖畫題材，書寫所要表達的思想。研讀馬臻題畫詩，可以看到一些他對歷史人事物所持有的獨特觀點，再以題畫詩題來看，這些獨特觀點皆是寄託在其詠人、詠史、詠物的作品中。有些是題他人畫作之詩，有些則是自畫自題之詩。從後者來看，可瞭解馬臻畫風多樣，他雖以山水畫見長，但也很努力開發各式各樣題材，如此不但以詩留下了他努力嘗試的痕跡，更藉由此類題畫詩，認識馬臻不同流俗的見解思想。

本小節即針對這些具有馬臻特殊觀點的題畫詩加以探析，分為詠人詩、詠史詩與詠物詩三部分論述。

（一）詠人詩

前文一再提及馬臻的隱逸心志，對陶淵明（約 365～427）、林和靖（967 或 968～1028）這兩位「隱逸界」的代表人物，馬臻亦有題畫詩：〈題淵明像〉、〈題和靖像〉。《霞外詩集》將兩首詠人詩歌併為一題：〈題淵明和靖畫像〉。兩首詩都有對淵明、和靖生平的回顧、隱逸人格的象徵，與其他類似詩歌差距不大，此處要討論的是〈題淵明像〉裡，他對此幅人物畫作提出的批評：

> 干祿本為酒，身退名益著。那因五斗米，便作折腰具。東
> 籬菊花開，掉頭不肯住。如何千載下，卻被丹青汙。〔註161〕

此詩前四句談及淵明為酒干祿，最終仍選擇避俗，此舉正是因其不屑「為五斗米折腰」。有趣的是後四句，史上陶淵明「採菊東籬下，悠然見南山」（〈飲酒〉），早已是膾炙人口的名句，但為何會有「掉頭不

〔註161〕〈題淵明像〉，《霞外詩集》，卷7，頁 1204～131。

肯住」的行為呢？更具體的答案在最後一句：「卻被丹青汙」。可以推
想而知的是，此畫存放展示之處，可能正是陶淵明亟欲遠離的達官貴
人的居所，但卻事與願違，淵明存在畫像之中，也因此缺乏了自主能
力，所以「不肯住」的就是畫像的持有人了。馬臻此詩應是題他人畫
作之詩，這也是馬臻難得在詩中表示批評的題畫詩。但筆者以為馬臻
為詩批評畫作不能表現淵明高潔情操，未必針對畫者的畫技而言，而
是對收藏此畫者具貶責之意。

　　身為畫家，馬臻對「圖畫」的敏感度甚於其他文人，所以在看到
昭君圖像時，對於耳熟能詳「昭君和番」的故事，他否決了一般歷史
將所有罪責歸於畫師毛延壽（生卒年不詳）的說法：

　　　窈窕佳人絕代無，一辭漢殿盡嗟吁。丹青若恨毛延壽，句

　　踐何功得破吳〔註162〕

馬臻提出西施（春秋末期）在吳越爭戰中的角色，正是因其絕代美貌
決定她的命運，正如同昭君〔註163〕的政治聯姻，則是為了漢室利益
才有如此抉擇。當世人為昭君命運嗟吁嘆息時，無法挽救的遺憾便讓
毛延壽成為眾矢之的了。馬臻並未替毛延壽卸責，他是從不同角度指
出昭君畢竟對國家有功的事實，這時是不是反而得感謝毛延壽當日的
小人行徑呢？

　　再看以伯牙（生卒年不詳）鼓琴為主題的〈題彈琴畫卷〉：

　　　伯牙彈古調，沖淡心天倪。六馬猶仰秣，其眹乃得窺。至

　　　音存至寂，未必鍾期知。昭氏在不鼓，然後無成虧。〔註164〕

馬臻自「伯牙彈琴」的圖像，聽到了抽象世界的聲音，這聲音有沖
淡悠遠的意境。但他卻開始思索聲音的概念：六馬必須仰秣，經由
感官，感受到聲音的存在。這時候，他不從傳統伯牙、子期「知音」
的故事著手，而是體認老子《道德經》：「大音希聲」與莊子的「有

〔註162〕〈王昭君圖〉，《霞外詩集》，卷2，頁1204～76。
〔註163〕又名王嬙，漢元帝（74～33B.D）時宮女。
〔註164〕〈題彈琴畫卷〉，《霞外詩集》，卷5，頁1204～111。

成與虧，故昭氏之鼓琴也；無成與虧，故昭氏之不鼓琴也。」的哲思。〔註165〕郭象注解：「夫聲不可勝舉也，故吹管操弦，雖然有繁手，疑聲多矣！而執籥鳴弦者，欲以彰聲也，彰聲而聲遺，不之彰聲而聲全。故欲成而虧之者，昭文之鼓琴也；不成而無虧者，昭文之不鼓琴也。」〔註166〕這是說，只要彈琴就會有聲音，有聲音相對就會有沒聲音的時候，因爲聲音一彈出來就會消失，這就是「成與虧」。如果要避免得到聲音，然後失去聲音的情況，就不要彈琴，也就不會有上述情況發生。更深一層的意思是，彈琴是一種技藝，能夠形之言語，不論再怎麼登峰造極，仍然只是一種技藝，如果他不鼓琴的話，因爲無法評定，就無所謂成虧，也就是由技巧進入道的境界，是超越現象的一種精神境界。

在此詩中，圖畫只是引子，馬臻從詠人開始，再到對道家哲學思想的體認與闡釋，是很不同於其他題畫詩的作品。

（二）詠史詩

除了對個別人士的歌詠，他對描繪史事的繪圖，亦常寄託其繪畫觀點。例如〈題唐十八學士圖〉：

> 唐家天子尊黃屋，大業隆興調玉燭。當年十八登瀛仙，弘
> 文日侍分三六。兩京初定四海清，君聖臣賢古難續。立本
> 圖眞亮爲讚，遂令書府藏諸櫝。後有龍眠傳此本，禮樂衣
> 冠激流俗。自從淪落向人間，畫手紛紛互翻覆。千年事去
> 君莫問，留得青編遣人讀。蕭蕭馬耳射東風，長安道上春
> 山綠〔註167〕

此詩分成兩個部份：前十句是史事，太宗李世民（599～649）在未當皇帝仍爲秦王時，即羅致了杜如晦（589～630）、房玄齡（579～648）等十八位文士，於宮城西開文學館，分爲三番，每日六人值宿，討論

〔註165〕 〔清〕郭慶藩撰，〈齊物論・第二〉，《莊子集釋》，頁 74。
〔註166〕 〔清〕郭慶藩撰，〈齊物論・第二〉，《莊子集釋》，頁 76。
〔註167〕 《霞外詩集》，卷 9，頁 1204～152。

墳籍，商略古今，稱爲十八學士。〔註168〕當時著名的人物畫家閻立本（？～673），還奉命畫了一幅《十八學士圖》，讓後世永遠記得這些名士的風采。宋代李龍眠（1049～1106）亦以此爲題材作畫，到此爲止，馬臻還是贊成此則故事影響禮樂文化的正面效果。不過後六句話鋒一轉，當後世多以此爲畫題，而「十八學士」史事已成熟爛的繪畫題材，甚至已成「淪落」之態，此時馬臻就對這種「一窩蜂」現象感到不耐，於是他希望世人就讓史事留存史冊，不須繪圖流傳，甚至讓這些故事就如馬耳東風，消逝無蹤。我們可從詩中推想，馬臻所題畫詩，自非閻立本、李龍眠所繪版本，而他眼前所見之畫，應就是所謂「淪落人間」、「畫手翻覆」的作品，且這畫的產生已失去當日振興禮樂文化的背景，甚至或許還有趨附當朝的嫌疑。所以馬臻在此呼籲：繪畫題材必須創新，當無法超越大家之作，就不要在同一題材上打轉，末句更以長安道上生機盎然的春草爲象徵，來提醒畫者新穎的繪畫題材處處皆是呢！

再看〈題灌畦圖〉中，馬臻對世道人心的見解：

> 悠悠世道久離淳，機械雖多慮轉深。野老灌畦甘抱甕，可
>
> 憐端木未知心〔註169〕

這個故事出自《莊子・天地》。〔註170〕主角子貢（520～？B.D）是孔子的得意門生，他利口巧辭，善於雄辯，且辦事通達，還善於經商之道，富致千金。莊子選擇子貢如此「機巧」的人物與漢陰老人看似食

〔註168〕 史載唐武德四年（621 年）以秦王李世民爲天策上將，位在王公之上。世民以天下漸平，乃於宮城西開文學館，羅致四方文士。有杜如晦、房玄齡、于志寧、蘇世長、薛收、褚亮、姚思廉、陸德明、孔穎達、李玄道、李守素、虞世南、蔡允恭、顏相時、許敬宗、薛元敬、蓋文達、蘇勗十八人，分爲三番，每日六人值宿，討論墳籍，商略古今，號曰十八學士。使閻立本畫像，褚亮作贊。當時天下士夫，以入選爲無上光榮，名之曰「登瀛洲」。因是《十八學士圖》又名《登瀛洲圖》。事見〔宋〕宋祈、歐陽修，《新唐書》（臺北：鼎文書局，1992 年），卷 102，頁 3976～3997。

〔註169〕 〈題灌畦圖〉，《霞外詩集》，卷 3，頁 1204～82。

〔註170〕 〔清〕郭慶藩撰，《天地・第十二》，《莊子集釋》，頁 433。

古不化的行為作對比，用意即在反對機巧，它說明人類之所以有糾
紛，是由於缺乏坦率和誠摯，因此巧詐機變的事情才層出不窮。因此
老人認為人們應去掉功利取巧之心，保持純真質樸，達到返歸自然的
境界。王安石亦有針對此事的詠史詩：「賜也能言未識真，誤將心許
漢陰人。桔槹俯仰妨何事，抱甕區區老此身。」〔註171〕一心追求變
法革新的王安石當然反對抱甕老人的不知變通、抱殘守缺。反觀馬臻
是從「悠悠世道久離淳，機械雖多慮轉深」著手，提出世道人心以機
巧相待的現象。馬臻認為子貢「未知心」，是針對他在老人論道之前
的質疑，王安石認為子貢「未識真」則是對子貢最後「瞞然慚，俯而
不對」的不以為然。兩者不同的看法代表不同的人物性格，也正是後
人對這則寓言相異的見解。

（三）詠物詩

自宋以來，詠物詩就開始成為文人筆下比德寫志重要的依據。馬
臻有〈題墨竹〉〔註172〕與〈墨竹〉〔註173〕的詠物題畫詩，大致敘述
墨色與用「竹」典故，主要顯示「竹」的特質與節操。而一首題廣微
天師畫作的〈廣微天師墨竹〉：「天人體道天機深，書畫時傳道之迹。
葛陂龍去丘荒荒，留得煙梢凝寒碧。」〔註174〕則將「墨竹」的展現
與「道」合而為一，並採用「葛陂龍」典故，暗指「竹」乃得道成仙
者留給世人「體道」的象徵事物。

對於熟悉的四君子題材之外，馬臻有兩首歌詠動物的詩歌，可體
現他對自然造化的觀察。一首為〈題草蟲畫卷〉：

> 喓喓趯趯自知機，展卷誰憐下筆時。采得國風千古意，分
> 明一段召南詩。〔註175〕

〔註171〕 〔北宋〕王安石撰，〈賜也〉，《臨川文集》（臺北：臺灣商務印書館，
　　　　　1983 年《景印文淵閣四庫全書》），卷30，頁1105～219。
〔註172〕 〈題墨竹〉，《霞外詩集》，卷1，頁1204～58。
〔註173〕 〈墨竹〉，《霞外詩集》，卷4，頁1204～98。
〔註174〕 〈廣微天師墨竹〉，《霞外詩集》，卷8，頁1204～139。
〔註175〕 〈題草蟲畫卷〉，《霞外詩集》，卷10，頁1204～161。

此畫先將《詩經・召南・草蟲》〔註176〕的草蟲具象呈現，又回過頭來說這幅畫就是《詩經・召南・草蟲》，詩經之詩與草蟲圖畫因此巧妙綰和。題畫的馬臻主要思考的問題還是要回到《詩經・召南・草蟲》的意義上，詩主旨在「未見君子則憂傷」、「見君子則喜悅」上，「君子」是丈夫？君王？或是賢士？詩意僅耐人尋味的以「知機」帶過，讀詩者、賞畫者也只能各依立場加以詮釋了。

　　另外一首爲〈題瓜鼠圖〉：

　　　　女臂貍頭不自奇，桑虞翦棘化偷兒。飽他鼠腹能多少，幸
　　　　是癡貓未得知。〔註177〕

上天有好生之德，即使是令人憎厭的鼠輩食瓜，馬臻亦以萬物平等的觀點，認同「翦棘」的桑虞感化偷兒的行徑。〔註178〕詩末還以慶幸口吻，巧妙點出未在畫中出現的貓兒，可見馬臻對於自然生命的尊重與欣賞。

　　如此對畫外之物的聯想還出現在〈題畫海南入貢天馬圖〉中：

　　　　余吾天馬生水中，毛如澄墨耳插筒。雄姿挺挺浴海氣，一
　　　　刷萬里追遺風。九夷入貢賓來服，畫出猶能駭人目。韓子
　　　　休教喂地黃，太僕能令飽粱肉。誰憐東郊瘦馬骿砢如堵牆，
　　　　汗血力盡德不揚，尚望明年春草長。〔註179〕

或許是受龔開馬畫的影響，馬臻曾試圖畫馬，但未成功：「華軒欲試丹青動，絕筆無傳造化私。」〔註180〕故所留畫馬紀錄僅此一首。詩中馬匹應是他得意作品，但他畫寫出天馬雄姿，悲憐的卻是汗血力盡

〔註176〕　〔清〕阮元校勘，〈召南・草蟲〉《十三經注疏・詩經》，卷1之4，頁51。
〔註177〕　〈題瓜鼠圖〉，《霞外詩集》，卷4，頁1204～96。
〔註178〕　「《晉書》：桑虞仁孝自矢，年十四喪父，毀瘠過禮。虞有園，宅北數里，瓜果初熟，有人踰垣盜之。虞以園援多棘刺盜，偷見人驚走而致傷損，乃使奴爲之開道。及偷負瓜將出，見道通，聞虞使除之，乃送所盜瓜叩頭請罪。歡然盡以瓜與之。」〔宋〕李昉等撰，《太平御覽・菜茹部三》，卷978，頁901～622。
〔註179〕　〈題畫海南入貢天馬圖〉，《霞外詩集》，卷7，頁1204～132。
〔註180〕　《霞外詩集》，卷4，頁1204～98。

的瘦馬，也應該是想起龔開所繪的《瘦馬圖》。

　　從這些詠人、詠史、詠物的題畫詩歌，馬臻書寫出自身的獨特觀點。他雖然早期研讀詩書，但因及早遠離政治這複雜的環境，也脫離了儒學所給予人的教條限制，他浸淫於宗教中，思想行為的自由，反而讓他可以在一段距離之外看待事物，所以也能顯示客觀而不慍不火的見解。

第三節　結　語

　　馬臻有一首詩，名為〈自詠〉，其中有三句：「白首探玄尚解嘲。小景畫成時展玩，新詩吟得自推敲。」〔註181〕可知他是以「探索道教玄理」、「寫畫賞畫」、「吟詩推敲」三項為生活重心。再綜觀馬臻題畫詩的內容，可從中歸納其詩最鮮明的特色，就是依其道士職業所培養的專業知能寫畫題詩，故其題畫詩多以道教意象題材入詩。

　　元代道教盛行，文人們多受其影響，有的還加入了道教，成為道士。元代也是文人畫興盛的時代，文人畫經過魏晉南北朝、唐宋的發展終於確立了在畫壇上的主流地位。既為道士，又為文人畫家的馬臻，以山水詩畫為主，在文字與畫面上就展現自然之道：「天人體道天機深，書畫時傳道之跡。」〔註182〕道的本性是清靜無為、淡然質樸的，又是悠遠希夷、空靈無際的，因此道士和受道教影響的文人畫家們如馬臻習清虛淡泊，重內簡外，體現在繪畫上，便是清簡靜謐，用簡練的形式表現意味無窮的道。如：

　　　卓犖老氣吹蒼寒，太古屹然天地間。卻似秋風萬里至，白
　　　雲飛動終南山〔註183〕

再大的蒼寒之氣都吹不動屹然而立的山，而秋風白雲卻使山動了，可視為當時外在環境的紛擾，只有那天地間自然之道能影響詩人內心的

〔註181〕　《霞外詩集》，卷3，頁1204～83。
〔註182〕　〈廣微天師墨竹〉，《霞外詩集》，卷8，頁1204～139。
〔註183〕　〈題畫山水〉，《霞外詩集》，卷8，頁1204～144。

波動。

　　馬臻在詩中出現的道教意象還是不少,比方說他自稱或稱人「山人」。「山人」既是隱士也是道士,一可顯示身份,二可顯示其隱逸志向,感覺上「山中人」並不是樵夫,而是求道者,人與畫中山水因此能交融在一起。再來他的山水詩中經常出現的建築物即是道觀,如〈畫意‧之三〉:「亭亭樓觀藏山坳」、〔註184〕〈題畫雜詩‧之十〉:「山腰殿閣不可辨,彷彿太古玄都壇。」〔註185〕殿閣道壇正明示其道士身份。

　　再試看〈為北村湯同知題畫卷〉一詩:

　　　　山人慣識山中趣,來訪山家陟山路。轉頭萬事總不知,只
　　　　有秋聲在高樹。(之一)

　　　　黃塵浩浩眯人眼,怪石急流生野姿。溪橋不放車馬過,山
　　　　頭樓觀秋參差。(之二)〔註186〕

此題畫詩之一以人為主,山人入山求道,卻萬事不知,末句「高樹秋聲」戛然而止,顯示道家哲理自蘊含於自然之中。此詩之二則以溪橋分隔人境(黃塵浩浩、怪石急流、車馬)與道家之境(樓觀秋意),簡練呈現內心追求的自然之道。馬臻即將此畫面運用這些道教意象對湯同知有所警示。

　　除了稱呼、建築的用詞之外,他的詩歌中多引用道家所重視的典籍,如《莊子》、《列子》這些書中的典故,信手拈來,卻充滿道家哲理。如:〈為翁子善作晴江圖〉:「乃悟周穆王時西極之化人」〔註187〕引自《列子‧周穆王》;〈題鶴泉圖〉「乃知摶鵬鷃鳩各有分,不如榆枋飛躍棲林丘。」〔註188〕引自《莊子‧逍遙遊》;〈題灌畦圖〉故事

〔註184〕　《霞外詩集》,卷10,頁1204～159、160。
〔註185〕　《霞外詩集》,卷8,頁1204—144。
〔註186〕　《霞外詩集》,卷6,頁1204～123。
〔註187〕　《霞外詩集》,卷7,頁1204～125。
〔註188〕　《霞外詩集》,卷6,頁1204～123。

則出自《莊子・天地》等等。〔註189〕

　　歷來凡人得道成仙的故事，在馬臻詩中亦經常出現，皆蘊涵避世求道之志趣。最完整的如王子晉吹笙登仙〔註190〕的故事：

> 卻憶仙人王子晉，月下吹笙向緱嶺。仙人去世遠，鶴亦竟不來。為君寫入白團扇。玉冠絳裳，仙風道骨，洒落何其哉？恍惚聽希聲於至寂，一曲人間殊可哀。獨坐長松下，上有凌霄開。此心隨此畫，遠寄姑蘇臺。〔註191〕

詩中對畫中樂聲，則有《老子・道德經》裡「大音希聲」的感受，在〈題彈琴畫卷〉中：「至音存至寂，未必鍾期知。昭氏在不鼓，然後無成虧。」〔註192〕亦曾提及。從畫中是聽不到音樂聲音的，但就因為「至寂」、「希聲」，反而可使人在觀畫同時聆聽到「至音」。

　　丁令威、遼天鶴的典故運用。〔註193〕如：〈題常牧溪山水卷〉：「萬里岷峨風，空待遼天鶴。」〔註194〕又如〈題鶴泉圖〉：

> 我聞匡廬之山青入天，上有瀑布千仞懸。嵌空金碧根高源，噴薄直自太古前。未知鑿開混沌竅，神物盲昧誰之然。翩然皓鶴來何許，心融恍聽泠泠語。云是遼城丁令威，玄圃崑丘〔註195〕曾一舉。為嫌天上多官府，偶向人間值風雨。稻粱與

〔註189〕《霞外詩集》，卷3，頁1204～82。
〔註190〕王子晉是周靈王的太子，生性好道。雖然貴為太子，卻寂寞寡慾。周靈王二十二年，王子晉游於伊水和洛水，遇到道士浮丘公，隨上嵩山修道。幾十年後七月七日，王子晉乘白鶴升天而去，遠近可見，人們說：「王子登仙。」
〔註191〕〈為方仲客作子晉吹笙扇兼賦詩寄意〉，《霞外詩集》，卷3，頁1204～72
〔註192〕《霞外詩集》，卷5，頁1204～111。
〔註193〕「《搜神記》曰：遼東城門有華表柱，忽有一白鶴集柱頭，時有少年，舉弓欲射之，鶴乃飛，徘徊空中而言曰：『有鳥有鳥丁令威，去家千歲今來歸。城郭如故人民非，何不學仙冢壘壘。』」遂高上沖天。今遼東諸丁，云其先世有升仙者，不知名字。」〔唐〕歐陽詢撰，〈靈異部上・仙道〉，《藝文類聚》，卷78，頁888～602。
〔註194〕《霞外詩集》，卷5，頁1204～150。
〔註195〕「崑崙之山三級：下曰樊桐，一名板桐；二曰玄圃，一名閬風；上曰層城，一名天庭，是謂太帝之居。」北魏・酈道元注，〔民國〕

　　魚鰕，瑣細不足數。空餘舊標格，燕雀莫敢侮。令威令威我
欲從之遊，天風萬里冥冥秋。力小羽翮短，六合安能周。乃
知摶鵬鷃鳩各有分，不如榆枋飛躍棲林丘。〔註196〕

詩中將「鶴泉」一地的奇景，結合神話混沌鑿穴與遼城丁令威化鶴成
仙的故事，最後再以《莊子・逍遙遊》中「摶鵬鷃鳩各有分，不如榆
枋飛躍棲林丘」認知自身非具雄心壯志，安於隱逸山林的選擇。

　　馬臻並選擇道教前輩人物作爲繪畫題材，如：〈敬讚純陽眞人畫
像〉、〔註197〕〈題吳采鸞書韻圖〉。〔註198〕並爲多位道教人物的畫題
詩，如：〈題周法師月溪圖〉、〔註199〕〈廣微天師墨竹〉、〔註200〕〈天
師眞人畫小景卷〉、〔註201〕〈題玄覽眞人溪月圖〉。〔註202〕還有爲道
友作畫，如〈爲松瀑黃尊師作溪山疊翠圖〉、〔註203〕〈爲石室瑛上人
題松陵圖〉〔註204〕等，自然使用的語言，即是道教中的專用語彙。
試以〈天師眞人畫小景卷〉來看：

　　眞人心，虛無發穎抉。元氣淋漓一尺楮，回薄萬里意。……
　　豈若法自然，淡乎似無味。……六丁愼呵護，恐有風雷至。
　　〔註205〕

「虛無」、「元氣」、「法自然」、「六丁」等專業用詞，〔註206〕在馬臻
詩中都成爲他表情達意的重要材料。

　　馬臻還將道教「坐忘」、「主靜」理論融會在爲張府卿所做的《樵

　　　　楊守敬疏，〈河水〉，《水經注疏》，卷1，頁2。
〔註196〕《霞外詩集》，卷6，頁1204～123。
〔註197〕《霞外詩集》，卷10，頁1204～159。
〔註198〕《霞外詩集》，卷7，頁1204～126。
〔註199〕《霞外詩集》，卷9，頁1204～158。
〔註200〕《霞外詩集》，卷8，頁1204～139。
〔註201〕《霞外詩集》，卷4，頁1204～101。
〔註202〕《霞外詩集》，卷10，頁1204～150。
〔註203〕《霞外詩集》，卷5，頁1204～109。
〔註204〕《霞外詩集》，卷8，頁1204～137。
〔註205〕《霞外詩集》，卷5，頁1204～101。
〔註206〕道經上稱，六丁六甲能行風雷，制鬼神。（道教學術資訊網站
　　　　http://www.ctcwri.idv.tw/godking.htm）2010/1/2 pm3：53

雲圖》題詩中：「喧寂本異軌，乃知靜者心」、「靜觀天地生化機，抱膝無言坐成晚」。〔註207〕另外尚有〈為張仲美畫夢元遺山雪夜論詩圖〉，前四句就出現道家用語：「虐焰焦玄根，古道日淪墜。安知大化中，元氣塞天地。」「玄根」〔註208〕即指道之根本，而道教經典《太平經》認為「道」與「元氣」的關係是「元氣守道，乃行其氣，乃生天地。」〔註209〕此詩借道教用語提示當時局在最混亂的時候（暗指當時政權的變化），仍有「元氣」充塞天地。

仇遠云馬臻詩：「陶衷于空，合道于趣，渾然天成，不止于烟雲花草魚鳥而已。」〔註210〕此說亦可謂馬臻題畫詩風。元代三教合一的思想盛行，文人們多兼具儒釋道思想，就文人畫的特點來看，道教不離此在又超越此在的審美哲學、崇尚自由的詩意情懷、親近自然的隱逸作風、清雅脫俗的美學追求，與文人精神相契合，在特定的歷史文化背景下得到了表現和激發，從而開創了元代文人畫的興盛局面，也成就了道教審美文化。

另外馬臻喜愛繪畫，並欲以此成為終其一生的志趣，這也是馬臻之所以有如此多題畫詩作品的緣由，並形成其詩多所表露藉由隱居繪畫以安身立命的心志。馬臻是詩人，題畫詩中他另表明對繪畫的熱愛，隱逸生活使他更從容的從事個人喜好：

愛畫一生頭漫白，人間誰復問營邱。高風急雨捲秋氣，浩
浩空光隨筆流〔註211〕

第一句就直接以「愛畫」破題。隱居從事畫事是他不問世事汲汲營營的最佳方式，生命、時間皆須隨筆流去。另外「平生固多愚，懶惰足棄捐。賴有詩畫事，與物相磨研。」〔註212〕直指「詩畫」二事為他

〔註207〕 〈為疇齋張府卿作樵雲圖〉，《霞外詩集》，卷8，頁1204～101。
〔註208〕 「玄牝之門，是謂天地根。」老子著，王弼注，《道德經‧六章》（臺北：文史哲出版社，1979年），頁11。
〔註209〕 道教學術資訊網站 http://www.ctcwri.idv.tw/godking.htm
〔註210〕 《霞外詩集‧原序》，頁1204～56。
〔註211〕 〈題畫雜詩‧之三〉，《霞外詩集》，卷8，頁1204～144。
〔註212〕 〈為松瀑黃尊師作溪山疊翠圖〉，《霞外詩集》，卷5，頁1204～109。

的生活重心。還有「寫此清曠心，浩蕩入寥汸。所以冥栖士，終身慕
高潔。」〔註213〕因景而生「清曠」之情，作畫以表自己隱逸的高潔
志向。馬臻將繪畫視爲自己隱逸生活的另一場域，從繪畫中，他可以
充分展現自由意志，也使他隔絕於塵思昏昧之外，得到淨化心靈的效
果。

更有趣的是他看到李安忠所畫寒鴉，忍不住說出：「回情訴意各
有態，羨殺畫師心更切。」〔註214〕此處他自稱「畫師」，拋去了道士
身份，而以見到佳作的畫者立場，表現「見獵心喜」的欣羨之情。

《霞外詩集》中，有仇遠、龔開、毛晉（1599～1659）與四庫館
臣的序跋，可一觀四家對馬臻詩作的評價，四庫館臣認爲：

> ……其豪邁俊逸之氣，無所不可。正不以枯寂恬淡爲高耳。
> 〔註215〕

他的好友仇遠更進一步說：

> 集中所作，皆神骨秀奇、風力遒上，琅琅有金石之聲，無
> 酸寒細碎、蟲吟草間之態。……大抵以平夷恬淡爲體，清
> 新圓美爲用，陶衷于空，合道于趣，渾然天成，不止於烟
> 雲花草魚鳥而已。〔註216〕

總括來說，他的題畫詩風格清新恬淡兼豪邁俊逸，其詩風與江湖、四
靈有別。而其題畫詩作多了與畫及與他獨到的見解、豐富的人生經歷
相結合的多樣內涵，化道家哲理於詩畫之間，卻不見「方士丹汞之
氣」，〔註217〕因此馬臻可說是元初一位不容被遺忘的文人畫家。

〔註213〕　〈題畫山水〉，《霞外詩集》，卷7，頁1204～133。
〔註214〕　〈題李安忠畫雪岸寒鴉圖〉，《霞外詩集》，卷8，頁1204～144。
〔註215〕　《霞外詩集・序》，頁1204～55。
〔註216〕　《霞外詩集・原序》，頁1204～56。
〔註217〕　〔清〕永瑢等撰，〈霞外詩集十卷〉，《欽定四庫全書簡明目錄》（臺
　　　　　北：洪氏出版社，1982年），卷17，頁727

第四章　龔開題畫詩

　　當原屬儒士的逸民選擇遠離仕途，走向與自古讀書人立志科舉
完全相反的道路之後，他們賴以生存的方式，也就是他們的經濟來
源，應是研究遺民文化另外一個值得重視的課題。關注此項課題可
以將逸民與那些干謁權貴的江湖人士予以分野，尚可理解為何有些
具遺民心志的人，最終願意成為學官的想法。如仇遠即說自己「干
時本無策，謀生術尤疎」，直言「干祿本為貧」。〔註1〕

　　逸民畫家與一般逸民文人相較，多了一項畫藝，但在前文所述，
最執著於故宋的鄭思肖與入道的馬臻，他們的畫作並未成為商品，鄭
思肖對元廷的激烈言行與馬臻的溫和態度剛好形成強烈對比，這兩人
對畫事的態度也有不同。思肖因家具田產，故將田產捐輸寺廟之後，
託身寺廟，詩畫是他抒發內在憤懣之情的寄託；馬臻則從事道士的職
業，多少有道觀的金援或是信徒的供養，他除了宗教活動參與之外，
有較多時間追求個人興趣情志，也就是從事詩畫創作。除了這兩人之
外，卻有畫家秉持他本身具有的才能畫藝，以賣畫維生，成為職業畫
家，龔開與錢選就是逸民職業畫家的代表人物。

〔註1〕〔元〕仇遠，〈予久客思歸，以「秋光都似宦情薄，山色不如歸意濃」
　　　　為韻言志，約金溪諸友共賦，寄錢唐親舊〉，《金淵集》，卷1，頁1198
　　　　～14。

本章首述龔開，共分四節：第一節敘述龔開其人其事，第二、三節論述龔開共十一首題畫詩。〔註2〕第二節是將龔開與「馬畫」有關的五首題畫詩獨立論述。第三節則分別論述龔開其他題畫詩：分別為人物題畫詩：〈題自寫蘇黃像〉、山水題畫詩：〈自題山水卷〉，還有著名的《中山出遊圖》，為龔開自畫自題之作。〈題趙鷗波高士圖〉、〈一字至七字觀周曾秋塘圖有作〉、〈兒子咸畫鴈老人作江天仍作詩命咸書卷上〉為題人畫作之詩。第四節則在逐一探析這些作品之後，總結其詩與畫的藝術特色。

第一節　龔開其人其事

龔開（1222～1307），字聖予（一作聖與），號翠巖（一作翠岩），晚年更號巖翁，〔註3〕淮陰（今屬江蘇）人，生於南宋寧宗嘉定十五年。關於他的家世，史載甚少，根據他的貧苦際遇，可能出身于寒士之家。入元隱居不仕，寓居吳中，潛心畫藝並賣畫自給，以遺老身份往來杭州、蘇州等地。大德十一年卒，年八十六。

一、龔開其人其才

龔開，人亦稱髯龔、老髯等。方回（1227～1305）〈送錢純父西征集序〉文末，特別說到龔開：「今聖予年六十八，獨幸無恙，其詩老筆有骨，雪髯及腹，行步如飛，議論典型，想見二十年前，釃酒酹江時，意氣令人動魄。」〔註4〕敘述龔開四十歲中年時，「釃酒酹江時」

〔註2〕其詩均載於〔清〕厲鶚《宋詩紀事》（臺北：臺灣商務印書館，1986年《景印文淵閣四庫全書》）、〔明〕程敏政《宋遺民錄》，除〈悼陸君實〉輓詩外，其餘皆為題畫詩。《宋詩紀事》收錄八首，《宋遺民錄》有十一首，所收之詩較完整，故本節所引詩皆以《宋遺民錄》為本，以下引詩出版資料略。

〔註3〕有〈龔聖予號翠巖晚更號巖翁為賦〉詩題為證。〔元〕俞德鄰，《佩韋齋集》（臺北：臺灣商務印書館，1986年《景印文淵閣四庫全書》），卷1，頁1189～6。

〔註4〕〔元〕方回，《桐江續集》（臺北：臺灣商務印書館，1986年《景印

的「意氣」，到六十八歲「雪髯及腹，行步如飛」的豪放，氣勢始終不變，甚至「五鼎食肉不掛意」，〔註5〕大口喝酒、大塊吃肉，完全不見老態。柳貫（1270～1342）〈題江磯圖卷後〉則說他「年已七十餘，疏髯秀眉，頎身逸氣，如古圖畫中仙人劍客。」〔註6〕湯垕《畫鑒》也有類似記載：龔開「身長八尺，碩大美髯。」〔註7〕由上述可知，龔開有一種特殊的氣質，這在當時文人社會中似乎並不多見。他身高八尺，年長時雪髯及腹，行走如飛，能食五鼎肉，其外貌、精神具有文人的飄逸和劍俠的豪爽。

龔開以畫名世，擅長人物、鞍馬兼工山水、花卉。吳師道（1283～1344）《吳禮部詩話》、湯垕《古今畫鑒》、夏文彥《圖繪寶鑒》諸書，對他的畫都有評價。《中山出遊圖》和《瘦馬圖》（一稱《駿馬圖》）被公認為是僅存的兩件真跡。

龔開能文，留有傳世作品〈宋江三十六贊〉〔註8〕、〈宋文丞相傳〉、〈宋陸君實傳〉、〈輯陸君實挽詩序〉等。〔註9〕他在〈宋江三十

文淵閣四庫全書》），卷32，頁1193～666。

〔註5〕方回，〈龔侯玉豹圖並詩卷〉：「五鼎食肉不掛意」。〔清〕卞永譽，《書畫彙考》，卷45，頁828～894。

〔註6〕〔元〕柳貫，〈題江磯圖卷後〉，《待制集》（臺北：臺灣商務印書館，1986年《景印文淵閣四庫全書》），卷18，頁1210～483。

〔註7〕〔元〕湯垕，《畫鑑》，（臺北：臺灣商務印書館，1983年《景印文淵閣四庫全書：814》），頁814～434。

〔註8〕「余年少時壯其人，欲存之畫贊，以未見書載事實，不敢輕為。……於是即三十六人，人為一贊，而箴體在焉。蓋其本撥矣，將使一歸於正，義勇不相戾，此詩人忠厚之心也。」序中說明龔開本欲為宋江人物題畫作贊，但因史書未載，「不敢輕為」。後來見《東都事略》記載宋江等人事蹟後，才提筆作贊。再由周密於贊後說明：「此皆群盜之靡耳，聖與既各為之贊，又從而序論之。何哉？太史公序游俠而進姦雄，不免異世之譏，然其首著勝、廣於列傳，且為項籍作本紀，其意義亦深。」不論龔開自身與好友周密皆並未提及龔開有作畫。可見龔開書寫宋江三十人物，具史傳評論意義，其贊並非畫贊。故不在本文討論範圍。

〔註9〕〔元〕周密，〈宋江三十六人贊並序〉，《癸辛雜識續集上》（臺北：臺灣商務印書館，1983年，《景印文淵閣四庫全書》），頁1040～76。〈宋

六人贊並序〉中，讚揚宋江〔註10〕「識性超卓，有過人者」，「爲盜賊之聖」。這三十六人，除宋江外，有後來《水滸傳》中的主要人物吳學究（吳用）、盧俊義、魯智深、武松、李逵，及阮小七、劉唐、阮小二、戴宗、阮小五等。〈宋江三十六贊〉最早記錄了水滸三十六人姓名和綽號，爲《水滸傳》的研究提供了極有價值的資料。龔開學養豐厚，具有精深的文學修養，除詩詞外，他曾爲文天祥、陸秀夫（1237～1279）作傳，以寄託其思念故國的情懷。「文章議論愈高古，至爲此二傳（指〈陸君實傳〉和〈文丞相傳〉）大類司馬遷、班固所爲，陳壽以下不及也。」〔註11〕其文筆沉實而流暢，十分凝煉，多由人論世，再回顧論及己身，因此滿懷深情。有《龜城叟集》存世，共有二十三篇詩文。

　　龔開還精通棋藝，不過他所撰寫的《古棋經》已失傳。〔註12〕他的政治品格贏得了後世賢達的一致稱道：王鏊（1450～1524）稱其「尚節氣」；〔註13〕楊載（1271～1323）稱其「大節固多奇」；〔註14〕吳萊（1297～1340）謂其「志節既峻」、「無負於秀夫者哉」。〔註15〕龔開之「節」爲各家共同贊語。

　　由此可見，龔開是個能文、能書、善畫、滿腹才學的文人。他不

文丞相傳〉、〈宋陸君實傳〉、〈輯陸君實輓詩序〉則見於〔明〕程敏政，《宋遺民錄》，卷10，頁4。

〔註10〕 北宋宣和（1119～1125）年間民變首領，後來投降宋朝。此事成爲後來章回小說《水滸傳》的原形，而宋江在小說中則是梁山泊起義軍之首。

〔註11〕 〔元〕吳萊，〈桑海遺錄序〉，《淵穎集》（臺北：臺灣商務印書館，1986年，《景印文淵閣四庫全書》）卷12，頁1209～196。

〔註12〕 〔元〕吳萊〈觀淮陰龔翠巖所脩古棋經〉，《淵穎集》，卷2，頁1209～28。

〔註13〕 〔明〕王鏊，《姑蘇志·龔聖予小傳》，〔明〕程敏政，《宋遺民錄》卷10，頁1。

〔註14〕 〔元〕楊載，〈黃櫟杖爲龔聖與作〉，《楊仲弘集》（臺北：臺灣商務印書館，1986年《景印文淵閣四庫全書》）卷3，頁1208～22。

〔註15〕 〔元〕吳萊，〈桑海遺錄序〉，《淵穎集》，卷12，頁1209～196。

僅多才多藝，更具有剛正不阿的民族氣節，正是這樣的高尚品德使他的作品煥發神采。

二、龔開其事

《元人傳記資料索引》裡有不少和龔開相關的文獻，〔註16〕袁世碩與〔日〕阿部晉一郎在《解識龔開》一文，即根據這些文獻，勾畫出龔開從宋末揚州幕府任職，經抗元軍旅，到入元後流連杭州貧困終老的歷史身影。〔註17〕他的一生大致可分為宋亡之前、元初以及步入晚年三個階段。

龔開1222年出生，至1279年的宋末，龔開正值青壯年，卻也正是南宋被蒙古勢力逐步鯨吞的時期。龔開的生長地淮陰是歷代兵家的必爭之地，「少負才氣」的龔開銳意以建功立業來「贏得金創臥帝閑」。〔註18〕他于景定年間（1260～1264）在揚州曾先後做南宋著名政治家、軍事家趙葵（1186～1266），李庭芝（1219～1276）的幕僚，任兩淮制裏司監官，掌管茶鹽酒稅、場務征輸及冶鑄之事，公務繁重，但當時的他「頗欲以奇偉非常之功自見。」〔註19〕四川淪陷後，兩淮成了南宋的重要財源，龔開職務須日理萬貫，但他卻十分廉貧，和同在幕府主管文字機宜的陸秀夫一起協助李庭芝（1219～1276）安撫流民、建房賑災，因此也繁榮了揚州經濟。

龔開曾于景炎三年（1278年）秋作《金陵六桂圖》，他繪圖「金陵六桂」，應不只是尋常花木，而是別具意義。金陵（今江蘇南京）是六朝古都，正可借此寓意國家，又借桂樹可比松柏的自然特性，自勵堅守晚節。

從1279年南宋滅亡到1291年，龔開深隱不仕，賣畫為生，以諷

〔註16〕王德毅、李榮村、潘柏澄編，《元人傳記資料索引》，頁2194～2196。
〔註17〕袁世碩、〔日〕阿部晉一郎，〈解識龔開〉，《文學遺產》，2003年5月。
〔註18〕〈題昭陵什伐赤馬圖〉，《宋遺民錄》，卷10，頁21。
〔註19〕〔元〕黃溍，〈跋翠巖畫〉，《文獻集》（臺北：臺灣商務印書館，1986年《景印文淵閣四庫全書：268》），卷4，頁1209～356。

喻的形式在詩、畫裏表忠義之心，立蕩寇之志。其主要的活動是悼亡友、輯輓詩和反思宋亡的原因。約 1279 年初，撰寫了〈陸君實傳〉，還收集了十九首遺民的祭詩，自作〈輯陸君實輓詩序〉。1283 年，寫下了〈宋文丞相傳〉。他主要借繪畫宣洩對元朝統治的憤懣，鍾馗擊鬼、唐馬是他的主要繪畫題材。他在這個時期的詩文和書畫一律不題寫元朝的年號，只寫干支，拒不承認元朝政權。此時龔開的生活條件極爲困苦，他隱于蘇州郊外的黽山附近，與二子一女相依爲命。

龔開的女兒通達事理，在《輟耕錄》中，曾記載龔開「女諫買印」一事。〔註 20〕龔開在蘇州雅好收藏鑑識文物。他在無意中買走好友權道衡欲購的漢印，其女認爲是「奪人所好」，龔開不勝驚悟，旋即將印送給權道衡。雙方都以「在彼猶在此」而堅辭不就，龔開索性把印沉入河底。可見他還是一個力求在道德上自我完善的謙謙君子。

龔開有一子名龔咸（生卒年不詳），繼承他的繪畫才能，他曾有一詩〈兒子咸畫鴈老人作江天仍作詩命咸書卷上〉，〔註 21〕記錄龔開爲龔咸畫作寫詩並要求他題寫畫上，如同家庭作業。龔開「立則沮洳，坐無几席」，若須作畫，「兒浚俯伏榻上，就背按紙作唐馬圖」，顯示他作畫的困境，雖然他的畫「一持出，人輒以數十金易之去，藉是不飢」，〔註 22〕事實上多半是舊友對他的周濟，當時的周密、方回等人是他的好友，亦是他的畫作收藏者。

自 1292 年到 1305 或 1306 年。此時龔開已處於耄耋之年，他的思想產生了很大的變化，抗爭意識漸趨淡化，以一個順從元朝的潦倒

〔註 20〕〔元〕陶宗儀，《輟耕錄》（臺北：臺灣商務印書館，1983 年《景印文淵閣四庫全書：1040》），卷 9，頁 1040～514。

〔註 21〕《宋遺民錄》，卷 10，頁 21。

〔註 22〕「宋亡潛居深隱，立則沮洳，坐無几席。一子名浚，每令俯伏就其背，按紙作唐馬圖：風騣霧鬣、豪骭蘭筋、備盡諸態；一持出，人輒以數十金易之，藉是不飢，然竟以無所求而死。」〔元〕吳萊，〈桑海遺錄序〉，《淵穎集》，卷 12，頁 1209～196。

隱士走完了一生。值得注意的是，龔開終於在《人馬圖》上題寫了元朝的年號——至元壬辰年（1292 年），〔註23〕直至在八十三歲時畫的《洪崖先生出遊圖》、《馴象圖》等都題元「大德甲辰」的年號，往日對宋末腐朽政治的不滿漸漸演化爲對元朝政權的承認。在他晚年的繪畫裏，鍾馗、瘦馬不再是主要題材，而是以表現隱士生活的人物和山水及佛教的題材爲主。這當然與他和僧道衡、月澗、天臺僧等僧侶的交往有關，但也反映出他思想上的漸趨平和。

　　龔開生活潦倒，最後回到故鄉淮陽，不久溘然辭世。但直到大德十一年（1307 年），龔開在江南的老友馬臻、黃瀑翁才得知此訊，〔註24〕由此也引發了江南的悼亡活動，可見他對江南文壇有著一定的影響。馬臻尚有〈哭岩翁龔處士二首〉，〔註25〕從中可知在他去世之前，兩個兒子已先他而去，其女守著滿堆的書畫卻無處可賣的際遇。

　　龔開對時局是從抗拒憤懣到無奈，再到最後認知大勢已去而接受了現實。自龔開身上，正反映了許多南宋遺民的心路歷程，而他的詩文、畫作更可作爲當代遺民心志的紀錄見證。

第二節　龔開題馬畫詩

　　龔開寫意畫馬存世紀錄最多，有《駿骨圖》（《瘦馬圖》）、《玉豹圖》、《唐馬圖》、《人馬圖》、《天馬圖》、《黑馬圖》、《昭陵什伐赤馬圖》、《高馬小兒圖》等。他以馬爲題材入畫，藉馬的矯健、迅捷、勇武、剛烈來表現自己的理想與意志，所以他畫筆下的馬多呈「風鬃霧鬣，豪骭蘭筋」〔註26〕特點，令人「似聞展卷空中嘶」，〔註27〕

〔註23〕〔清〕卞永譽，〈龔制司人馬圖并記〉，《書畫彙考》，卷 45，頁 828～895。
〔註24〕〈和黃瀑翁寄弔龔嚴翁畫馬詩〉詩序：「大德丁未黃瀑翁寄弔龔嚴翁畫馬詩……」〔元〕馬臻，《霞外詩集》，卷 10，頁 1204～167。
〔註25〕〔元〕馬臻，《霞外詩集》，卷 4，頁 1204～97。
〔註26〕「（龔開）作《唐馬圖》，風駿霧鬣、豪骭蘭筋，備盡諸態。」〔元〕吳萊，〈桑海遺錄序〉，《淵穎集》，卷 12，頁 1209～196。
〔註27〕〔元〕馬臻，〈和黃瀑翁祭弔龔嚴翁畫馬詩〉，《霞外詩集》，卷 12，

不禁有「逝電追風莫可蹤」〔註28〕之慨。

龔翠巖在〈天馬圖并題〉記曰：「往余見姜白石詩一卷有絕句，作小草尤佳，云：『道人野性如天馬，欲擺青絲出帝閑。』甚愛此詩，第恨不通畫，不能使無聲詩、有聲畫相表見，此為欠事。因戲作前馬。」〔註29〕他肯定「道人野性如天馬」的譬喻，道人如馬，欲遺世過自己的瀟灑人生；從此題記亦可知龔開畫馬目的在「使無聲詩、有聲畫相表見」，並將人之心志表現於「馬」上——亦即寫馬即寫人。這也成為龔開「馬畫」與「畫馬詩」的共同基調。

龔開共有五首和「馬畫」有關的題畫詩，其中三首七絕，兩首古詩。以下分成三部份論述：先從龔開沿襲曹霸畫馬風格的三幅圖詩開始，再探析其與方回因對馬畫風格認定不同而爭辯的題畫詩，最後則是其最著名，有十五肋的瘦骨形象的「駿馬」。

一、《昭陵什伐赤馬圖》、《黑馬圖》、《高馬小兒圖》題詩

《昭陵什伐赤馬圖》、《黑馬圖》題詩中所指稱的駿馬，為龔開沿襲曹霸畫馬風格的「唐馬」。由於唐代以馬之多寡關聯國力的盛衰，故皇帝特重養馬，例如唐玄宗「開元四十萬疋馬」，〔註30〕當時國力強盛可見一斑。

〈題昭陵什伐赤馬圖〉詩云：

赤驥駝僧去玉關，換他白馬載經還。誰憐什伐飛龍子，贏得金創臥帝閑。〔註31〕

元代王逢（1319～1388）有〈題林芝隱所藏龔翠岩臨昭陵什伐赤馬圖〉

〔註28〕李構題跋龔開《人馬圖》。〔清〕卞永譽，《書畫彙考》，卷45，頁828～895。
頁 1204～167。
〔註29〕〔清〕卞永譽，《書畫彙考》，卷45，頁828～893。
〔註30〕錢選《楊妃上馬圖》（華盛頓弗利爾美術館藏）畫上題詩。
〔註31〕〔明〕程敏政，《宋遺民錄》，卷10，頁21。

〔註32〕一詩，據詩題來看，王逢題詩是根據龔開「臨」《昭陵什伐赤馬圖》一畫所作。北宋黃伯思（1079～1118）〈論臨摹二灋〉解釋「臨摹」二法，其中說明「臨」：「『臨』謂以紙在古帖法書之旁，觀其形勢而學之，若臨淵之臨，故謂之臨。」〔註33〕將其「臨帖」的概念運用到「臨畫」上，可知「臨畫」是將古畫放置一旁，依照其畫，仿其用筆用色。龔開臨畫目的自是對畫中馬有感而發，同樣是駿馬，昭陵什伐赤馬是唐太宗征戰時的座騎，〔註34〕目前以滿身創傷的印記留在「帝閑」（帝王的馬廄）中，〔註35〕與因馱僧、載經有功的「赤驥」、「白馬」而流傳史冊相對照，「什伐赤馬」只對一人有功，且社會影響力不足，但卻如同有心為當朝君王服務的忠臣。因此龔開以「誰憐」反詰語氣，表示牠雖已被人遺忘，自己卻有心為馬寫真立傳，一方面肯定其功，再來肯定忠誠，還讚賞其雄心壯志，表示至少還有自己未曾忘卻曾經為國付出奉獻的功臣。

　　〈題昭陵什伐赤馬圖〉主角為歷史上具名的駿馬，〈黑馬圖〉的「黑馬」則並無顯赫名號，而是以駿馬通稱的「龍媒」稱之。牠從杜甫詩中現身，展現的是純然的黑影與風馳電掣的氣勢。〈黑馬圖〉詩云：

〔註32〕　「風雨昭陵戰伐秋，赤流汗血尚成溝。畫工解貌千金骨，不抵東家□戴牛缺文一本亦作牛字。」〔元〕王逢，《梧溪集》（臺北：臺灣商務印書館，1986 年，《景印文淵閣四庫全書：285》），卷 2，頁 1218～614。

〔註33〕　〔北宋〕黃伯思，《東觀餘論》（臺北：臺灣商務印書館，1983 年，《景印文淵閣四庫全書：850》），卷上，頁 850～329。

〔註34〕　「六駿石刻：在醴泉縣昭陵六駿曰青騅、曰什伐赤、曰特勒驃、曰颯露紫、曰拳毛騧、曰白蹄烏，皆唐太宗平竇建德、王世充、宋金剛、劉黑闥、薛仁杲及東都時所乘者，像各有贊。」〔明〕李賢等，《明一統志》（臺北：臺灣商務印書館，1983 年《四庫全書珍本・七集（五）》），卷 32，頁 38。

〔註35〕　《周禮・夏官・校人》中云：「天子十有二閑，馬六種。」註：「每廄為一閑。」〔漢〕鄭玄註，〔清〕阮元校勘，《十三經注疏・周禮》，卷 33，頁 495。

八尺龍媒出墨池，崑崙月窟等閒馳。幽州俠客夜騎去，行
過陰山鬼不知〔註36〕

詩中黑馬是杜甫〈魏將軍歌〉：「將軍昔著從事衫，鐵馬馳突重兩衛。
被堅執銳略西極，崑崙月窟東巉巖。」中，奔馳「崑崙月窟」〔註37〕
的鐵馬。清代仇兆鰲（1638～1717）註解道：「說文：驪馬深黑色，
鐵馬赤黑色。先儒云：取其馬色如鐵，亦取其堅壯如鐵。」〔註38〕龔
開對畫馬有相當的自信，當他落筆畫紙，堪稱「龍媒」的駿馬就破紙
而出了。此馬迅捷馳遠，「崑崙月窟」「等閒」可至，俠客騎著牠飛奔
過陰山，連山鬼都不知曉。「陰山鬼」在此應是暗指元朝蒙古部族，
在此詩中，可看出龔開期望賢者出現，帶領人民恢復漢室的意念。此
詩凸顯了作者奇崛的想像力：畫中的駿馬能將崑崙山、月窟仙境都視
為是等閒之地，其氣勢則可想而知。最重要的是這匹駿馬還遇上了俠
客，作者在此很可能是想表達出個人俠客般的理想與追求。而此一理
想也完全是從現實出發的，正是對現狀的失望使得作者不得不借助於
奇特的想像，通過詩畫作品去宣洩內心的失落與痛苦彷徨。

　　巧妙的是，寫畫黑馬，因此詩中多「黑色」用語，以嵌入地名或
暗黑事物來呈現，如：「墨」池、「月」窟、「幽」州、「夜」騎去、「陰」
山、「鬼」不知。詩句與黑馬圖畫相互呼應，可見龔開題詩亦是講求
畫面與氛圍的整體效果。

　　同樣是傳統駿馬圖像的《高馬小兒圖》，只是畫中主角除了高馬

〔註36〕〔明〕程敏政，《宋遺民錄》，卷10，頁18。

〔註37〕「（杜甫〈魏將軍歌〉）將軍昔著從事衫，鐵馬馳突重兩衛。被堅執
　　　　銳略西極，崑崙月窟東巉巖。吳旦生曰注家昧其義，此即北斗歸南
　　　　之意。《林下偶談》云：崑崙月窟在西而謂之東，……蓋謂魏將軍略
　　　　地至西方之極而回顧崑崙月窟卻在東也。」〔清〕吳景旭，《歷代詩
　　　　話》（臺北：世界書局，1966年），卷38，頁469。【〔南宋〕吳子良，
　　　　《林下偶談》（臺北：臺灣商務印書館，1983年，《景印文淵閣四庫
　　　　全書：1481》），卷2，頁1481～502。】

〔註38〕〔清〕仇兆鰲，《杜詩詳註》（臺北：臺灣商務印書館，1983年，《景
　　　　印文淵閣四庫全書：1070》）卷4，頁1070～198。

還有小兒。倪瓚認爲「高馬小兒傳意匠」〔註39〕；李日華（1565～1635）則說過「余幼年曾見其《高馬小兒圖》，亦出意表。」〔註40〕可見如此題材並非常見，應是龔開匠心獨運。詩云：

> 華騮料肥九分膘，童子身長五尺饒。青絲鞚短金勒緊，春風去去人馬驕。莫作尋常廝養看，沙陀義兒皆好漢。此兒此馬俱可憐，馬方三齒兒未冠。天眞爛漫好容儀，楚楚衣裝無不宜。豈比五陵年少輩，胭脂坡下鬥輕肥。四海風塵雖已息，人才自少當愛惜。如此小兒如此馬，他日應須萬人敵。老夫出無驢可騎，乃有此馬騎此兒。呼兒回頭爲小駐，停鞭聽我新吟詩。兒不回頭馬行疾，老夫對之空嘖嘖。〔註41〕

此詩詠馬與詠人兼具，雖然「馬方三齒兒未冠」，但是「天眞爛漫」、英姿颯爽。加上以「鬥輕肥」的「五陵年少」反襯，預言「它日應須萬人敵」的語調爽朗明快。而吳萊的〈同吳正傳詠龔嚴叟小兒高馬圖〉〔註42〕破壞了預言，就歷史現象得出「血氣未完先躑躅」的預測，可能會是「磧外鳴劍吾無功」，「老矣驊騮那得知？」其實龔開並非不知情況如此，他清清楚楚的說明：「四海風塵雖已息，人才自少當愛惜。」畢竟宋朝君臣就因太過文弱，遇到蒙古鐵騎便不堪一擊。他也知道歷史已不可逆轉，安逸於江南的權貴子弟又無法寄予期望，所以強身復國的目標，當然要由新生一代去承擔。這是龔開特別積極奮起的想法，而如此想法會不會得到回應？看著「兒不回頭馬行疾」，他也只能「對之空嘖嘖」。此詩實有語重心長之處。

　　吳師道（1283～1344）於〈高馬小兒圖贊〉〔註43〕中有不同看法，他在贊前題記認爲：「易不云乎？小人乘君子之器，盜思奪之矣！

〔註39〕〔明〕李日華，《六研齋筆記》（臺北：臺灣商務印書館，1977年《四庫全書珍本・七集》），卷4，頁5～6。

〔註40〕〔明〕李日華，《六研齋筆記》，卷4，頁4。

〔註41〕〔明〕程敏政，《宋遺民錄》，卷10，頁18。

〔註42〕〔元〕吳萊，《淵穎集》，卷3，頁1209～46。

〔註43〕〔元〕吳師道，《禮部集》，卷11，頁1212～132。

龔開聖予作高馬小兒圖,蓋出于此。其自為詩則姑文致委曲而罨于末語,見意不敢盡也。」吳師道語出《易經·繫辭上》,原句為:「負且乘,致寇至。負也者,小人之事也;乘也者,君子之器也。小人而乘君子之器,盜思奪之矣。」〔註44〕意指因才德不稱其位而導致盜寇入侵。師道並有贊語:「……據非宜,或奪之。彼雖奪,亦莫羈。充帝閑,屬鸞旗。願托身,奉明時。」小兒似指當朝,而此圖詩成為諫言,告知蒙古部族無法久居中原。不過詩中雖有「沙陀義兒皆好漢」的字句,但以龔開並未入仕來看,此諫言並無絲毫意義可言,再來其對小兒的多方肯定,亦不似對入侵者的態度。所以不如將此詩視為對國家未來主人翁的期許,其中尚有諷喻當代青年不知上進,只能將國家託付下一代的願景,而更年輕一輩卻非上一代所能掌握。龔開於此表現了他洞察世事的時代性。

二、《玉豹圖》贈答詩

《宋遺民錄》著錄〈僕為盧谷先生作玉豹馬,先生有詩見酬,極筆勢之馳騁,乃以此詩報謝〉一詩,〔註45〕《宋詩紀事》將此詩題簡省為〈僕為盧谷先生作玉豹馬……乃以此詩報謝〉,由詩題來看,原本龔開特意為盧谷先生方回作《玉豹圖》馬畫,方回以題畫詩回贈,龔開再以同一主題的題詩贈謝。一來一往之間,有圖像,有賞畫者的接受觀點,也有創作者對繪畫及受贈者心意的闡釋,是龔開題畫詩最完整的紀錄。據雙方題詩內容來看,玉豹馬即玉花驄,唐玄宗馬名。曹霸曾畫玉花驄,且具不同相貌,因杜甫〈丹青引贈曹將軍霸〉〔註46〕:「先帝天馬玉花驄,畫工如山貌不同。」於史有據甚而成名。方回〈龔侯玉豹圖並詩卷〉詩云:

〔註44〕〔清〕阮元校勘,《十三經注疏·易經·繫辭上》,卷7,頁152。

〔註45〕《宋遺民錄》,卷10,頁19。

〔註46〕〔唐〕杜甫,〈丹青引贈曹將軍霸〉,〔清〕聖祖,《御定全唐詩》,卷220,頁1425~57。

龔侯之先楚兩龔，遠孫挺挺有祖風。五鼎食肉不掛意，萬
卷讀書曾用功。草字隸字各神妙，古詩律詩俱豪雄。雖有
一癖好畫馬，不比人間凡畫工。颯爽脩髯雪三尺，長安市
上無人識。等閒幅紙寫驊騮，或者終身求不得。我未嘗求
忽得之，袖出玉花驄一匹。開卷如聞嘶風生，蹴踏青天砲
霹靂。曹霸昔遇唐明皇，畫出此馬眞龍驤。黃金拜賜南薰
殿，赫奕門戶生輝光。昇平難保金易散，晚歲奔波逃戰場。
卻得少陵詩一首，名稱宇宙相悠長。龔侯不干萬乘主，但
欲追尋窮杜甫。老筆一洗韓幹肉，天閑至寶落環堵。詩非
杜甫畫勝曹，無乃心神漫勞苦。龔侯此筆游戲耳，別有文
章垂千古。（龜城叟為作玉豹圖敬長歌識之　虛谷方回）〔註47〕

首兩句將龔開氣節與漢朝「楚兩龔」〔註48〕加以比附，接著十句以
與龔開相交多年的好友身份，將龔開精神、相貌、畫才陳述出來，
對龔開此人的認識，具有相當信度。接著寫得畫經過，然後書寫畫
中馬的氣勢，而後書寫了曹霸原被君王看重後來失寵，奔逃戰場的
遭遇，幸虧與杜甫的遇合，才讓曹霸畫馬的名聲流傳後世，而詠馬
題畫詩最爲人重視的杜甫詩句，也讓玉花驄成爲品評畫馬圖像的標
準。此段詩句，方回讚賞龔開畫馬不是爲了成爲曹霸一般因畫馬而
享受名利，反而追隨的是「窮」杜甫爲「馬」爲畫者留名的用心。
因此他點出龔開馬畫特色，即「老筆一洗韓幹肉」。〔註49〕對龔開所
贈畫，他看到了龔開對杜甫的追隨，但不客氣評龔開「詩非杜甫」，
又因爲「心神漫勞苦」，所以畫雖勝曹霸，卻爲「游戲耳」。「游戲」
說法是龔開不能接受的，他作鍾馗畫時曾論及：「人言墨鬼爲戲筆，

〔註47〕〔清〕卞永譽，《書畫彙考》，卷45，頁46～47。

〔註48〕「兩龔皆楚人也，勝字君賓，舍字君倩。二人相友，並著名節，故
世謂之『楚兩龔』。少皆好學明經，勝爲郡吏，舍不仕。」〈王貢兩
龔鮑列傳‧龔勝、龔舍〉《漢書》（臺北：臺灣商務印書館，1983年，
《景印文淵閣四庫全書：250》），卷72，頁250～605。

〔註49〕「幹惟畫肉不畫骨，忍使驊騮氣凋喪。」〔唐〕杜甫〈丹青引贈曹將
軍霸〉，〔清〕聖祖，《御定全唐詩》，卷220，頁1425～57、58。

是大不然。此乃書家之草聖也。」〔註50〕可見龔開對自己畫作認知，絕非隨性戲筆。雖然最後方回仍肯定龔開文章，亦即〈宋文天祥傳〉、〈宋陸秀夫傳〉〔註51〕具有垂千古的筆力，但在前面詩句中似乎對龔開題詩（非杜甫）及所畫馬（窮、心神漫勞苦）並不是十分接受的立場。（或許從龔開回詩中「十五肋中包腎腸」可知，此玉豹馬亦是龔開慣用瘦骨嶙峋的畫法，所以不符合當時審美風尚，而不被方回認同）。

　　龔開收到酬謝詩，應有不悅感受，所以才有這一首回詩出現。作者為自己的畫作辯解，再加上對方回的質疑與提問，正可看到龔開直接爽快的個性。首先看詩題：〈僕為虛谷先生作玉豹馬，先生有詩見酬，極筆勢之馳騁，乃以此詩報謝〉，敘事清楚，不過仔細看詩題與回詩反駁之意，「極筆勢之馳騁」、「報謝」語，未嘗沒有反諷意味。詩云：

> 南山有雄豹，隱霧成變化。奇姿驚世人，毛物亦增價。天上房星泛瑞光，孕成白馬而黑章。為誰容易來中國，風雪天山道路長。頭為王，欲得方。目為相，欲得明。脊為將軍欲得強，腹為城郭欲得張。絕憐此馬皆具足，十五肋中包腎腸。嗟予老去有馬癖，豈但障泥知愛惜。千金市駿已無人，禿筆松煤聊自得。君侯昔如汗血駒，名場萬馬曾先驅。山林鐘鼎今何有，歲晚江湖托著書。白雲未信仙鄉遠，黃髮鬖鬖健有餘。飲酒百川猶一吸，吟詩何嫌萬夫敵。我持此馬將安歸，投之君侯如獻璧。君侯作詩凜馳驚，八荒滿盈動雷雨。定知此馬知此意，獨欠老奚通馬語。曹將軍，杜工部，各有一心存萬古。其傳非畫亦非詩，要在我輩之襟期，君侯君侯知不知〔註52〕

龔開在此詩中，先以南山玄豹隱霧的典故，〔註53〕說明所畫「老筆洗

〔註50〕〔清〕卞永譽，《書畫彙考》，卷45，頁828～890。
〔註51〕〔明〕程敏政，《宋遺民錄》，卷10，頁4。
〔註52〕〔明〕程敏政，《宋遺民錄》，卷10，頁19～20
〔註53〕「陶大夫荅子之妻也。荅子治陶三年，名譽不興，家富三倍。其妻

去韓幹肉」的玉豹馬，乃是爲避禍而韜光養晦的玄豹化身，接著以天上房星降落的神話的背景爲玉花驄的誕生成型加持，而駿馬的外在條件「具足」，卻時不我與，只因爲遇不到「千金市駿」的伯樂，也暗示自身際遇。

比較特殊的是他寫出彼此近況的詩句。龔開自謂：「嗟予老去有馬癖，豈但障泥知愛惜。千金市駿已無人，禿筆松煤聊自得。」；稱方回：「君侯昔如汗血駒，名場萬馬曾先驅。山林鐘鼎今何有，歲晚江湖托著書。白雲未信仙鄉遠，黃髮鬖鬖健有餘。飲酒百川猶一吸，吟詩何嫌萬夫敵。」字裡行間，雖褒猶貶。實因方回入元後，任建德路總管，不久便被罷官廢棄，未見重用，心中頗多懊悔，同時又感到外界對他的非議，內心不無愧怍之感，於是致力著述，所著《瀛奎律髓》論詩推崇杜甫與江西詩風。

龔開對自身境遇雖謙遜，但有「自得」之處，而對方回曾經「仕元」的選擇卻頗有意見。最後當然也表達贈此馬畫之心意：「曹將軍，杜工部，各有一心存萬古。其傳非畫亦非詩，要在我輩之襟期。」杜甫除作〈丹青引贈曹將軍霸〉，另有〈韋諷錄事宅觀曹將軍畫馬圖〉，〔註54〕當時詩人經歷了玄宗、肅宗、代宗三朝，自有人世滄桑、浮生

數諫不用。居五年，從車百乘歸休。宗人擊牛而賀之，其妻獨抱兒而泣。姑怒曰：『何其不祥也！』婦曰：『夫子能薄而官大，是謂嬰害。無功而家昌，是謂積殃。昔楚令尹子文之治國也，家貧國富，君敬民戴，故福結於子孫，名垂於後世。今夫子不然。貪富務大，不顧後害。妾聞南山有玄豹，霧雨七日而不下食者，何也？欲以澤其毛而成文章也。故藏而遠害。犬彘不擇食以肥其身，坐而須死耳。今夫子治陶，家富國貧，君不敬，民不戴，敗亡之徵見矣。願與少子俱脫。』姑怒，遂棄之。處期年，荅子之家果以盜誅。唯其母老以免，婦乃與少子歸養姑，終卒天年。君子謂荅子妻能以義易利，雖違禮求去，終以全身復禮，可謂遠識矣。詩曰：『百爾所思，不如我所之。』此之謂也。」〔漢〕劉向，〈賢明傳・陶荅子妻〉，《列女傳》（北京：中國書店，1991年）卷2，頁72。

〔註54〕〔唐〕杜甫，〈韋諷錄事宅觀曹將軍畫馬圖〉，〔清〕聖祖，《御定全唐詩》，卷220，頁1425～57。

若夢之感，因而在詩中明以寫馬，暗以寫人。寫馬重在筋骨氣概，寫人寄託情感抱負。贊曹霸馬圖之妙，生今昔之感，字裡行間流露作者對先帝忠誠之意。而曹霸曾因玄宗賞賜，不必領兵、不理朝政而被封為左武衛將軍。時移事往，卻落入「即今漂泊干戈際，屢貌尋常行路人。途窮返遭俗眼白，世上未有如公貧。」〔註55〕的境地。杜甫、曹霸、龔開，時代雖不同，卻在馬畫裡心意相通。

曹霸寫畫、杜甫寫詩，龔開則以畫結合詩句，表達形式不同，但「用心」（以馬喻人事）卻使他們在寫馬畫、題畫馬詩的歷史上流傳萬古。所以他要說明自己選擇此畫主題，乃是有意而作，為馬立傳，重點在「我輩之襟期」，此處自指宋亡之悲與守節之志。最後「君侯君侯知不知？」是他對方回的提問，因此成了最強烈的質詢。

三、《瘦馬圖》題詩

龔開畫馬，最有影響且受後人討論最多的畫作是《瘦馬圖》（現藏日本大阪市立美術館），題名一作《駿骨圖》、〔註56〕《羸馬圖》。〔註57〕有元一代，題詠者多。〔註58〕杜甫曾作〈瘦馬行〉（一作〈老馬〉），為龔開提供了「瘦馬」的背景故事與靈感來源：

> 東郊瘦馬使我傷，骨骼硉兀如堵牆。絆之欲動轉欹側，此豈有意仍騰驤。細看六印帶官字，眾道三軍遺路旁。皮干剝落雜泥滓，毛暗蕭條連雪霜。去歲奔波逐餘寇，驊騮不慣不得將。士卒多騎內廄馬，惆悵恐是病乘黃。當時歷塊誤一蹶，委棄非汝能周防。見人慘澹若哀訴，失主錯莫無

〔註55〕〔唐〕杜甫，〈丹青引贈曹將軍霸〉，〔清〕聖祖，《御定全唐詩》，卷220，頁1425～57、58。

〔註56〕依其中詩句「今日有誰憐駿骨」而題名。

〔註57〕〔明〕郁逢慶《書畫題跋記》卷4，頁816～651；〔清〕倪濤，《六藝之一錄》，卷400，頁838～431。著錄題名。

〔註58〕如俞德麟，《佩韋齋集》，卷2；馬臻，《霞外詩集》，卷1；〔明〕李日華，《六研齋筆記》，卷4，載楊維楨、倪瓚、龔璛題《瘦馬圖》詩，尚有楊肅、俞焯、劉益、徐理等四人題俱不錄。

晶光。天寒遠放雁爲伴，日暮不收烏啄瘡。誰家且養愿終
惠，更試明年春草長。〔註59〕

杜甫見馬「骨骼硉兀」而心傷，尤其見馬欲「動轉欹側」，「有意仍騰
驤」，更顯不忍。顛沛流離，飽嘗戰亂的經歷，使杜甫筆下的馬從千
里馳騁、屢立戰功的駿馬轉爲瘦馬、病馬，所以杜甫的詠物詩，實則
是心境的折射反映。時移事遷，龔開則是以遺民心志體現瘦馬的遭
遇。龔開〈瘦馬圖〉詩云：

> 一從雲霧降天關，空盡先朝十二閑。今日有誰憐駿骨〔註
> 60〕，夕陽沙岸影如山。〔註61〕

詩無太多馬本身姿態的描述，因形象已具體於畫中展現。這些題詩說
明所畫之馬是原居先朝「天閑」（皇家馬廄）的駿馬，神采飛揚、享
盡榮寵。不過或因戰爭過後，或因年老羸病，如今已無主人飼養，因
此流落荒漠。「先朝」和「今日」強有力的對比隱現出今昔變遷，以
及強烈「黍離」之悲。可見龔畫瘦馬之眞意，乃憑弔故國淪亡之痛，
並感慨自己壯志未酬，老而無爲，體現了他憂國憂民之心。杜甫詩中
瘦馬雖然潦倒，末句尚有老驥伏櫪、企遇明主的冀願；龔開詩的結尾，
瘦馬孤獨地站在夕陽西下時的沙岸邊，俊偉如山的身形只是「影子」。
此處瘦骨嶙峋的「駿骨」當是作者藉以傳達心緒的象徵物，它曾身經
百戰，現在卻只落到被棄的地步，只能默默地回憶往日的鼎盛年華，
也許依然冀望有所作爲，但詩畫背景被拉至極遠的空間，卻已顯出大
勢已去的蒼涼心境。

湯垕《畫鑑》云：「此詩膾炙人口，眞有盛唐風致。」〔註62〕「盛
唐風致」說法或取自嚴羽《滄浪詩話》之言：「詩者，吟詠情性也。
盛唐諸人惟在興趣，羚羊挂角，無爲可求。」〔註63〕詩爲「吟詠情性」

〔註59〕 〔唐〕杜甫，〈瘦馬行〉，〔清〕聖祖，《御定全唐詩》，卷217，頁1425
　　　　～27。
〔註60〕 〔清〕厲鶚，《宋詩紀事》作「瘦骨」，卷80，頁1485～555。
〔註61〕 〔明〕程敏政，《宋遺民錄》卷10，頁18。
〔註62〕 〔元〕湯垕《畫鑑》，頁814～434。
〔註63〕 〔南宋〕嚴羽著，郭紹虞校釋，〈詩辨5〉，《滄浪詩話校釋》（臺北：

而作。此詩固爲「不涉理路、不落言筌者」，〔註64〕但採用的抽象畫意、「粗」筆畫技，龔開有題記說明緣由：「《經》云：『馬肋貴細，而凡馬僅十許，過此即駿足，惟千里馬多至十有五。』假令骨中有肉，詎能令十五肋畢現於外？畢現於外，非瘦不可。因之成相，以表千里之異。尩劣非所諱也。」〔註65〕由此可知龔開繪此畫特點，乃假圖像以寓意：不畫馬肋，不能見其瘦，無人惜之意也就無從表現。不畫出十五肋，如何表現牠本是駿馬？單憑畫面無法表現，尚須藉助畫外題詩、題記進行說明，方能讓人感受到與他相同的黍離之情。俞德麟〈題郭元德所藏龔聖予瘦馬圖〉中就曾云：「我知髯龔欲畫時，天地黯黲風煙悲。離離禾黍今如此，誰識羸驂眞騄駬？」〔註66〕

但爲表現千里馬，將其十五肋畢現於外且瘦骨嶙峋，古未有之，亦非所有人都能接受。明代徐有貞〈題龔聖予瘦馬圖〉曾提出異議：「古之善畫馬者，貴得其神氣而不貴形似。聖予乃以《相馬經》言馬之千里者其肋十有五，拘拘然如數而畫之，夫馬固有十五肋者，然不必畫也，畫之不已泥乎？何況「《相馬經》之言，亦未必然！」〔註67〕以爲龔開拘泥形式。方回視其《玉豹馬》畫卷爲「游戲」，另有人認爲其畫法「頗粗」。〔註68〕從遺存的《瘦馬圖》圖像來看，此圖龔氏用墨筆勾勒，線條挺勁，特別是肋骨與背部線條剛勁有力，具有較強的質感，將馬剛毅不屈的性格體現出來。龔開用筆甚粗，摒棄了歷代畫家畫馬用筆用線的精描細繪。在他看來，用筆不粗就

里仁出版社，1987年），頁26。

〔註64〕〔南宋〕嚴羽著，郭紹虞校釋，《滄浪詩話校釋》，頁26。

〔註65〕〔明〕李日華，《六研齋筆記》卷4，頁4～5。《宋詩紀事》、《宋遺民錄》則無題記。

〔註66〕〔元〕俞德麟，《佩韋齋集》，卷2，頁1189～16。

〔註67〕〔明〕徐有貞，《武功集》（臺北：臺灣商務印書館，1983年《景印文淵閣四庫全書》），卷2，頁1245～44。

〔註68〕「畫人馬師曹霸，描法甚粗。」〔元〕夏文彥，《圖繪寶鑑》，卷5，頁814～616。「畫馬專師曹霸，得神駿之意但用筆頗粗，此爲不足耳。」〔明〕汪珂玉《珊瑚網》（臺北：臺灣商務印書館，1983年，《景印文淵閣四庫全書》），卷48，頁818～931。

不足以強有力地表現馬的內在筋骨和風采神韻。可見「描法頗粗」非龔開的缺點，而恰是龔氏優點，乃其特意爲之，這也正是龔開與眾不同的畫馬風格。

　　回顧從唐代韓幹、宋代趙孟頫等人創作的「駿馬圖」，他們筆下的馬大都取肥碩之形，以體現出天子御馬的威儀，而龔開特別選擇瘦馬來表現，說明他們在審美趣味上的明顯不同。在龔開眼中，瘦馬其實是象徵著征戰之態，而那些原本被唐代審美觀影響而成型的肥碩大馬，不再是雍容氣度的象徵，卻代表了馴服之形，它們只能在御廏中享受著悠閒的生活而無所事事。而龔開的題詩也多少還保留著些許盛唐邊塞詩派岑參和王昌齡等人雄渾質樸的氣勢，但是由於他處於江河日下的宋末，縱然滿懷抱負終未能實現，所以詩裏不免顯現蒼涼，此幅作品實爲作者自身精神的寫照，因此才能在中國古代繪畫史上放射出獨特的光采。

第三節　其他題畫詩

　　龔開的繪畫題材較爲豐富，鞍馬和鍾馗擊鬼是他在極爲擅長的題材，另外也廣涉山水、花鳥、人馬等。《珊瑚網》言其：「畫馬專師曹霸，得神駿之意但用筆頗粗，此爲不足耳；畫人物亦師曹韓；畫山水師米元暉；梅菊花卉雜師古，作卷後必題詩或贊跋，皆新奇。……嘗作《雲山藁》五冊傳于世，余常見之，乃平生所臨畫藁，亦奇物也。」〔註69〕《圖繪寶鑒》卷五中說他：「畫山水師二米。畫人馬師曹霸，描法甚粗。尤善作墨鬼鍾馗等畫。」〔註70〕可見其繪畫題材多元，雖有批評，仍肯定其師承與獨特性。且其「作卷後必題詩或贊跋」的習性，使其畫作有了更深刻的內容值得探索。本節首先研究龔開最著名且有實際圖畫留存的墨鬼鍾馗畫作——《中山出游圖》。接著探析其

〔註69〕　〔明〕汪珂玉，《珊瑚網》，卷48，頁818～931。
〔註70〕　〔元〕夏文彥，《圖繪寶鑒》，卷5，頁814～616。

描繪人物題畫詩，因〈題自寫蘇黃像〉為唯一流傳詩作，故以此為主要論述文本。最後則論析〈題趙鷗波高士圖〉、〈自題山水卷〉、〈一字至七字觀周曾秋塘圖有作〉、〈兒子咸畫鴈老人作江天仍作詩命咸書卷上〉等山水題畫詩作品，以期勾畫出龔開題畫詩最完整的風貌。

一、題《中山出遊圖》詩與記

《中山出游圖》（美國弗利爾美術館藏）描寫鍾馗和小妹出遊的隊伍，圖的中心前為鍾馗，後為其妹，皆坐肩輿而行，前後左右有抬肩輿、挑或背物件的大小鬼數個，姿態各異，形象生動奇特。鍾馗像體現其嫉惡如仇、氣吞萬夫之威。其妹則拱手端坐，以濃墨代胭脂，稱為「墨妝」。在隨侍人物中，有些女鬼面部也是如此著妝，反映了鬼魅世界的審美特徵。其餘眾鬼怪各具其態，整幅作品表現手法豐富，這種不拘一格的手法，為人物線描藝術開拓了新的境界，足見龔氏筆下墨鬼的奇特處。《清河書畫舫》稱其「用濃墨圖寫，然用筆亦精妙，此法古人所未有，後亦無能傳者。蓋龔乃奇士，故所作亦怪怪奇奇如此。」〔註71〕盛讚其墨鬼為前無古人，後無來者的「怪奇」創新畫法。

《中山出遊圖》圖後以八分書題詩作記。和畫面所表現出的一樣，龔氏的題詩也顯露出「怪奇」味道，與畫面的奇詭正形成巧妙的結合。〈自題中山出遊圖〉詩云：

> 髯君家本住中山，駕言出遊安所適？謂為小獵無鷹犬，以為意行有家室。阿妹韶容見靚妝，五色臙脂最宜黑。道逢驛舍須少憩，古屋無人供酒食。赤幘烏衫固可烹，美人清血終難得。不如歸飲中山釀，一醉三年萬緣息。卻愁有物覷高明，八姨豪買他人宅。待得君醒為埽除，馬嵬金馱去無跡。

前十二句解說畫面，寫出遊時的情景，但出遊目的不明，既非捕獵，

〔註71〕〔明〕張丑，《清和書畫舫・酉集》（臺北：學海出版社，1975年），卷7上，頁25～26。

又非隨意而行。因「古屋無人供酒食」，眾鬼腹中饑餓，因此畫面最左有小鬼懸於竿上，似乎隨時將被大鬼吃掉。當年唐明皇夢中所見的鍾馗就是食小鬼為其治好了疾病，但若不食鬼想要醉飲中山釀，〔註72〕又擔心三年醒覺，朝政混亂，國家已毀。

如果單從詩的字面意義上，詩與畫都是在表現一種詼諧趣味的故事，但是詩歌的後半部分，從「有物覷高明」開始，又連續提到了八姨、馬嵬、金駝等意象，顯示出了其中的深意。「有物覷高明」化用揚雄（53B.C.～18A.D.）〈解嘲〉：「高明之家，鬼瞰其室。」句意，高明即高門，本義指天。《書・洪範》：「沉潛剛克，高明柔克。」孔穎達疏：「高明謂天」。而八姨與馬嵬，實際上都與唐玄宗的故事相關。詩中「八姨豪買他人宅」中「八姨」應是指得寵的秦國夫人。《舊唐書・楊貴妃傳》：「有姊三人，皆有才貌，玄宗並封國夫人之號。長曰大姨，封韓國；三姨封虢國；八姨封秦國，並承恩澤，出入宮掖勢傾天下。」〔註73〕，唐玄宗稱楊貴妃的三個姐姐為姨，並賜以住宅。「馬嵬金駝去無跡」中之「馬嵬」指安祿山叛軍攻長安，玄宗西逃，於馬嵬賜死楊貴妃事。「金駝」當即銅駝之變，為銅駝荊棘之省文，喻山河破碎，盛世凋零。〔註74〕況周頤（1859～1926）

〔註72〕《周禮・天官・酒正》：「三曰清酒。」註：「清酒，今中山冬釀接夏而成。」〔漢〕鄭玄註，〔清〕阮元校勘，《十三經注疏・周禮》，卷5，頁76。〔晉〕張華，《博物志》（北京：中華書局，1985年《叢書集成初編：1342》），卷5，頁31。「劉元石於中山酒家酤酒，酒家與千日酒飲之，忘言其節度。歸至家大醉，不醒數日，而家人不知，以為死也，具棺殮葬之。酒家計千日滿，乃憶元石前來酤酒，醉當醒矣。往視之，云：『元石亡來三年，已葬。』於是開棺，醉始醒。」後因以「中山」作為美酒的代稱。

〔註73〕〔後晉〕劉昫撰，《舊唐書》（臺北：世界書局，1986年《景印摛藻堂四庫全書薈要》），卷51，頁117～646。

〔註74〕「靖有先識遠量，知天下將亂，指洛陽宮門銅駝，歎曰：『會見汝在荊棘中耳！』」後用來形容國土淪喪後的殘破景象。〔唐〕房玄齡撰，〈索靖列傳〉，《晉書》（臺北：臺灣商務印書館，1986年，《景印文淵閣四庫全書》：256）卷60，頁256～39。

即言：「神州陸沉之痛，銅駝荊棘之傷，往往寄託於詞。」〔註75〕
傳說鍾馗為唐人，因武舉不捷，撞殿階而死變鬼，專門除妖孽。因
此龔開沿用鍾馗食小鬼為唐明皇治痁病的典故，借鍾馗鬼怪形象來
寄託他驅除異族統治復興宋朝的願望。鍾馗驅鬼，秦國夫人之流也
該被驅除，即禍國殃民的人被掃除。最後四句所寓之意，不只是驅
除妖邪，而是元滅宋，「元鬼」所帶給人民的威脅。

　　稍後于龔開的鄭元祐〈鍾馗部鬼圖〉：「老髯足恐迷陽棘，鬼肩籃
輿振雙膝」、「後從眾醜服廝役，擔攜鬼脯作鬐食」所詠即是此圖。「想
龔目睛爍陰界，行屍走鬼非殊派。民膏民脂飽死後，卻供鬐浚縮而瘦。
無由起龔問其候，有嘯于梁妖莫售。」〔註76〕陳方（生卒年不詳）的
題詩亦云：「翁也有筆同干將，貌取群怪驅不祥。是心頗與馗相似，
故遣麾斥如翁意。」推測龔開正義鬒髯形象與鍾馗有相通之處，而龔
開為鍾馗圖亦如鍾馗捉小鬼，有為民除害的目的。周耘云：「先生之
志在掃蕩凶邪耳。」〔註77〕龔開在這裏顯然是將詩與畫結合起來，並
且也只有將兩者聯繫起來看才能對作者的真正意圖有所領會。經由此
畫內容與題詩，龔開進一步表達國破家亡之痛，發洩胸中鬱悶之氣，
誓志驅除元人統治。

　　詩後另有題記，為龔開重要畫論，題記云：

> 人言墨鬼為戲筆，是大不然，此乃書家之草聖也。豈有不
> 善真書而能作草者。在昔善畫墨鬼，有如頤真、趙千里。
> 千里丁香鬼，誠為奇特，所惜去人物科大遠，故人得以戲
> 筆目之。頤真鬼雖甚工，然其用意猥近，甚者作鬐君野淵，
> 一豪豬即之，妹子持杖披襟趕逐，此何為者耶？僕今作中
> 山出遊圖，蓋欲一灑頤真之陋，庶不廢翰墨清玩。譬之書，

〔註75〕〔清〕況周頤，《蕙風詞話》（臺北：世界書局，1979 年《世界文庫·
　　　　四部刊要》），卷 3，頁 10。
〔註76〕〔元〕鄭元祐，《僑吾集》（臺北：臺灣商務印書館，1983 年，《景印
　　　　文淵閣四庫全書》），卷 2，頁 1216～446。
〔註77〕〔清〕卞永譽，《書畫彙考》，卷 45，頁 828～893。

猶眞行之間也。鍾馗事絕少，僕前後爲詩，未免重用，今即他事成篇，聊出新意焉耳。〔註78〕

《藝文類聚》中記載韓子故事：齊王問畫工：「畫孰最難？」畫者曰：「狗馬最難」而「鬼魅最易」並進一步解釋說：「狗馬人所知也，且暮於前不可類之，故難；鬼魅無形，無形者不可覩，故易。」〔註79〕因鬼魅無形，人們可以通過想像隨意寫畫，因此至易。漢張衡（78～139）也有類似說法：「畫工惡圖犬馬而好作鬼魅，誠以實事難形而虛僞不窮也。」〔註80〕並進一步闡述犬馬有形可依，欲畫得像，當然難，鬼魅無形可依，自然可以想怎麼畫就怎麼畫。龔開對此予以否定，他說：「人言墨鬼爲戲筆，是大不然。此乃書家之草聖也。豈有不善眞書而能作草者？……」〔註81〕他認爲畫鬼絕不可以隨意戲筆，並進一步闡述畫人物如同寫眞書（亦即楷書），畫鬼如同寫行、草書。行、草本乎眞書，鬼畫基於人物畫。龔開自己兼擅這兩畫科（鬼畫與人物畫），所以「在眞行之間」。言下之意，畫鬼也需形神兼備，以形寫神。他一洗前人墨鬼畫粗陋的畫法，賦予鍾馗威嚴的精氣神，爲墨鍾馗的畫法開闢新途。因其獨具特色，故備受時人及後世的推崇，以致尊其爲鍾馗畫的泰斗。

二、人物題畫詩：題《蘇黃像》

畫鬼之外，龔開人物圖像亦稱卓絕不凡。《宋遺民錄》卷十引王鏊（1450～1524）〈姑蘇志・龔聖予小傳〉云龔開：「遊戲翰墨，爲山水人物，尤卓絕不凡，時多尚之。」再舉例龔開人物畫像《清涼居士圖》：「（開）嘗爲韓蘄王孫亦顏作《清涼居士圖》。清涼居士即王也，

〔註78〕〔清〕卞永譽，《書畫彙考》，卷45，頁828～890。

〔註79〕〔唐〕歐陽詢，汪紹楹校，《藝文類聚》，卷74，頁888～545。

〔註80〕〔南朝宋〕范曄等著，〈張衡列傳第四十九〉，《後漢書》（臺北：臺灣商務印書館，1983年，《景印文淵閣四庫全書》），卷89，頁253～239。

〔註81〕〔清〕卞永譽，〈龔聖予中山出游圖並記卷〉，《書畫彙考》，卷45，頁828～890。

涼帽野服，控一長耳，二三童子相先後，邀遊湖山間且題曰：『王有補天浴日之功，而自逃于佛乘；有驅貔貅，洗河洛之志，而自晦於氈鞍之上。悲夫！』」《清涼居士圖》描繪韓世忠（1089～1151）被解職後，著涼帽野服、攜二三童子邀遊湖山的情景。文中道出了韓世忠裔孫邀龔開作此圖，除了要再現乃祖之風神，無疑也寄託了宋之王孫貴冑和遺民對宋亡的痛惜。此畫有題記無題詩。

　　龔開另有晚年描繪洪崖仙人的《洪崖先生出遊圖》，此爲道教仙人題材，也可顯示其晚年心境。有題畫詩作品留存的是描繪蘇東坡、黃庭堅（1045～1105）二詩壇巨子的《自寫蘇黃像》。〈題自寫蘇黃像〉〔註82〕詩云：

> 海風吹髮如短蓬，精魄弄成禿鬢翁。歸來已覺陽羨鄰里喜，不似雪堂概江空。六年歲月懷尊中，何況如今一螺墨？安能及公，目如初生犢。細觀此畫尤崛奇，兩顴巉巖無剩肉。百年光景春夢婆，人閒遂少天上多，一柱清香留永日。柰此堂，堂不語，何譬如？寶鼎淪洄水，萬夫之力那能起？後來博古彼誰子？猶寫雄深吞籧篨，不然豈徒有兩足三耳？（　）天地中間泣鬼神（　）人之龍，文之虎，人言海内四學士，又云蘇門六君子。洪崖肩高萬丈餘，談笑拍摩何軒渠。當爲誰作前者王，當爲誰作後者盧。詩到聖時不讀書，高處豈獨煮湯坐團蒲。豈非迢迢百世下，好事亦寫蘇黃圖。又非中郎虎賁之有身，又非叔敖身後之（　）死。典型摩詰劣少須，一丈精神三尺素，光芒射人數百步。布袍便是山谷禍，可能其中有菜肚。

詩中前半寫蘇軾，後半寫黃庭堅，寫人之外，更可見龔開對人對世事的感受。龔開所寫蘇軾並非是取用曾讓士大夫爭相仿效戴著「桶高檐短帽」的「子瞻樣」，〔註83〕而是海風吹蓬、禿鬢落魄的形象。從文

〔註82〕〔明〕程敏政，《宋遺民錄》，卷10，頁21～22。
〔註83〕〔宋〕胡仔，〈東坡三〉，《苕溪漁隱叢話‧前集》（北京：中華書局，1985年《叢書集成初編：2559》），卷40，頁270。

字之中，東坡站立海岸，或許是於錢塘觀潮，目視遠方。即使是有所本的人物畫像，龔開繪圖時仍重視畫中的故事性，所以設定的時間是蘇軾告別黃州東坡回到陽羨（今江蘇宜興）之時，〔註84〕鄰里之喜則反映了東坡受民愛戴的政績。

接著龔開介入畫面，此時作者亦是觀賞者，他替東坡（更是為自己）抒發面對人世的感慨：「百年光景春夢婆，人閒遂少天上多，一柱清香留永日。奈此堂，堂不語，何譬如？寶鼎淪泗水，萬夫之力那能起？」寫的卻是宋世淪沒的感傷。似乎東坡於海風吹拂下，已看到了百年之後國朝的大變動。

黃庭堅的相貌，在詩中描述不多，主要是龔開對其文學史上傳承蘇軾的地位認定。〔宋〕王稱（生卒年不詳）《東都事略》〈文苑傳・黃庭堅〉載：「始庭堅與秦觀、張耒、晁補之皆游蘇軾之門，號『四學士』，而庭堅於文章尤長於詩，獨江西君子以庭堅配軾，謂之『蘇黃』云。」〔註85〕龔開藉由「拍肩洪崖」的典故，〔註86〕並在不知誰為王誰為盧的陳述中，肯定黃庭堅與蘇軾並稱的歷史定位。但對黃庭堅的詩風，他認為：「詩到聖時不讀書，高處豈獨煮湯坐團蒲。」此是舉出黃山谷詩句：「曲几團蒲聽煮湯，煎成車聲繞羊腸。」〔註87〕

〔註84〕「蘇子得廢圃于東坡之脅，築而垣之，作堂焉，號其正日雪堂。」〔宋〕蘇軾著，孔凡禮點校，〈雪堂記〉，《蘇軾文集》（北京：中華書局，1986年）卷12，頁410。蘇軾另外有《滿庭芳》兩首，一題為：〈元豐七年四月一日余將自黃移汝，留別雪堂鄰里二三君子……〉、一題為：〈余居黃五年將赴臨汝，作《滿庭芳》一篇以別黃人，既至南都，蒙恩放歸陽羨，復作一篇〉〔宋〕蘇軾著，龍榆生校箋，《東坡樂府箋》（臺北：華正書局，2003年二刷），卷2，前闋詞為185頁，後闋詞為203頁。

〔註85〕〔南宋〕王稱撰，《東都事略》（臺北：國家圖書館，1991年），冊4，頁1795～1796。

〔註86〕郭璞：「左挹浮丘袖，右拍洪崖肩。」〔南朝梁〕昭明太子編，〔唐〕李善註，〈詩乙・遊仙〉，《文選註》，卷21，頁1329～378。後以「拍洪崖肩」的意象，指與仙人同游，或指追隨古人。

〔註87〕〔北宋〕黃庭堅撰，任淵、史容、李溫注，〈以小團龍及半挺贈无咎并詩用前韻為戲〉，《山谷集詩注》（臺北：臺灣商務，1986年《文淵

而提出意見。黃庭堅此詩句語言為古所未見之句，動詞的運用更使當時聲情形象化，可見其重視選字造句，求生求新、異於唐人的目的。劉克莊〈江西詩派小序〉云：「豫章稍後出，薈萃百家句律之長，究極歷代體制之變。蒐獵奇書，穿穴異聞，作為古律。」黃詩的特質，即在：「薈萃百家句律之長，究極歷代體制之變。」而「蒐獵奇書，穿穴異聞」是黃氏作詩時修辭造句和取材用典的方法。山谷在〈寄王觀復書〉中曾說：「文章成就，更無斧鑿痕，乃為佳耳。」其實反對雕琢，追求簡易平淡的詩風，是山谷關於詩歌形式的見解。龔開提出「高處豈獨煮湯坐團蒲」，則是認為山谷過於重視字斟句酌的形式技巧，反而未能臻於「詩到聖時不讀書」如此「無斧鑿痕」的高境。

　　龔開寫蘇軾形貌：「兩顴巉巖無剩肉」，與前文所論「瘦馬」有相同的審美基調。寫黃庭堅外型則以「布袍便是山谷褐，可能其中有榮肚。」詼諧語作結。「布袍榮肚」的山谷面貌不明顯，但整體亦是清癯像（詩中有：「又非中郎虎賁之有身」之句，表示畫中人物非威猛之貌）。對自己的人物畫像，龔開較重眼神、精神的呈現，懊惱未能繪出蘇軾「目如初生犢」〔註88〕的精爍眼神，但對黃庭堅畫像，他就掌握得較成功了：「一丈精神三尺素，光芒射人數百步。」一方面寫出蘇黃兩人在文學史上的定位，一方面雖自謙「典型摩詰劣少須」，但對自己繪圖能使文人風神光彩煥發於尺素之外，不可不謂自負之語。

　　龔開寫此蘇黃像，題畫詩因此有了各項觀點：人物品評、世事感慨，除了藝術方面的看法之外，還有難得的文學見解。

三、題山水及他人畫作

　　《珊瑚網》有言：「（龔開）畫山水師米元暉；梅菊花卉雜師古，

閣四庫全書・集部：95》），卷 2，頁 1114～44。

〔註88〕建中靖國元年（1101）五月，從海南島北歸的蘇東坡與表弟程德孺、錢世雄聚會金山，登妙高臺烹茶。因壁間有蘇東坡的族姪、成都中和院僧表祥所繪蘇東坡之像，蘇東坡在感慨萬分中，自題畫像說：「目若新生之犢，心如不繫之舟。要問平生功業，黃州惠州崖州。」〔明〕陶宗儀等編，《說郛》（上海：上海古籍出版社，1989年），卷 65 下，頁 5。

作卷後必題詩或贊跋，皆新奇。……嘗作《雲山薰》五冊傳于世，余常見之，乃平生所臨畫薰，亦奇物也。」〔註89〕龔開的山水作品遺存較少，見於著錄的主要有《江磯圖》等。柳貫〈題江磯圖卷後〉所題《江磯圖》，是龔開為周密（1232～1298）所畫。〔註90〕龔開山水師法米芾（1050～1107）與米友仁（1074～1153）父子，大概其水墨山水也屬於水墨淋漓，煙雲掩映，樹木簡略一類畫風。

　　但晚年龔開用焦墨作亂山，風格頗獨特，以致龔璛（1266～1331）特作〈龔岩翁以焦墨作亂山甚奇〉〔註91〕六言詩以發其感慨。可見龔開的山水畫風亦有轉變，由之前水墨淋漓及其後趨向用墨粗喪簡略的風格，形成了自己特有的藝術語言，並在當時有一定的影響。明王鏊（1450～1524）稱其山水畫「卓絕不凡，時多尚之。」（《姑蘇志》）趙孟頫在〈題龔聖予山水圖〉〔註92〕詩中亦云：「當年我亦畫雲山，雲白山青咫尺間。今日看山還自笑，白頭輸與楚龔開。」簡單說明龔開自始至終的隱逸，是趙孟頫不及之處。詩有兩首，其二云：「澤雉樊中神不王，白鷗波上夢相親。黃塵沒馬歸來晚，只有西山小慰人。」大致也能描述龔開山水畫中景物。孟頫以置身樊籠的雉鳥自比，相對於龔開的波上鷗鳥，心生嚮往。龔開則有〈題趙鷗波高士圖〉〔註93〕云：

　　　雪氣侵人臥欲僵，苦勞明府到藜床。主賓問答皆情話，何
　　　用閒名入薦章。

明寫畫中高士「雪氣侵人臥欲僵，苦勞明府到藜床。」立身困苦以顯示其高潔，主要還是質疑趙孟頫明明是有「情」人，但卻「入薦章」而造成毀棄清譽的舉措。其實面對大宋江山已去，作為文人的龔開也

〔註89〕〔明〕汪珂玉，《珊瑚網》，卷48，頁818～931。。

〔註90〕〔元〕柳貫，《待制集》，卷18，頁1210～483。

〔註91〕〔元〕龔璛，《存悔齋稿》（臺北：臺灣商務印書館，1986年《景印文淵閣四庫全書》），頁1199～343。

〔註92〕〔元〕趙孟頫，〈題龔聖予山水圖〉，《松雪齋集》（臺北：臺灣商務印書館，1986年《景印文淵閣四庫全書》），卷5，頁1196～658。

〔註93〕〔明〕程敏政，《宋遺民錄》，卷10，頁20～21。

無可奈何，只有以山水寫出其隱逸之情。龔開〈自題山水卷〉云：

> 谷口長松澗底藤，石橋山路晚登登。囊琴斗酒來何暮，空
> 負寒齋昨夜燈〔註94〕

詩中呈現景物，非一般隱士閑逸之情，反而多了些困窘潦倒的寫照。深夜「囊琴斗酒」疾行山中的趕路者，可能是訪客，也可能是作者。但畢竟是來得晚了，當困頓的旅人到達之時，等待者或已離去，共同飲斗酒、享琴音的約定因此無法履行，枉費寒齋曾點燈整夜，到訪者面對錯失的機緣徒留幾許遺憾。

　　而〈一字至七字觀周曾秋塘圖有作〉〔註95〕內容則屬較傳統的山水詩作，不過龔開以特殊寶塔詩形式寫作，此為雜體詩的一種，頗似詩文遊戲性質，但也具形象與藝術性。第一字可為詩題亦為詩眼。詩云：

> 秋、秋，瀟灑、清幽。人靜處，水邊頭。波紋細細，風色
> 颼颼。鷗鷺情相狎，鳧鷖樂自由。疏葦敗荷池沼；白蘋紅
> 蓼汀洲。幾竿漁釣去已盡，一段晚雲寒不收。

《周曾秋塘圖》在《珊瑚網》著錄，並有十六首題詩，龔開詩為第一首。《繪鑑》云：「周曾不知何許人，與馬賁同時，差高於賁，尤長山水而賁為宣和待詔，畫人物、花鳥、山水二小景。」〔註96〕詩中呈現畫面完整，動靜相生。秋景雖然衰敗寂寥，但因鷗鷺鳧鷖的穿梭，使畫面生動活潑起來。

　　〈兒子咸畫鴈老人作江天仍作詩命咸書卷上〉〔註97〕同樣有江上水鳥，所表現的畫中情境卻與周曾《秋塘圖》截然不同，詩中具故事性，有完整時空背景。詩云：

> 朔方六月猶有雪，江南十月冰未結。雁門一夜起夜風，飛
> 到江南未八月。江南處處多稻粱，景物何獨為瀟湘。沙汀

〔註94〕〔明〕程敏政，《宋遺民錄》，卷10，頁20。
〔註95〕〔清〕卞永譽，《書畫彙考・外錄》，卷43，頁828～818。
〔註96〕為著錄題詩後記。〔明〕汪珂玉，《珊瑚網》，卷27，頁818～540。
〔註97〕〔明〕程敏政，《宋遺民錄》，卷10，頁21。

月暗漁火起，警奴一夜空荒忙。休言汝肉不登俎，全身已
被家兒取。猶幸先生有愛心，放汝長江得容與。

對兒子選擇這樣的題材與畫作成品，龔開以作詩表示肯定。當然他也
是心有所感，如此栖栖皇皇落足江南的畫中雁鳥，幾乎等同從北倉皇
逃離至南方避難的南宋臣民，對南方認知印象與現實的差距，更加重
氣氛的肅殺。後面四句敘事觀點的變化與幽默語調，讓詩中氣氛也為
之改變。觀畫者龔開最後以強烈同情遺民心緒，感念具「好生之德」
的雁老人讓雁鳥歸向長江的善舉。而自北方流離至南方的難民終究取
得容身之處，亦令讀詩賞畫者放下心來。

第四節　結　語

以往為唐代君王所用的良駒，除可代表中華民族曾創造的盛世，
與識馬者的遇合，更成為人才得用的最佳象徵。甚至「老驥伏櫪，志
在千里」亦成為申志的意象。

在不可逆轉的歷史裡，人要活的安然，總要給自己一個說法。於
是在政治變遷、社會體制的束縛下的龔開，藉由充滿象徵的馬畫與其
題詩，為自己的一生提供了多元的解說：臨《昭陵什伐赤馬圖》時的
龔開是如此意氣風發，想要在宋室的政治場域上有所作為；《黑馬圖》
的駿馬姿態是他所嚮往的力度、蕭索沈痛的《瘦馬圖》是他的心境寫
照；《高馬小兒圖》時的龔開，正視了政權轉換已是既成的事實，不
過還是心存希望，他將對「復興宋世」的期待寄託在「小兒」身上。
而既當老去，贈送方回的《玉豹馬圖》，不但追索了唐朝盛世榮光，
也表達了他作馬畫的特殊寓意，《玉豹馬圖》便成為《瘦馬圖》的前
言與對照，也是個人心志的註解。

在詩畫中，自然產生了撫慰與療癒的力量，不獨對創作者，同時
也對觀賞者而言。畫家其實是想要表達的，他們以「畫」來說，但圖
像畢竟是太隱晦的語言，於是再加上「詩」來傳情達意，內心的躁動
不安，或許才能穩定下來。龔開雖以畫名世，因其詩作以題畫詩為主，

加上須題詩方能彰顯的隱晦畫意，故後世評定龔開，經常以詩畫並論。一方面可借以瞭解其畫中意涵，一方面又可探賞其畫才之外的詩才。

　　馬臻認為龔開優於曹霸、韓幹的地方即在「轟轟貌得霜雪蹄，曹韓無詩不敢齊。」〔註98〕對於畫者的詩才，大加讚賞。湯垕言：「自畫瘦馬題詩……此詩膾炙人口，真有盛唐風致。」〔註99〕方回更盛稱其「古詩律詩皆豪雄」〔註100〕可惜目前所見的詩作，多為古詩、絕句，不見律詩。「盛唐風致」、「豪雄」的讚許，見於畫馬詩。他的畫中馬，取曹霸「唐馬」意象，而這些駿馬俱來自塞外，故盛唐邊塞詩派豪放之風，亦出現在龔開詩畫之中。柳貫〈題江磯圖卷後〉說他「時時為好事者吟詩、作書畫，韻度沖遠往往出尋常筆墨畦盯之外。」〔註101〕其中「韻度沖遠」既評其書畫，又評其詩。湯垕「作卷後必題詩或贊跋，皆新奇。」於此可知，龔開習性，畫必題詩或為贊跋，詩畫生發出「新」、「奇」風格。

　　從繪畫創作方面看，龔開學畫以師唐為門徑，湯垕《畫鑒》評：「畫馬專師曹霸，得神駿之意，用筆頗粗，此為不足耳。畫人物亦師曹、韓，畫山水師米元暉，梅、菊、花卉雜師古作。」《圖繪寶鑒》評：「作隸字極古。畫水川師二米。畫人馬師曹霸，描法甚粗。……怪怪奇奇自出一家。」可知龔開以學「古」為標榜，仍以創「奇」為目的。周耘（生卒年不詳）形容他：「胸中磊磊落落者，發為怪怪奇奇在毫端。」〔註102〕他的墨法十分豐富，例如用焦墨寫亂山崢嶸嶙峋。〔註103〕故湯垕見到龔開的《雲山稿》五冊，歎為「奇物」。〔註104〕龔開的繪畫題

〔註98〕　〔元〕馬臻，〈龔聖予畫瘦馬行〉，《霞外詩集》，卷1，頁1204～63。

〔註99〕　〔明〕汪珂玉，《珊瑚網》，卷48，頁818～931。

〔註100〕　〔清〕卞永譽，《書畫彙考》，卷45，頁828～894。

〔註101〕　〔元〕柳貫，〈題江磯圖卷後〉，《待制集》，卷18，頁1210～483。

〔註102〕　〔清〕卞永譽，《書畫彙考》，卷45，頁828～893。

〔註103〕　〔元〕龔璛，〈龔岩翁以焦墨作亂山甚奇〉，《存悔齋稿》，頁1199～343。

〔註104〕　〔明〕汪珂玉，《珊瑚網》，卷48，頁818～931。

材雖稱廣泛，其中最擅長的題材還是鞍馬和鍾馗擊鬼。他在繪畫中所擅長使用的隱喻手法以及奇異的藝術風格，使他的繪畫藝術成為畫史上獨特的一頁。

《書畫彙考・外錄》：「《書畫舫》云：『所製《中山出游圖》後有親書八分詩，跋極自負也。……或以畫符比之過矣。』」〔註105〕當人批評龔開畫粗劣，甚至有「畫符」之譏，且龔開「老無所用，浮湛俗間」。〔註106〕在必會影響他的畫作銷路的狀況之下，他仍「自負」其「粗劣」畫法，藝術家的堅持可見。

事實上，龔開詩畫的奇詭與亡國悲恨緊密相連。倪瓚題《瘦馬圖》詩，將龔開品格、形象與著名畫作結合題畫詩論述，正適合作為結語：「淮陽老人氣忠義，短褐雪髯當宋季。國亡身在憶南朝，畫思詩情無不至。宋江三十肖形模，鍾山鬼隊尤可吁。高馬小兒傳意象，詩就還成瘦馬圖。夕陽沙岸如山影，天閑健步何由騁？後世徒知繪可珍，熟知義士憤欲癭。」〔註107〕「國亡身在憶南朝，畫思詩情無不至。」說明不管是詩或是畫，龔開遺民心志都可從中表露無遺。圖像因具經濟價值，故較詩作更被人接受，倪瓚也提出：「後世徒知繪可珍，孰知義士憤欲癭。」然而自畫自題的題畫詩與題記才是瞭解畫中真意的最適合途徑。

「其胸中之磊落軒昂崢嶸突兀者，時時發見於筆墨之所及。」〔註108〕周耘云：「故知先生之志在掃盡兇邪耳，豈徒以清玩目之？噫！先生已矣，至今耿光逼人。」〔註109〕對以賣畫為生的職業畫家而言，畫面處理常須迎合市場價值，而他堅持的「粗略」畫法，自與一般購畫者要求「賞心悅目」的「清玩」有一段距離。即使是鄭思肖有心而

〔註105〕　〔清〕卞永譽，《書畫彙考・外錄》，卷45，頁828～893。
〔註106〕　〔元〕黃溍，〈跋翠巖畫〉，《文獻集》，卷4，頁1209～356。
〔註107〕　〔明〕李日華《六研齋筆記》，卷4，頁6。
〔註108〕　〔元〕黃溍，〈跋翠巖畫〉，《文獻集》，卷4，頁1209～356。
〔註109〕　〔清〕卞永譽，《書畫彙考》，卷45，頁828～892。

作的墨蘭，亦有清新氣息。所以後於龔開的黃溍（1277～1357），說明龔開藝術選擇道路上的孤獨：「後生小子乃欲一切律以尋常書畫之品式，宜其傳於世者少也。」〔註110〕因此，從繪畫史的角度看，龔開的藝術影響比起同時代其他人，如：錢選、趙孟頫等人似乎要小得多。然而在宋末元初的題畫詩和繪畫的關係研究中，龔開是值得書上一筆的人物。究其原因，大致還是取決於其繪畫與題詩背後的寓意，這代表著詩畫關係新的轉機。從另一個方面看，儘管他沒有像同時期的其他畫家那樣把更多的注意力放在探討山水、四君子、竹石等文人畫常見題材的技法提高上，而是選擇了瘦馬和鍾馗這樣的另類題材，但是這種試驗性的工作也預示著文人畫及題畫詩要表達出深刻的內涵，選擇公認的圖式和意象並不是惟一的途徑，其實還可以朝著具新意的題材方向發展。當然，其作品的奇崛風格使後繼者寥寥，不能不說是一件很遺憾的事情。

〔註110〕 〔元〕黃溍，〈跋翠巖畫〉，《文獻集》，卷4，頁1209～356。

第五章　錢選題畫詩

　　逸民畫家中，最富盛名的畫家就是錢選（1239～1301）。他在元初畫壇與趙孟頫並稱且畫作流傳最多，是元代畫史上相當重要的畫家。趙孟頫題錢選《山居圖》：「舜舉少年愛弄丹青，寫花草宛然如生，人爭欲得之，其晚年益趨平淡，多作山水。」〔註1〕說出錢選繪畫內容以宛然如生的花草、平淡山水爲主，且於當代受歡迎的程度。但是，錢選眞如其詩畫中所散發出的「平淡」嗎？當他將無盡的愁鋪陳在他裝飾敷色妍麗的圖像之中；當他以醉眼斜睨這人間，吐露出內心眞正的感受，這時精選的花草、自由的山水，被固定在畫框裡，隱喻的卻是某種身份和思想。因此黃公望在錢選名作《浮玉山居圖》後跋稱其：「詩與畫稱，知詩者乃知其畫矣」，顯然這些畫中隱喻需要題詩加以彰顯。所以本章即在以往各家關注錢選生平、畫藝的命題之外，另外深入探析與錢選畫同樣重要的題詩並理解其題畫詩的內涵，以期對錢選與其詩畫作品，得到更全面的認識。

　　本章有關錢選的現存畫作主要參考鄭文惠所編《中國巨匠美術週刊──錢選》一書，此書圖畫資料齊全，闡述精要，且解說文字優美，亦具文學價值。關於詩作，史載錢選著有《習懶齋稿》，但已散失，且他因置身政治場域之外，雖在當代享有畫名，卻爲非主流人物，

〔註1〕〔明〕郁逢慶，《書畫題跋記・續題跋記》（臺北：臺灣商務印書館，1983 年《景印文淵閣四庫全書：816》）卷 10，頁 816～935。

因此雖有詩才，詩作流傳卻不多。現有詩作主要著錄於清代陳邦彥
（1678～1752）所輯《歷代題畫詩類》、清代厲鶚（1692～1752）所
輯《宋詩紀事》，以及清代顧嗣立（1669～1722）所輯《元詩選二集》，
〔註2〕類型以題畫詩最多，這不但說明錢選作畫多自題以詩，也顯示
錢選詩作乃藉由畫作才得以保存。故筆者另從《書畫題跋記‧續題跋
記》、《佩韋齋書畫譜》、《書畫彙考》等有關書畫譜的紀錄，再加上目
前可見畫作及畫上題詩，總共蒐集到錢選 44 首題畫詩作，包括古體、
近體及一首四言贊詩，作為此章研析文本。

　　本章第一節先以史料彙整出錢選生平事蹟，了解他的生平形貌。
再根據錢選流傳的題畫詩內容歸納，分成以下三節論述：第二節、山
水題畫詩，第三節、花卉蔬果題畫詩，第四節、人物故實與詠事詠物
題畫詩，最後於第五節加以總結。期能從錢選畫與題詩相互生發的作
用中，對錢選其人、其畫、其詩有更完整深入的探討。

第一節　錢選其人其事

　　錢選字舜舉，號玉潭，吳興人（今浙江湖州人）。南宋景定三年
（1262 年）鄉貢進士，〔註3〕宋亡後隱居不仕，隱於江蘇太湖南濱的
吳興。家有習嬾齋，因自稱習嬾翁，另有雪川翁、清臞老人稱號。由

〔註2〕〔清〕顧嗣立編，《元詩選二集》（臺北：臺灣商務印書館，1986 年
　　　《景印文淵閣四庫全書：752》），卷2，頁 1470～55。。
〔註3〕「選字舜舉，號玉潭。吳興人，宋景定間鄉貢進士。年少時嗜酒，好
　　　音聲，善畫山水，師趙令穰；人物師李伯時；花木、翎毛師趙昌，皆
　　　稱具體。用筆高者，至與古人無辨。嘗借人白鷹圖，夜臨摹裝池，翼
　　　日以所臨本歸之，主人弗覺也。趙文敏公孟頫，蚤歲從之問畫法。鄉
　　　人經其指授類皆以能畫稱。至元間吳興有八俊之號，以孟頫為稱首而
　　　選與焉，後孟頫被薦入朝，諸人皆相附以取官爵，選獨齟齬不合，流
　　　連畫以終其身。家有習嬾齋，因自稱習嬾翁，雪川翁、清臞老人皆
　　　其別號也。黃公望謂舜舉吳興碩學，貫串經史，人品甚高，而世往往
　　　以畫史稱之，是特其游戲而遂掩其所學，斯言可謂深知舜舉者矣。」
　　　〔清〕顧嗣立編，《元詩選二集》，卷2，頁 1470～55。

於錢選不常在作品上題上年款，生卒年因此不可考，有關錢選的生平事蹟的文字記載也很少，個人的文集《習嬾齋稿》又已散失，堪可引據的文字主要是趙汸（1319～1369）《東山存稿》中的〈贈錢彥賓序〉一文。〔註4〕

一、仕隱抉擇

宋末元初浙江吳興文風鼎盛，錢選是當時文化界極具影響力的人物，爲「吳興八俊」之一。《吳興備志》中記載：「張復亨……與趙子昂、牟應龍、蕭子中、陳無逸、陳仲信、姚式、錢選皆能詩，號『吳興八俊』。虞邵菴（虞集）嘗稱唐人之後，惟吳興八俊可繼其音」，〔註5〕從此而知「吳興八俊」的名號是以「詩」著稱，虞集（1242～1348）且認爲他們爲繼承「唐音」的吳興傑出詩人。黃公望亦曾對錢選畫名之外的人品與經學背景，加以讚頌：「黃公望謂舜舉吳興碩學，貫串經史，人品甚高，而世往往以畫史稱之，是特其游戲而遂掩其所學。斯言可謂深知舜舉者矣。」〔註6〕說明錢選在有元一代除了有「畫史」美稱的畫家身份，還是一個人品高尚、博通經史的碩學之士。

元世祖忽必烈至元二十三年（1286 年），刑台侍御史程鉅夫（1249～1318）奉召赴江南，尋訪蒐羅南宋遺逸，趙孟頫等人因而出仕元朝。《東山存稿》紀錄錢選：「與趙子昂最善，至元中，子昂入相，六人依附得官，舜舉獨齟齬不合，流連詩畫以老……蓋當時同遊之士多起家教授，而舜舉獨隱於繪事以終其身。」〔註7〕因此從錢選的生命抉擇來看，他因與另七人「齟齬不合」，最終成爲逸民。〔註8〕但他對於

〔註 4〕〔元〕趙汸，《東山存稿》，（臺北：臺灣商務印書館，1986 年），卷 2，頁 1221～210。
〔註 5〕〔明〕董斯張，〈張復亨〉，《吳興備志》（臺北：臺灣商務印書館，1979 年）卷 12，頁 33。
〔註 6〕〔清〕顧嗣立編，《元詩選二集・習嬾齋稿》，卷 2，頁 1470～55。
〔註 7〕〔元〕趙汸，《東山存稿》，卷 2，頁 1221～210。
〔註 8〕「與趙子昂最善，至元中，子昂入相，六人依附得官，舜舉獨齟齬不合，流連詩畫以老。」〔清〕萬斯同、季野輯，《宋季忠義錄》（臺北：

宋元易主這一時局的變化，並沒有激起如同鄭思肖那樣強烈的憤慨之情，他最激烈的行為也就是燒毀了自己所寫的經學著述。趙汸有言：「公嘗著書，有《論語說》、《春秋餘論》、《易說考》、《衡泌間覽》之目，後皆焚之矣。」〔註9〕那時候的錢選剛過五十，對宋元之間的變化，應還有些憤慨，所以他以「焚書」這樣強烈的舉措，表達自己遠離政治場域的決心，也可以說，這是他正式告別科舉仕途，專心畫事的宣告。

二、畫家之路

燒毀所著經書之後，錢選自此潛心於繪畫創作當中，自稱是「不管六朝興廢事，一樽且向圖畫開」，〔註10〕徹徹底底走上了「晴窗點染弄顏色，得錢沽酒不復疑」〔註11〕的職業畫家之路。由於用心專注於畫事上，故繪畫成就也頗為顯著。作為畫家，錢選是一位全才，凡山水、花鳥、人物、鞍馬等都有相當的造詣，不過因其終身隱於畫，幾乎未介入社會活動，所以在當時政治上亦無地位，所以錢選的事蹟也乏於記載。相較史載紀錄而言，傳世的作品就多得多了，如《八花圖》、《山居圖》、《秋江待渡圖》、《浮玉山居圖》等等。存世作品多，一方面說明錢選在創作上的勤奮，另一方面也說明當代到後代對於其作品的珍愛。從存世的作品來看，山水和花鳥畫的數量占了絕大多數。他的作品敷色清麗，整體來說，呈現出精細的格調。

錢選的花鳥畫師法趙昌（北宋畫家，生卒年不詳）並受到院畫的影響。趙孟頫評之：「妙處正在生意浮動耳。」〔註12〕「生意」是錢選花鳥畫最被稱頌的特點。他在山水畫上的造詣也是有目共睹的，存

新文豐出版社，1989年），卷13，頁13。

〔註9〕〔元〕趙汸《東山存稿》，卷2，頁1221～210。

〔註10〕〔清〕顧嗣立編，《元詩選二集·習嬾齋稿》，卷2，頁1470～56。

〔註11〕〔明〕張羽，〈題錢舜舉溪岸圖〉，《靜菴集》（臺北：臺灣商務印書館，1983年），卷2，頁1230～13、14。

〔註12〕〔清〕卞永譽，〈趙文敏舜舉帖〉，《書畫彙考》，卷16，頁827～723、724。

世作品有水墨淺著色和青綠山水兩種面貌。前者代表作品有《浮玉山居圖》，後者有《山居圖》。畫中皆有題跋，詩畫結合，更能體現出這位前朝遺老的人生態度，以及捐棄恩怨，潛心於藝術，在精神上的和諧與解脫。在人物畫上，錢選也有突出的成就，在畫法上繼承了李公麟、閻立本的風範。所作的繪畫題材多為古代的高人逸士，偶而也作世俗題材，所畫的內容多為歷史故事和真實人物。代表作品有《柴桑翁像》、《竹林七賢圖》、《王羲之觀鵝圖》等。

錢選畫技之高，可從兩段記載來看：即「用筆高者，至與古人無辨。嘗借人《白鷹圖》，夜臨摹裝池，翼日以所臨本歸之，主人弗覺也。」〔註13〕評者盛讚錢選臨摹《白鷹圖》功力，到「與古人無辨」的地步。另外還有一件事：「鄉人經其指授類皆以能畫稱。」〔註14〕若經他指點教授過後，即稱「能畫」。既為「能畫者」之師，他的畫藝超群，更不在話下。錢選晚年的作品趨向淡雅，也獲得了廣泛聲譽，被推舉為「吳興三絕」之一。〔註15〕

三、作畫隱憂與畫論

身為職業畫家，繪畫既是錢選的謀生技藝，更成為他這個人的象徵。然而畫藝超群的錢選，卻有他作畫的隱憂，這來自兩方面：一是錢選本身嗜酒的問題；二是錢選仿畫盛行的問題。

關於錢選作畫方式，時代相近的戴表元云其：「能畫嗜酒，酒不醉不能畫矣，然絕醉不可畫矣。惟將醉醺醺然，心手調和時，是其畫趣。畫成，亦不暇計較，往往為好事者持去。」〔註16〕此段文字先記述他

〔註13〕〔清〕顧嗣立編，《元詩選二集・習嬾齋稿》，卷2，頁1470～55。

〔註14〕〔清〕顧嗣立編，《元詩選二集・習嬾齋稿》，卷2，頁1470～55。

〔註15〕〔明〕徐火勃，《徐氏筆精》（臺北：臺灣商務印書館，1983年《景印文淵閣四庫全書：856》），卷7，頁856～560。「吳興三絕」條：「元季吳興馮應科筆與趙子昂字、錢舜舉畫，稱三絕。」

〔註16〕「吳興錢選能畫嗜酒，酒不醉不能畫，然絕醉不可畫矣！惟將醉醺醺然，心手調和時，是其畫趣。畫成亦不暇計較，往往為好事者持去。今人有圖記精明又旁附繆詩猥札者，蓋贋本非親作；設親作亦

豁達的人生態度，再來是錢選作畫與酒的密切關聯。原本「酒」是錢選靈感助興之源，不過這以酒度日甚至成為作畫助力的方式，使他最後有「酒精中毒」的跡象。因此趙孟頫多次憂慮錢選不能再作畫，他說：「邇來日夕沈埋醉鄉，吾恐久乃不復可得，覺非其深藏之。」〔註17〕並於錢選《八花圖》題跋有言：「爾來此公日酣於酒，手指顫掉，難復作此。而鄉里後生多仿傚之，有東家捧心之弊，則此卷誠可珍也。」〔註18〕畫家因酒醉手顫而無法作畫，是惜其畫藝者的擔憂，所以每一幅畫卷都值得珍藏。孟頫還擔憂市場仿錢選畫盛行的情形。

仿品氾濫，作者本人更覺得困擾，因此錢選在《白蓮圖》題詩之後又寫道：「余改號雪溪翁者，蓋贗本甚多，因出新意，庶使作偽之人知所愧焉。」〔註19〕說明他取新別號與新畫風的用意。在智慧財產權未受重視的年代，廣受歡迎的錢選作品亦成為仿作熱門。大批仿作不僅使他的收入減低，也增添困擾，迫使他不得不改造畫上簽名，畫風有所轉變。不過實際效果應該很有限，畢竟錢選作品「真成一紙直千金」，〔註20〕具極高經濟價值，加上勾勒填色的技巧易學，而且題材又是適合掛在廳堂的花鳥山水畫，十分易於銷售，因此錢選畫也就註定成為仿作熱門了。

錢選為人堪稱厚道，雖然曾經與仕元的人「齟齬不合」，只能顯示他們的政治觀念不同，但在藝術領域的交流上，他與那些仕元者仍

非得意畫也。此卷煙林水嶼，伸紙數尺，自非須臾可就，想見經營布置時，累醉不一醉。祝提學云：有人仕吳詣錢生，值醉得之。良是。」〔元〕戴表元，〈題畫〉，《剡源文集》（臺北：臺灣商務印書館，1986年《景印文淵閣四庫全書：240》），卷18，頁1194～234。

〔註17〕 〔清〕卞永譽，〈趙文敏舜舉帖〉，《書畫彙考》，卷16，頁827～723、724。

〔註18〕 〔民國〕裴景福，《壯陶閣書畫錄》，卷7，頁449。

〔註19〕 《白蓮圖》為1970年在山東鄒縣明初魯王朱檀墓發現三件古畫之一。

〔註20〕 「此畫老錢暮年筆，真成一紙直千金。」〔元〕方回，〈題錢舜舉著色山水〉，《桐江續集》，卷26，頁1193～562。

多有交往，如與趙孟頫就是如此。兩人曾一起切磋藝術。他與趙孟頫對「戾（隸）家畫」的討論，成爲關於「文人畫」的重要畫論。趙孟頫向他請教過「士夫畫」的問題。他簡潔回答「士夫畫」爲「隸體耳。」接著又道：「畫史能辨之，即可無翼而飛，不爾便落邪道，愈工愈遠。然又有關棙，要無求於世，不以毀譽撓懷。」〔註21〕關於「（隸）戾家畫」的說法，畫史上多有探討，但純以「要無求於世，不以毀譽撓懷」這句話而言，可以說是錢選的藝術觀，也是他的人生觀。他不媚世，但也不憤世，他將自己的全部身心都沉醉於藝術創作當中，從而獲得了精神上莫大的愉悅，可以說，他將自己的人生「藝術化」，也將藝術「人生化」了。

第二節　山水題畫詩

　　西元 1234 年，統治中國北方地區一百二十年的金王朝終於抵擋不住蒙古軍的鐵蹄，金哀宗完顏守緒（1198～1234）城破自殺。此時偏安一隅的南宋王朝雖然已經是「山雨欲來風滿樓」，但是領土不到北宋時期三分之二的這個王朝，國家歲入依然可達到北宋全盛時期的水準。離首都臨安僅二、三百里的吳興地區，農桑經濟極爲發達，當時有諺云：「蘇湖熟，天下足」。1235 年前後，錢選就出生在這富庶和樂的吳興。吳興的人文底蘊和秀麗的景色，不僅孕育了錢選的藝

〔註21〕「趙文敏問畫道於錢舜舉：『何以稱士大夫畫？』曰：『隸體耳。畫史能辨之，則無翼而飛；不爾便落邪道。王維、李成、徐熙、李伯時皆士夫之高尚者所畫能與物傳神盡其妙也。然又有關棙，要無求於世，不以贊毀撓懷。常舉以似畫家，無不攢眉，謂此關難度。明王繹論畫」《佩文齋書畫譜》卷 16，頁 819～475。〈元錢選論畫〉「趙文敏問畫道於錢舜舉：何以稱士氣？錢曰：隸體耳。畫史能辨之即可無翼而飛，不爾便落邪道，愈工愈遠。然又有關棙，要得無求於世，不以贊毀撓懷，吾嘗舉似畫家，無不攢眉，謂此關難度，所以年年故步。引自董其昌《容臺集》〔清〕鄒一桂，〈士大夫畫〉，《小山畫譜》（臺北：臺灣商務印書館，1983 年），卷下，頁 838～726。

術，而且在宋元易祚後，這個都市也最終成了錢選心靈歸隱的「桃花源」。

　　和錢選時代接近的張雨（1283～1350）題《山居圖》有言：「舜舉多寫人物花鳥，故所圖山水，當世傳罕。」〔註22〕可知錢選作品多以人物花鳥爲主，山水作品在當代流傳不多。不過據元代陳泰在〈爲秋堂題錢舜舉所畫吳興山水圖〉一詩中，盛讚錢選山水圖：「畫師小景如傳神，自昔水墨無丹青，老錢變法米家譜，妙在短幅開煙屏。……吳興山水雖可摹，老錢丹青今世無。」〔註23〕詩中既寫出錢選沿襲米家父子的畫風，又具丹青創新能力，最後更讚嘆錢選能將吳興山水留在紙上的絕佳畫功。因此吳興山水已與錢選山水繪畫緊密地連結在一起了。

　　錢選《青山白雲圖》題詩說明所作山水畫：「遠山鬱蒼翠，勝境非人間。白雲自出岫，高聳誰能攀？隱居得其趣，邱壑藏一斑。扁舟任來往，慰我浮生閒。」〔註24〕詩句明顯的表現自己遠離俗世的隱逸心志。所居山水皆是他作畫的題材，而在他的畫裡，也經常有「我」置身其中。錢選身在如畫山水中，所思所感，則憑藉題畫詩予以抒懷。畫家選擇吳興作爲安身立命之處，吳興也提供他藝術靈感的來源，因此山水畫作成爲進入錢選內心世界重要途徑。本節即將錢選的山水詩畫依主題內容，分成「待渡」、「山居」、「雪霽望弁山」、「題金碧山水」四部份論述如下：

一、山　居

　　關於「山居」主題的畫作，錢選繪製了《浮玉山居圖》（上海博

〔註22〕〔明〕汪砢玉，《珊瑚網》，卷31，頁818～584。

〔註23〕〔元〕陳泰，〈爲秋堂題錢舜舉所畫吳興山水圖〉，《所安遺集》（臺北：臺灣商務印書館，1986 年《景印文淵閣四庫全書：240》），頁1210～558。

〔註24〕〔清〕梁詩正、張照（張默）《石渠寶笈》（臺北：臺灣商務印書館，1983 年），卷34，頁825～398。

物館藏）與《山居圖》（北京故宮博物館藏），兩圖命題略有不同，但背景類似，由圖像來看實有相關，不論《浮玉山居圖》或是《山居圖》，主體房舍皆有高山叢林環繞圍抱，且又處於浩淼水域中，與外界的隔離意味鮮明，應是同一區域。先看標明確切地名的《浮玉山居圖》：

　　錢選山水畫大多以青綠技法為主，而《浮玉山居圖》卻以七分水墨三分設色的技法描繪家鄉霅川浮玉山，開創了新體制。〔註25〕當代楚石道人（1296～1370）曾在跋詩中曰：「舜舉偏工著色山，如斯水墨畫尤難；蒼茫樹石煙霞外，合作營丘老筆看。」盛讚《浮玉山居圖》將水墨、青綠融為一體的創新，更加證明了錢選山水畫的價值。

　　錢選的山水畫主要以家鄉吳興的霅川和苕溪為題材，趙孟頫所著〈吳興山水清遠圖記〉描述吳興山水，其中提及浮玉山：「中湖巨石如積、坡陀磊魂、葭葦蔟焉，不以水盈縮為高卑，故曰浮玉。」〔註26〕可知浮玉山居於湖中的奇特山勢與景觀。元末鄭元祐記這一帶風光並評此畫云：「此間大山堂堂，小山簇簇，雜樹迷離，岩多突兀，煙靄迷津，但聞泉聲，舜舉其畫，得其真玄也。」錢選圖畫可謂寫出了家鄉浮玉山的特殊景緻，若再以題詩相襯，尚可瞭解畫家面對如此湖山勝景的心境。

　　〈題浮玉山居圖〉原詩為：

> 瞻彼南山岑，白雲何翩翩。下有幽棲人，嘯歌樂徂年。叢石映清泚，嘉木澹芳妍。日月無終極，陵谷從變遷。神襟軼寥廓，興寄揮五絃。塵影一以絕，招隱奚足言。〔註27〕

詩中歌詠隱士。錢選先以獨特視角將自身（或觀畫者）置於畫中，於

〔註25〕 「所採用的七分水墨三分青綠的水墨淺設色技法，實質突破了唐以來重設色的青綠山水傳統，又有別於南宋注重濃淡虛實變化的水墨暈染方式，開創了淺絳山水的新體貌與新風格。」鄭文惠，〈遺民的生命圖像與文化鄉愁——錢選詩/畫互文修辭的時空結構與對話主題〉，頁154～155。

〔註26〕 〔元〕趙孟頫，《松雪齋集》，卷7，頁1196～681。

〔註27〕 〔清〕顧嗣立編，《元詩選二集》卷2，頁1470～55、56。

山麓仰望白雲深處的南山，彷若「採菊東籬下，悠然見南山」的陶潛追尋嚮往的隱逸之境。接下來再將畫中未出現的隱士身影，以嘯歌方式現身於叢石清泚、嘉木芳妍的美景之中，而後提出對時間無限、陵谷變遷的體會，並以凝練的語言寫出將心神超逸於遼闊天際，「目送飛鴻，手揮五絃」、〔註28〕飄然出世、心遊物外的高士風神，傳達出一種俯仰自得、與造化相侔的哲理境界。有趣的是最後兩句：「塵影一以絕，招隱奚足言」，回到了作者（或觀畫者）本身。錢選藉由反詰左思〈招隱詩〉，暗示自身與陶潛相同的人生哲學：「結廬在人境，而無車馬喧。問君何能爾？心遠地自偏。」也就是認為一個人若能去塵絕俗，又何必隱於山林？

南山自古即是聖山的象徵，自陶潛「悠然見南山」之後，即成為隱士安頓身心的所在。此處的南山與錢選所繪浮玉山藉由詩句縮合為一，南山仙境中的隱士即「浮玉山居者」，是錢選詩中主角，並非錢選本人自謂。錢選是以旁觀者的讚賞眼光關注隱士身上，間接表達亟欲追求的意願。

再看《山居圖》。題詩另有序言：「此余年少時詩，近留湖濱寫《山居圖》追憶舊吟，書於卷末。揚子雲悔少作，隱居乃余素志，何悔之有？吳興錢選。」〔註29〕由自序可知，這首〈題山居圖卷〉詩為錢選「少年」時作，後來再重題畫上，表現他遠離俗世的隱居之志。再據序言來看，名為「山居」，住處乃「湖濱」，圖像則明顯寫出湖中之山。《山居圖》與《浮玉山居圖》相較，山勢比較平緩，與鄰近陸地之間多了小橋相連，但湖面佔了全圖三分之二的空間，兩圖所呈現的視角略有不同，但就整體來看，背景都應是太湖湖濱，甚至都是浮玉山。不過《浮玉山居圖》中，山無近景、中景、遠景之分，樹亦無虛

〔註28〕〔晉〕嵇康著，〔南朝梁〕蕭統編，〔唐〕李善注，〈詩丙・贈答・贈秀才入軍五首〉，《文選註》，卷24，頁1329～421。

〔註29〕〔明〕郁逢慶，《書畫題跋記・續題跋記》，卷10，頁816～934。

實之異，缺乏眞實的存在感，再與詩對應，可以說錢選塑造的是與人境相對的仙境；《山居圖》則從詩序開始，說明自身隱居之樂，畫面亦顯得平和寧靜，小橋連接著山莊與陸地，小舟泛行湖面，較具現實意味。〈山居圖〉詩云：

> 山居惟愛靜，白日掩柴門。寡合人多忌，無求道自尊。鶺
> 鵬俱有意，蘭艾不同根。安得蒙莊叟，相逢與細論。〔註30〕

此詩主角與《浮玉山居圖》題詩中超然俗外的高士不同，應是作者自寫，呈示其喜愛清靜的山居歲月與無所欲求的本心。雖然寡合招忌，但仍堅持本眞以契合道心，既不使自我困限於如鶺鳥般的小格局，也不陷溺於艾草般的小人之心，只願與莊子把手論心，翱翔於「逍遙遊」的無憂樂土之上，因此筆底山水盡化爲心靈世界所渴求的樂土。詩中尚體現晉唐詩意：「山居惟愛靜，白日掩柴門」融合陶潛「荊扉畫常閉」〔註31〕與「白日掩荊扉」〔註32〕兩句詩意，並化用王維「晚年惟好靜」〔註33〕的句式，錢選借用陶、王名句，表達出的言外之意，即是「邈與世相絕」、「萬事不關心」，符合他從儒家經書走向畫事的生命抉擇。

　　兩幅畫作水域空間的廣袤皆藉由留白表現，形成了觀者與畫景的距離，但畫中時間則幾乎是靜止的，可以想見錢選落筆時，多希望無終極的日月光陰能凝結於畫面，所以當錢選重新省視此幅作品，心中才會生起「駸駸老境惟有浩歎耳」〔註34〕的如斯感慨。

〔註30〕　〔清〕顧嗣立編，《元詩選二集》，卷2，頁1470～58。

〔註31〕　「寢迹衡門下，邈與世相絕。顧盼莫誰知，荊扉畫常閉。」〔晉〕陶潛，〔明〕張溥輯，〈癸卯歲十二月中作與從弟敬遠〉，《漢魏六朝百三家集》（臺北：臺灣商務印書館，1986年），卷62，頁1413～475。

〔註32〕　「野外罕人事，窮巷寡輪鞅。白日掩荊扉，虛室絕塵想……」〔晉〕陶潛，〔明〕張溥輯，〈歸園田居・其二〉，《漢魏六朝百三家集》，卷62，頁1413～470。

〔註33〕　「晚年惟好靜，萬事不關心」〔唐〕王維，〔清〕聖祖御定，〈酬張少府〉，《御定全唐詩》，卷126，頁1424～193。

〔註34〕　〔明〕逢郁慶，《書畫題跋記・續題跋記》，卷10，頁816～934。

二、待　渡

　　類似「山居」的隔絕情境，則出現在另一項「待渡」主題的詩畫情境中，畫有兩幅：《秋江待渡圖》（北京故宮博物館藏）與《煙江待渡圖》（台北故宮博物館藏）。「山居」主體在山莊環境的營造，而「待渡」則以煙波秋水置於畫面正中，一邊是令人嚮往的隱逸山屋，另一邊則是一人孤懸於畫面邊陲，所佔篇幅少卻讓畫面有了平衡感，尤其題畫詩句的參入加重了畫中人的份量，讓作者與畫中人與畫外觀賞者之間獲得共鳴。

　　先看〈題秋江待渡圖〉：

　　　山色空濛翠欲流，長江清澈一天秋。茅茨落日寒煙外，久
　　　立行人待渡舟〔註35〕

　　再看〈題煙江待渡圖〉：

　　　山橫一帶接秋江，茅屋樹兼更漏長。渡江有舟呼未至，行
　　　人佇立到斜陽〔註36〕

兩圖背景畫面十分類似，只是左右錯置，詩句意象也極為類似：秋、山、江、茅屋（茅茨）、斜陽（落日）以及久久佇立的行人與許久未至的渡舟等的排列組合，將人與舟、江河之間的關係藉尺幅畫作直接陳述，既寫景亦寫情。畫家對同樣題材的反覆創作，除了能感動自己，更在於這種題材是否能充分表達內心情感。

　　乍看是傳統的「行旅」主題，但因詩歌與畫面營造出的氣氛，讓人感受到詩中行人等待不可知的未來所傳達出的悽惶。空濛山色、清澈秋江橫阻兩岸，迫使離人阻離於落日寒煙外的「家」，亦即出現詩畫中，令人感到溫馨樸實的茅屋（茅茨）之外。茅屋是隱逸生活的象徵，船則是穿梭於現實生活與理想生活的工具。當舟船遲遲未至，行旅之人將何去何從？顯示錢選對著眼前黑暗政治現實的憂傷。從一個標準文人到成為職業畫師賣畫為生，詩畫在此成為錢

〔註35〕〔清〕顧嗣立編，《元詩選二集》卷2，頁1470～56。
〔註36〕〔清〕卞永譽，《書畫彙考》，卷47，頁829～72。

選抒發其隱居理想在現實中失落的媒介。

　　面對可望而不可即的生命彼岸，錢選疏離於現實世界，渴望回「家」的愁與不知所從的情緒反映在「待渡」主題中。激盪內心的是江山收復的期待，或是爲了家計奔赴他方的無奈？是離是歸？詩未作解答。畫的想像空間亦大，整體看似安詳的畫面營造，卻充滿懸宕不安。只因《秋江待渡圖》與《煙江待渡圖》中都以浩淼的水域，加深了畫者與觀畫者的疏離感。

　　錢選「山居」主題與「待渡」主題的畫中皆有屋舍，不過在「山居」主題裡，作者是將人跡隱含其中，烘托畫面的寧靜；「待渡」主題裡，作者則將畫面中的屋舍與行人隔著秋江遙遙相望。因此可說山居的錢選當時還有一個安然處之的位置，嚮往理想仙鄉，而待渡的錢選卻仍在人生路上徘徊未定，即使是簡單茅舍依舊顯得遙不可及。

三、雪霽望弁山

　　根據郁逢慶在《續書畫題跋記》著錄，〔註37〕《雪霽望弁山圖》之上共有九首錢選自題詩，以個別詩作內容和時間順序看來，這九首詩確實爲上下承接的一組詩作。在這九首詩中，除可充分透過「詩」看到錢選所看到的景物，還可以知道錢選太湖弁山之遊的完整歷程，以及因大雪閉居室內所激發的詩興。這些詩歌文字不同於錢選其他題畫詩所具有深刻隱喻與內涵，難得呈現出最平凡也最眞實的錢選本人當下心境。

　　至元二十九年（1292 年）冬，錢選遊居太湖之濱，泛舟溪上，西望弁山，心有所感，故作畫題詩，寫下第一首詩序（亦是畫跋）：「至元二十九年，余留太湖之濱，雪霽，舟行溪上，西望弁山，作此圖且賦詩云。」接著第二首詩序：「至元二十九年冬，余假弁山佑聖宮一室以避喧。值雪作不已，但閉門擁爐飲酒賦詩而已。聊記數篇，復見於此卷，書試馮應科筆亦佳，選重題。」原本畫上題詩只有一首，因

〔註37〕〔明〕郁逢慶，《書畫題跋記・續題跋記》，卷 10，頁 816～926。

他住宿於弁山佑聖宮之時，遇到大雪不止，而閉門賦詩數篇，再書於此圖卷上，才有於一幅畫作上共寫九首題詩的獨特形式出現。兩首詩序說明他整個作畫題詩的歷程，後續因困而作的題詩作品，亦讓此幅畫作不受時空限制，而有越出畫面的敘事與感興。

第一首詩為〈題雪霽望弁山圖〉，因畫而作，也是其中與畫最相關的七言古詩：

> 弁山之陽冠吳興，崒嵂巀嶭望不平。煥然仙宮隱其下，眾山所仰青復青。雪花夜積山如換，乘興行舟須放緩。平生不識五老峰，且寫吾鄉一奇觀。

詩句寫出作畫動機：乃是為留存吳興家鄉望弁山雪霽景象的「奇觀」。從「弁山之陽冠吳興」到「且寫吾鄉一奇觀」，詩中略見畫中景觀：弁山崒嵂巀嶭、煥然仙宮與青山積雪。詩中並不忘提醒觀畫讀詩者面對弁山雪霽美景「乘興行舟須放緩」，以緩慢的節奏細細品味山水之美，宣傳觀光意味濃厚。當時的錢選，泛舟寫生興致勃勃，並未料到卻將受困此間十天之久。

第二首是〈是日泛舟歸湖濱至夜雪大作，且起賦五言古體一首〉〔註38〕，詩題與詩句則顯示其為作畫之後的當夜：

> 夜來天雨雪，萬木同一變。饑鴉覺餘起，觀覽立須儼。遙山瓊成積，平田玉如碾。老夫醒眼看，樹樹何其燦。

雖是夜景，應是「映雪」效果，使弁山樹木、山田的景觀呈現仿若瓊玉堆積的仙境。因「雪霽」而至，「天雨雪」而止，人生的際遇常是不由自主的，此時的錢選在夜深未眠的情況下賞雪景，仍頻出讚嘆之聲。

第三首〈五言古體一首〉：

> 城市我所居，遙看弁山雄。積雪最先見，皓影照諸峰。我今遠城市，薄遊留此中。忽焉歲雲暮，更覺樽罍空。開門未然燭，飛花舞迴風。萬木同一縞，四野變其容。恨無登山屐，幽討何由窮。

〔註38〕〔清〕顧嗣立編，《元詩選二集》卷2，頁1470～57、58。

此詩藉由「我」在弁山之外的城市遙看山景與「我」遠離城市身在山中兩相對照，明明是空間的轉換，感受的卻不是景的轉變，竟是對時間的惶惑，藉由不斷喝酒來平復此種心緒，以致「樽屢空」。而外在環境仍在雪的侵擾下，因而「萬木同一縞，四野變其容」。當天地被茫茫大雪覆蓋，掩蓋曾經所見，景物的轉變其貌是否也與現實政治的轉換有所呼應？人被限制屋中，完全無法走向風雪大地，更無法向大自然討取內在的平靜。這時錢選已清楚認知，「我」與「山」之間的差距。

第四首為〈七言律詩一首〉：

> 倚天蒼弁獨崔嵬，仙闕遨遊愧不才。攬鏡頻嗟雙鬢改，推窗三見六花開。山中酒戶沖寒去，城裏行人踏雪來。安得時晴風日好，竹林深處且銜杯。

錢選再度體認人與山之間的距離。他在首句讚頌弁山之蒼翠巍峨，不覺萌生出人在仙闕遨遊的想像，但人在山中，體認弁山之雄，一方面又感嘆個人的渺小無才。詩中屢用對照方式，他先以弁山之雄對應自身不才，然後以嗟嘆「雙鬢改」的老去意象對應「六花開」的自然繁盛，〔註39〕頷聯再以「山中酒戶」對應「城裡行人」，此聯則特別顯露自嘲意味，久居山中的酒戶不畏寒冷，踏雪而來的城裡行人卻受困此間。除此之外，尚知錢選即使在如此嚴寒的天氣，也得冒冷尋酒，對酒的執著可見。所以最後他才會直言等待風和日麗的晴天，少去了風雪阻路，屆時再回到此山，也就是詩中的竹林深處，方能真正的縱情飲酒。

第五首〈連雪可畏再賦律詩一首〉：

> 階簷積雪動經旬，猶自霏霏夜向晨。四望莫分天地色，一時遮盡海山塵。舞風不住緣何事，見日還銷亦快人。獨欠故交來叩戶，洛中高臥是前身。

〔註39〕「六花」或指「五樹六花」，佛教庭院必種的植物，此處指稱「雪花」即可。

詩題即知「連雪可畏」，對「連雪」的畏懼，使他用書寫方式表達內心對雪霽的渴求。「經旬」可知大雪一連下了十天之久，不但導致雪封大地，更使他深刻感受到孤獨處境，且因孤寂無人來訪，而自比為「洛中高臥」〔註40〕的中隱之士。若能回家，便有如白居易所言的「洛中多君子，可以恣歡言」，如此自比，既點出隱逸之志又呈現他思歸心切的心情。

第三、四、五首已由敘事寫景過渡到寫人寫情。

另有〈七言絕句三首〉，分述如下。其一為：

> 子猷安道何為者，自是相忘意最真。千載寥寥風雪夜，始
> 知乘興更無人。（之一）

此詩已跳脫寫景而寫對「人事」的感懷。《世說新語》中有一段王子猷（？～388）的軼事，〔註41〕讓錢選多所嚮往。同樣的風雪之夜，少去來訪的友人，讓錢選頓覺「相忘意真」的可貴，而此種風致，更令錢選感嘆「無此人」，詩懷想古人，也強烈透露感受到生命孤獨的言外之意。

其二為：

> 一冬飛雪又將春，能報牛豐不救貧。我亦曾聞散花手，不
> 知天女意何勤。（之二）

明知冬天之後即是春天，明知瑞雪原是豐年象徵，但對困守風雪之中的錢選來說，這場雪不但阻遏了他返家之路，甚至阻斷了他的謀生之計。這時的他，看待風雪，無法再從「天女散花」的美好與哲思著眼，

〔註40〕 白居易〈中隱〉：「洛中多君子，可以恣歡言。君若欲高臥，但自深掩關，亦無車馬客，造次到門前。人生處一世，其道難兩全，賤即苦凍餒，貴則多憂患。唯此中隱士，致身吉且安，窮通與豐約，正在四者間。」〔清〕聖祖，《御定全唐詩》，卷445，頁1427～445。

〔註41〕 「王子猷居山陰，夜大雪，眠覺，開室，命酌酒。四望皎然，因起彷徨，詠左思〈招隱詩〉。忽憶戴安道，時戴在剡，即便夜乘小船就之。經宿方至，造門不前而返。人問其故，王曰：『吾本乘興而行，興盡而返，何必見戴？』」〔南朝宋〕劉義慶著，余嘉錫箋疏，〈任誕〉，《世說新語箋疏》，下卷上，頁760。

而是不由自主的詢問天女用心，並思索這場風雪帶給他的意義。

其三爲：

> 眼前觸物動成冰，凍筆頻枯字不成。獨坐火爐煨酒吃，細
> 聽撲簌打窗聲。（之三）

走筆至此，美景已不在眼前，觸目所及的環境亦更形艱困。周遭極度的冰凍，連寫字消磨時間亦顯得異常艱辛，只能獨坐爐邊溫酒飲酒，藉此取暖，呈現脆弱、潦倒的形象。可以想見錢選經過如此多日風雪之後，原來的閒適早已不見，聽著風雪撲窗的聲音，又是多麼無奈？

三首絕句接連寫出錢選因風雪所感受的困擾。先是無人到訪，然後是風雪雖美但無法解決經濟貧困的現實，最後戶外風雪侵襲，室內冷寒逼人的惡劣環境，他勉強飲酒賦詩，一方面試圖自遣，一方面卻又不由自主表現出無能爲力的心境。

最後一首〈雪晴知周濟川和余杯字韻詩作此奉酬〉算是美好結局：

> 亂山積雪鬱崔嵬，對景慚無倡和才。晴日舊曾梅下飲，好
> 懷今爲竹林開。仙人千劫能居此，俗客三生始一來。未許
> 扁舟落吾手，明朝相約共傳杯。

爲亂山雪景的壯觀所唱和的詩作，不只要才分更要「好情懷」，而「好懷」全源於有友相伴、有酒可喝的竹林之約。自「雪霽」到訪，又突遇大雪，最後終於等到再度「雪晴」，又有好友周濟川（生卒年不詳）的和詩，令錢選心境立刻豁然開朗。愉悅之情和前幾首詩的苦悶心緒截然不同。

所以此組詩作，雖是《雪霽望弁山圖》圖上之詩，但僅第一首有與「畫」相關的詩句敘述，其他幾首，或以弁山之「望」爲主軸，或以仙鄉形容弁山雪景，更多的是錢選困居其中的心境變化。其實雖是大雪紛覆的景觀，但弁山基本上是不變不動的，而人受制其中，心境卻有了千番轉折：從初見雪景的讚嘆，到體認「相忘意眞」的人不存，同樣的景，感慨愈多。

詩中多有仙佛內化的思想，如以「煥然仙宮」形容道觀，或以「我

亦曾聞散花手，不知天女意何勤。」比喻雪花紛飛的景象。〈雪晴知周濟川和余杯字韻詩作此奉酬〉、〈七言律詩一首〉都將「遊山水」與「遊仙境」的主題相連，「倚天蒼弁獨崔嵬，仙闕遊遨愧不才」、「仙人千劫能居此，俗客三生始一來」，形容山水之美如同仙境，詩人在仙闕遨遊，一方面把山水實境與遊仙想像結合，一方面也顯示弁山仙境與人間凡境畢竟不同。並在山水、仙遊之外，以「安得時晴風日好，竹林深處且銜杯」、「晴日舊曾梅下飲，好懷今爲竹林開。」、「明朝相約共傳杯」，表現自己對竹林七賢相伴林下的生活方式，或是林和靖梅下隱居之樂的嚮往。這種將山水、仙境、隱逸、醉酒融合爲一體，正表現錢選逃避亂世苦悶的寄託。

這段際遇對錢選來說，是人生中的小插曲。本是一段尋常的山水風景寫生之旅，卻意外造成極度孤寂的環境，因此也意外的直接映現出個人需求。當他面對如此不如己意的狀況時，並未使用「修行」、「沉潛」，或是人生追求等太過高遠的語言，正因爲面對的是自己，自言自語形成了實話實說。筆者認爲，從此組題畫詩中，少了隱晦不明的詩意，正可讓人回溯當時，認識眞正的錢選。

四、題金碧山水

錢選有四首絕句組成的〈題金碧山水卷〉，《元詩選二集》則以〈題山水卷〉爲命題。〔註42〕從《佩文齋書畫譜》中所著錄：「杭城王孝廉藏舜舉金碧山水一長卷，法趙千里，紙亦如新。」〔註43〕說明錢選所繪「金碧山水」是學習趙千里（生卒年不詳）的技法。其中還有值得關注的是「紙亦如新」一句，可見錢選畫作被珍藏的程度。在《書畫彙考》中，曾說明「金碧山水」的特色：「金碧山水始於唐之李將軍父子。李故帝王苗裔，生長富貴，喜寫般游宮殿等圖。其用絹則祖吳道子法，皆以熱湯半熟入粉，搨如銀版，故作山水人

〔註42〕〔清〕顧嗣立編，《元詩選二集》，卷2，頁1470～56。
〔註43〕〔清〕孫岳頒等撰，《佩文齋書畫譜》，卷99，頁823～394。

物，精彩入筆。」〔註44〕文中讚頌「金碧山水」的巧妙，除了金碧
用色，還有「用絹」的講究。正是「以熱湯半熟入粉，搗如銀版」
的過程，使山水人物的繪製，更顯精彩，也才能讓絹上色彩常保如
新。錢選不用絹而用紙，但「紙亦如新」一語應該也是歸功於礦物
顏料的使用，紙上色彩才能有較長久的保存期限。文中未提及用色，
若從字面來看，應不脫「金」、「碧」二色，因此元代湯垕曾言：「李
思訓畫著色山水，用金碧暉映，自為一家之法。」〔註45〕這「金碧
輝映」的一家之法，影響了趙千里，自也影響了錢選。雖然《繪事
微言》提出不同看法：「蓋金碧者，石青石綠也。即青綠山水之謂也。
後人不察，於青綠山水上加以泥金，謂之金筆山水。夫以金碧之名
而易之金筆，可笑也。」〔註46〕至少可知「金碧山水」即「青綠山
水」，除用絹方式之外，畫上山水乃是施用濃重的礦物顏料的石青和
石綠顏料為主，表現山石樹木的蒼翠。

　　錢選所繪《金碧山水卷》，畫未見流傳。若從此組詩句中，錢選
自題「金碧山水」，大致畫出的是「碧巖巖」、「木葉森森」、「煙雲出
沒」、「幾重山色幾重瀾」等景致，色彩的運用說明就不太明確了，應
不脫青綠色調。或可與錢選其他山水畫作互相對照，不然也可從元末
錢惟善（生卒年不詳）「苕雪溪山浮紫翠，蓬萊宮殿湧金銀」、〔註47〕
明代周玄（生卒年不詳）「絳雲全抹曙，紫磴半牽晴」〔註48〕等題詩
來看，畫面色彩之豐富妍麗，就不只僅用石青石綠而已。

〔註44〕〔清〕卞永譽，《書畫彙考》卷38，頁828～610。
〔註45〕〔明〕湯垕，《畫鑑》，頁814～422。
〔註46〕〔明〕唐志契，《繪事微言》（臺北：臺灣商務印書館，1969年《四
　　　　庫全書珍本》）卷下，頁816～237。
〔註47〕〔元〕錢惟善〈題柏仲節所藏錢舜舉金碧山水〉《江月松風集》（臺
　　　　北：臺灣商務印書館，1986年），卷7，頁1217～809。
〔註48〕〔明〕周玄著，〔清〕張豫章等奉敕編，〈錢舜舉金碧山水圖〉，《御
　　　　選宋金元明四朝詩‧御選明詩》（臺北：臺灣商務印書館，1986年），
　　　　卷92，頁1444～309。

　　由於作者在畫上所題的題畫詩經常是沒有題目的，因此後人在集詩整理的過程中，以畫作內容爲詩命題，故「金碧山水」呈現形式，成爲此幅畫作最重要的特色。詩中內容可見錢選畫技展現，也呈現他對「繪畫」一事的思索觀點。

〈題金碧山水卷〉原詩爲：

　目窮千里筆不到，自是餘生坐太凡。一日興來何可遏，開
　牕寫出碧巖巖。（之一）

　江南北苑出奇才，千里溪山筆底回。不管六朝興廢事，一
　樽且向畫圖開。（之二）

　煙雲出沒有無間，半在空虛半在山。我亦閒中消日月，幽
　林深處聽潺湲。（之三）

　胸中得酒出屛顏，木葉森森歲暮殘。落墨不隨嵐氣暝，幾
　重山色幾重瀾。（之四）

第一首可以看到錢選的創作觀：如果眼前所見之景未能於筆下繪出，也只能在餘生的平凡歲月中醞釀體會，幸好眼前之景化做心中潛藏的養分，一旦興來，不須走訪千里，即能將色彩鮮明的青綠山水延攬入窗。從「目窮千里筆不到」到「開牕寫出碧巖巖」，錢選強調了「寫」山水畫的概念，並認爲創作須靈感，亦即繪畫動機爲「興」致抒發。

　　第二首從嚮往欣賞江南北苑畫手的奇才能夠「千里溪山筆底回」著手，於是爲自己選擇了「不管六朝興廢事，一樽且向畫圖開」的生活方式。詩中似是同時向兩位山水畫家前輩致敬：一是南唐善畫江南景色的董源（？～約 962），一是字千里的趙伯駒。董源符合「六朝興廢」的歷史，加上他的山水畫有「平淡天眞」的形容，〔註49〕這或許正是錢選山水畫所追求的風格；而趙千里更是錢選畫山水所師法的

〔註49〕董源（？～962），字叔達，鍾陵（今江西進賢西北）人，南唐中主時曾任北苑副使，世稱「董北苑」。他的山水多畫江南景色，草木豐茂，秀潤多姿，被人們形容爲「平淡天眞」。其用筆細長圓潤，稱「披麻皴」，有時也用點描繪郁茂的叢樹苔草。宋代沈括說董源的畫「用筆甚草草，近視幾不類物象，遠視則景物粲然。」

對象，他將趙千里的人與畫〔註50〕嵌入詩句之中，巧妙自然，不著痕跡。一、二句為最後表明置身政治之外以鑽研繪事的生命抉擇作了合理的動機說明。

第三首中，作者以煙雲自喻，此詩說明「我」在實體的山之「有」與抽象空虛的「無」中出沒，並以「幽林」中聆聽「潺湲」水聲的動靜對照出悠閒心境。詩中既寫畫境又寫情，情景交融於詩眼——「閒」字上。

第四首強調「酒」在他生命中的重要性，從「孱顏」與「歲暮殘」之語，都可看出作者已屆老境，不過錢選對自身畫技仍然頗具自信，雖是黃昏，夜色將至，雲氣繚繞，但畫面的光采卻不見黯淡。此處再度顯示作者的創作觀：作者胸中自有墨色濃淡，而非真實景物的描摹。最後兩句脫出「孱顏」與「歲暮殘」的晦暗狀態，運用墨色揮灑雲氣，且將山色、波瀾以青綠山水勾勒、填色的技法，重重疊疊的表現出盎然生意。

四首絕句裡，錢選完全將「我」置入詩中，有意的書寫出個人的創作觀、生命抉擇與生活方式，最可貴的是其中難得自述的山水畫法。筆者認為，研究錢選，可以依此組詩作為對錢選此人的概括總結。

第三節　花鳥蔬果題畫詩

錢選的繪畫「絕大多數都屬於工細風格，絕少草率應酬之作，每件作品都用筆精工，賦色清麗，但又能於工致中顯活脫，清麗中見典雅。」〔註51〕這自然與夏文彥（生卒年不詳）《圖繪寶鑑》〔註52〕中：「錢選，字舜舉……花木、翎毛師趙昌，青綠山水師趙千里」〔註53〕

〔註50〕〔元〕仇遠，〈題趙千里溪山春遊圖〉，《金淵集》，卷 4，頁 1198～34。
〔註51〕杜哲森，《中國美術史・元代卷》（濟南：齊魯書社：明天出版社，2000 年），頁 16。
〔註52〕至元二十五年（1365 年）作者自序成書。
〔註53〕「花木、翎毛師趙昌，青綠山水師趙千里」〔元〕夏文彥《圖繪寶鑑》，

的記載相符。錢選花鳥作品既師法趙昌，〔註 54〕甚至學習趙昌自號「寫
生趙昌」〔註 55〕一般，以「舜舉寫生」落款畫上。

　　趙孟頫對錢選花鳥作品多所讚賞，題錢選《八花圖》：「雖風格似
近體而傅色姿媚，殊不可得。」〔註 56〕「近體」即指南宋院體，趙氏
認為錢選花卉畫作延續南宋院體遺緒，卻在設色上推陳出新，開創了
個人獨特風格。他並讚頌錢選畫「妙在生意浮動耳」〔註 57〕，又於錢
選《來禽梔子圖》（Freer Gallery 藏）上題跋：「來禽梔子生意具足，
舜舉丹青之妙，於斯見之。其他瑣瑣者，皆其徒所為也。」再次提及
錢選畫面上的「生意」與丹青之妙、並與「其他瑣瑣者」的製作仿品
加以區別。其中的「生意」，筆者認為其中真意不只是花卉植物描繪
的真實感，更像是藉由花卉蔬果所述說的作家思緒，筆墨止於畫紙，
而作家的人生經歷與情感追求則在詩中不斷湧現。

　　王靜靈在〈《秋瓜圖》與錢選的職業畫〉一文中，根據畫上題詩
缺乏自我抒情指涉的特點加以推測，認為錢選的花鳥題材的繪畫作
品，屬於為維持困頓生計所作的職業畫。〔註 58〕但真是如此嗎？職
業畫就缺乏自我抒情指涉？花鳥、蔬果固是職業畫中討巧的題材，
但從錢選題詩來看，仍可瞭解其自我投射與堅持的部份。尤其畫面
雖是傅色，整體卻顯示出清冷色調與題詩中呈現的盛衰對照，亦可
見到錢選情感投射的強烈個人風格。本節即從錢選花鳥、蔬果畫科

卷 5，頁 814～616。
〔註 54〕趙昌，生卒年不詳。北宋畫家。字昌之，劍南（今四川省成都）人。
　　　　擅畫花鳥，注重寫實，自稱「寫生趙昌」，名重一時。
〔註 55〕「趙昌善畫花。每晨朝露下時，遶闌檻諦玩手中調彩色寫之。自號
　　　　寫生趙昌。人謂趙昌畫染成不布采色，驗之者以手捫摸，不為采色
　　　　所隱，乃真趙昌畫也。其為生菜折枝果尤妙。」〔清〕孫岳頒，《佩
　　　　文齋書畫譜》，卷 50，頁 821～158。
〔註 56〕〔民國〕裴景福，《壯陶閣書畫錄》，卷 7，頁 449。
〔註 57〕〔清〕卞永譽，〈趙文敏舜舉帖〉，《書畫彙考》卷 16，頁 827～723、
　　　　724。
〔註 58〕《故宮文物月刊》，期 267，頁 7。

彙整出可與其題畫詩相互參照的作品，分成花鳥三圖：《花鳥圖卷》
中的《桃花翠鳥圖》、《牡丹圖》、《梅花圖》與素淨花卉：《白蓮圖》、
《水仙圖》、《梨花圖》三幅同屬色彩素淨的畫繪圖卷，以及秋季瓜
茄：《秋瓜圖》、《秋茄圖》等三小節予以探析。

一、題花鳥三圖

《花鳥圖卷》（天津市藝術博物館藏）共有《桃花翠鳥圖》、《牡
丹圖》、《梅花圖》三幅圖像，作於至元三十一年（1294 年），此時錢
選約是六十歲，他依據不同時節選了三種不同物性的植物作爲繪畫素
材。雖然棲息於桃花枝上的翠鳥、牡丹邊臨風搖曳的綠葉、以及梅花
秀勁有致的枝幹，經由勾勒填色的技法，顯出較濃重的色調，畫中主
角 —— 花則皆清雅素淡，但在視覺上並不容易忽略，反而適合細細
端詳。前兩幅花卉圖像屬於春日景物，但詩中同樣表現年老的蒼涼，
應可反映當時畫家荒涼孤清心境。正因如此，其中紙上所繪花卉的興
盛繁華與作家心境的蒼涼蕭索的對照效果更加鮮明。《花鳥圖卷》前
兩幅題詩如下：

> （ ）春景（ ）一何嘉，老去無心賞物華。惟有僊家境堪翫，
> 幽禽飛上碧桃花。（《桃花翠鳥圖》）

此詩顯示春景雖嘉，但因「老去」故無心玩賞，唯有「僊家」是其嚮
往之處，詩句至此似乎戛然而止。最後一句則充滿了妥協意味，「幽
禽桃花」明明存在於現實自然界，並非仙家之物，但此景的描繪卻讓
畫家心靈暫時逃離現實環境，棲息至仿若仙家的世界中。

> 頭白相看春又殘，折花聊助一時歡。東君命駕歸何速，猶
> 有餘情在牡丹。（《牡丹圖》）

題詩表達出「頭白相看春又殘」的愁緒，折枝聊以助歡，一「聊」字
凸顯錢選強顏之貌。在折枝賞花的同時，仍清楚地意識到春日將盡，
東君歸去，時間快速流逝。即使春日曾至的些微證據留在牡丹花上，
若與首句的「頭白」對照，「春殘」畢竟還是不可避免的現實狀況。

　　兩首絕句都將花名落於最後兩字，除點出畫題，更讓末句情感低回，有餘意未竟之感。畫面花卉妍麗，但兩首絕句中都可見到白頭老去的畫家置身其中，或是無心賞景，或是百無聊賴地折枝，畫外畫面的衝突反差須從詩中才能窺見一二。

　　再看第三幅《梅花圖》題詩如下：

　　　七月太（　）（　）（　）（　），愁暑如焚流雨汗。老（　）（　）以（　）
　　　（　）（　），（靜思）嚴寒冰雪面。我雖貌汝失其（　），（　）不逢
　　　時亦無怨。年華冉冉朔風吹，會將攜樽再相見。（《梅花圖》）

三首詩中，此詩湮滅不見之字最多，也不如前兩首較具體的將花名嵌入詩中（亦或許已湮滅）。但從所見，仍可推敲出錢選詩句大致含意：在「愁暑如焚流雨汗」的盛夏畫「嚴寒冰雪面」的梅花，如同在最困頓不安的環境下見到知心好友，產生讓人心神冷靜清涼的效果。此處的「盛夏」隱喻著嚴峻的政治生態，而梅花則是具氣節之士，錢選雖自喟不能寫下梅花能凌霜雪而兀自綻放的真實身姿，以及「不逢時」、「亦無怨」的情操，但擬人寫法卻將梅花視為心靈相通的知交，還許下冬日相聚飲酒之約。對一般人來說，原本隱喻宋室政權衰敗的嚴寒冬日令人驚懼，此時卻是梅花「逢時」的季節，這也暗示著即使錢選心知復興宋室的希望渺茫，但還是認為不論是自己還是梅花好友都應該在冬日才能有自己的風采。其中的政治性與寫意性與錢選另一幅畫作──《秋瓜圖》（見下文）如出一轍，《梅花圖》畫上題跋有言：「雪溪一幅貌炎涼，寓意有在不言見。」藉由畫中「炎涼」對照，最能凸顯錢選「寓意」。

　　第三幅雖也是《花鳥圖卷》的一部分，但是從詩作中呈現的作家感興與繪畫時節都與前兩幅有明顯差異。前兩首詩裡，錢選還是一個觀賞者，與春日物華有明顯對比。到了《梅花圖》題詩，錢選認同自比的態度，則使寫梅寫詩過程，少了幾分惆悵，多了幾分期待。前兩首詩看到的《桃花翠鳥圖》中春景尚佳，而《牡丹圖》裡春日已殘，到了繪製《梅花圖》時，竟已是盛夏溽暑。三首詩句中可見到錢選經

營畫作的用心，絕非下筆一揮可就，繪畫時程從仲春、暮春到仲夏，跨越春夏兩季，或許是構思費時，抑或許是錢選繪畫時程的安排，因此藝術創作者對季節的敏感也在這三首圖詩中得到印證。就如同錢選在另一幅花鳥圖——《秋禽圖梧桐子》裡提出：「當其時，秋氣正肅，萬物易脫，余亦知老之將至，作此自遣耳。」〔註59〕衰老既成事實，面對衰老，四時景物都足以成為他感時傷懷的緣由。在這三首詩裡，老去的錢選置身其中，「年華冉冉」使他憂心現實政治的黑暗，也惆悵頭白老去的不堪，遂藉由桃花翠鳥仙畫之境、牡丹春恨之思以及梅花冰雪之心吐露出晚年的心聲。

二、題素淨花卉

關於花卉畫作，錢選早期即有《八花圖》〔註60〕（北京故宮博物院藏）傳世，圖中畫海棠、杏花、梔子、桂花、水仙等八種花卉，花瓣雖有敷色，不過與勾勒的綠葉相比，這些花卉設色極淡，自然流露出作者本人不喜花朵濃艷而傾向孤芳自賞的取材。這樣的取材標準也同時呈現在有題畫詩流傳的《梨花圖》（紐約大都會美術館藏）、《水仙圖》、《白蓮圖》（濟南山東省博物館藏）三幅畫作上。這幾幅花卉作品，錢選著眼的並非花之妍麗，反而是花卉本身的個性，所以皆屬色彩素淨、格調清冷的作品。

首先看《白蓮圖》。這幅畫是在 1970 年，山東鄒縣明初魯王朱檀墓發現三件古畫之一，此圖畫面雖因年代久遠或是保存不當，呈現模糊不清的狀態，但在仿錢選的作品曾充斥的藝術世界中，仍是可貴的真跡。圖上三花三葉，六枝花柄葉柄藉交錯安放花葉位置。正中以一花一葉為主視覺，花瓣幾已開全，背景以一染墨荷葉襯托；另外兩朵蓮花則是含苞待放，葉片向背以濃淡墨色區分；左側大片荷葉葉脈紋

〔註59〕〔民國〕裴景福，《壯陶閣書畫錄》，卷7，頁449。

〔註60〕《八花圖》是其早年作品，上有趙孟頫至正二十六年（1289 年）跋語。此圖八種花卉，工整秀雅，受宋院體畫影響，兼有文人畫的意趣。

理清楚可見，開展亦有花朵姿態。畫面雖顯得平面但較具空靈之美，與錢選「寫生」的早期風格不同，應是他較晚期的作品。

　　圖上除題詩之外，又寫道：「余改號雪溪翁者，蓋贋本甚多，因出新意，庶使作偽之人知所愧焉。」說明在當日藝術市場上，因有太多仿作贋品，導致錢選不得不更改名號，甚至更改畫風，期許作偽者因羞愧而有所節制。其中「因出新意」一句，加上畫中白蓮的確不同於《八花圖》、《花鳥圖卷》中，描繪花卉所使用的工麗細密的畫法，而轉向清簡放逸的風格，正驗證下文《秋茄圖》題詩：「自憐老去翻成拙」畫風轉換的宣告。

　　《白蓮圖》題詩如下：

> 嫋嫋瑤池白玉花，往來青鳥靜無譁。幽人不隱閒攜杖，但憶清香伴月華。

在固有的傳統意象，蓮有君子聯想，周敦頤〈愛蓮說〉特別稱頌蓮花「出淤泥而不染，濯清漣而不妖，中通外直，不蔓不枝，可遠觀而不可褻玩焉」的內外特質，與菊花的「隱」、牡丹的「富貴」不同，是根植現實世界依然具備個人風格操守的君子形象。但在錢選畫中，此君子之花卻已不存人間，白蓮花置身瑤池仙境，西王母的使者 —— 青鳥雖穿梭其中，卻呈現畫面的靜默，也暗示畫外現實世界令人難耐的眾聲喧嘩，因此更顯現「靜無譁」的可貴。前兩句是仙境，後兩句轉入人境，也離開了畫面，第三句出現不存在於畫面上的「幽人」，此「幽人」明顯是錢選自我指涉，「不隱」是他仍游走紅塵人間的寫照，「閒攜杖」則是他的生活方式與態度。他以「憶」的意識流動方式將畫面內外再度連結，因此也不再著眼花的外在形貌，而以抽象嗅覺的「清香」表達自我追求的是形而上的心靈純淨。

　　四句中，從本應是「視覺」的具象事物描摹，轉成聽覺、心覺、嗅覺的抽象感受陳述，又交錯畫內仙境與畫外人境的空間，所以此詩已非一般的詠物詩，而成為具強烈寫意意圖的抒情詩了。

　　再看與白蓮花同樣於水濱可見的植物 —— 水仙，《水仙花圖》題

詩如下：

> 帝子不沈湘，亭亭絕世妝。曉煙橫薄袂，秋瀨韻明璫。洛
> 浦應求友，姚家合讓王。殷勤歸水部，雅意在分香。〔註61〕

題有詩句的畫作不見，不過可以從《八花圖》中，自然寫實的水仙參照其花卉形態：花朵以白爲主色，輕柔淡雅；葉片翻折，曲線流暢，片片分明。而此圖詩句中，錢選將水仙比附爲自稱「帝高陽之苗裔」（《離騷》卷 1）投湘水而去的愛國詩人屈原，然後又與相傳爲伏羲氏之女，溺於洛水之濱的洛神，以及成爲「觀星女史」的姚氏女子的水仙典故結合。結合兩種傳統水仙意象，錢選塑造了水仙「曉煙橫薄袂，秋瀨韻明璫」的外在柔美形貌與內在因力諫君王不成而自溺的剛直節操。最後兩句，作者則從外在視覺拉到不存在於畫面上的嗅覺之「香」，並以香氣的散播點出水仙足以成爲騷人墨客吟詠對象的眞正原因。此種方式與《白蓮圖》題詩最後一句相似，抽象的「香」具有傳播的效果，也令觀者感受到溢出畫面的心志表達。

　　自古以來，中國文學傳統常將自然界的花木比擬爲美人，運用此種比擬意象時，作者也經常將其轉化成自我人格的象徵。從屈原騷賦以來即是如此，中國男性作家將花草幻化成美人，並以美人姿態象徵自我品德，無非是透過語言符碼，將自我轉化成可供人觀賞或令己觀照反思的「美人」，並將內心最幽微細緻的情感款款道出。若錢選欲以水仙自比，即可知他對自身的人格頗具潔癖。

　　同樣的「美人」比附意象，亦出現在《梨花圖》圖左題詩中：

> 寂寞闌干淚滿枝，洗粧猶帶舊風姿。閉門夜雨空愁思，不
> 似金波欲暗時。

詩中隻字未提梨花，但首句即已化用唐詩語彙，暗指「梨花」。白居易在〈長恨歌〉中，讓唐玄宗在海上虛無縹緲的仙山上找到了楊貴妃，而她正是以「玉容寂寞淚闌干，梨花一枝春帶雨」的形象在仙境中再現。因此雖然詩中主角是悲痛欲絕似的宮女，而這個宮女即是以畫中

〔註61〕〔清〕顧嗣立編，《元詩選二集》卷 2，頁 1470～55。

蒼白無色的梨花爲喻。梨花蒼白的色調，淡然清冷，原來是被淚水洗滌的美人；美人獨自閉門宮中，門外夜雨與滿面珠淚相互呼應。「舊風姿」暗示曾經擁有的美麗已然消逝，只能「回憶」過往「金波欲暗」的時光，一如錢選曾深深依慕的南宋，亦已消逝於塵世間，空留滿紙愁思。

入元後，錢選的思想幾乎沉浸在淡泊寧靜之中，但南宋「興廢」事，仍然時時扣擊他的心房，因此余輝認爲「梨花」或有「離華」的諧音。〔註 62〕若再與「楊貴妃」在現實世界的離去作聯想，「離華」二字或有所本。錢選的《梨花圖》題詩，細數的的確是他的思宋之情。此圖透過繪畫語彙與題畫詩的互相呼應，呈現出畫中梨花與寂寞美人的一體關係，也彷彿成爲錢選本身寫照。而存在於畫家內心的清冷空寂，以花與美人傳統象徵符號表達，更藉由題畫詩及畫中梨花照見畫家心靈希望的幻滅。

三、題秋季瓜茄

除了花卉，錢選尙畫寫瓜茄這種再尋常不過的蔬果，不過他書寫的卻非從物件形貌著眼的詠物詩，而還是抒發懷抱，寄託情感的抒情之作。

先看〈題秋茄圖〉：

> 憶昔毗山愛寫生，瓜茄任我筆縱橫。自憐老去翻成拙，學圃今猶學不成。〔註 63〕

四句詩，卻隱含錢選截然二分的人生，從無憂無慮追求藝術的文士生涯，成爲必須自給自足，爲生活奔波，經濟困窘的學圃老農。曾經錢選鑽研寫生，那時瓜茄對他來說，並非食物，也非農作物，而是寫生的素材。加上他年輕時的意興風發，有一定的社經文化地位，他甚至可以學習趙昌，清晨至田園，以朝露調色，寫畫出栩栩如生的蔬果。

〔註 62〕余輝，〈遺民意識與南宋遺民繪畫〉，《畫史解疑》，頁 246。

〔註 63〕〔清〕顧嗣立編，《元詩選二集》卷 2，頁 1470～56。

當有「憶昔」字眼，舊時記憶與現今狀況就已成對比，現因年老力衰，或因無法專心致力於農事，導致技術欠佳，無法種出品質良好的蔬果，只能於畫上實現紙上田園的收成美夢。

其實錢選定非致力從事園圃之事，此處「學圃」之語，應是引用樊遲（515～？B.D）向孔子請學「稼」、「圃」的故事。〔註64〕孔子以自己不如老農老圃的理由拒絕樊遲，一方面也強調有志者應從事學習禮教，才是入仕途徑。他之所以不贊成樊遲學習稼圃技術，正因為儒家的價值取向就是「學而優則仕」，〔註65〕也因此後來科舉取士，自然以研讀四書五經這些儒家經典為主。偏偏錢選與樊遲一樣，選擇離棄經書、背離仕途，而走向一條孤獨的藝術之路。但他畢竟是個藝術家，所以做不成真正的農夫，只能於畫中實現「老圃秋芳」、〔註66〕「秀色可餐」〔註67〕的茄果。

一個將人生與藝術生活緊密結合的人，錢選的人生轉換亦可說是他的藝術創作觀點的轉換。因此不論是錢選畫茄是為了「忘機秋圃裏，遠遺榮辱」〔註68〕，還是趙孟頫以「歸休後贊其高致」的欣賞角度，〔註69〕詩畫中欲追求的樸拙簡逸，應是他晚年的人生態度，或許

〔註64〕樊遲請學稼，子曰：「吾不如老農。」請學圃，曰：「吾不如老圃。」樊遲出，子曰：「小人哉樊須也。上好禮，則民莫不敬……夫如是，則四方之民，強負其子而至矣，何用稼？」〔清〕阮元校勘，《十三經注疏·論語·子路》，頁116。

〔註65〕子夏曰：「仕而優則學，學而優則仕。」〔清〕阮元校勘，《十三經注疏·論語·子張》，頁172。

〔註66〕「引首橫書：『老圃秋芳』四字。」〔清〕卞永譽，《書畫彙考》卷47，頁829～71。

〔註67〕「紙本，高一尺，長二尺六寸。淡色秋茄一本二花三實，秀色可湌。老圃生涯，撩人抱甕之思。」〔清〕卞永譽，《書畫彙考》，卷47，頁829～71。

〔註68〕「仁和夏時正，落蘇和露煮來新味，與羊肪太不匀，卻愛忘機秋圃裏，遠遺榮辱。漢陰人榮陽潘暄和」〔清〕卞永譽，《書畫彙考》，卷47，頁829～72。

〔註69〕「子昂有題舜舉茄菜二圖詩。一云：『天上歸來兩鬢蟠，山園近日竟如何？年年五月黃梅雨，老瓦盆中此味多。』一云：『歸老林泉無外

也是他的藝術觀點。

　　另外錢選尚有《秋瓜圖》(台北故宮博物館藏)，畫中一叢瓜葉，瓜葉陰陽向背各有姿態，瓜葉下有一顆瓜，紋理清晰，蜷曲瓜藤往左上延伸，上有三花，一花綻放，兩花含苞，除瓜叢瓜葉之下有雜草，另有兩株雜草以較淡筆觸左右襯托，整體呈現錢選一貫清冷淡雅的風格。就題材而言，在傳統的繪畫符碼而言，瓜的多子與伸長的藤蔓原本如《詩經‧大雅》裡「綿綿瓜瓞」的意象，衍生為祝福子孫繁衍的吉祥象徵，但王靜靈認為此圖是「錢選藉由雜草的遮掩和冷調性的設色來營造一種荒涼無依的氛圍，而將《秋瓜圖》中蘊含吉祥寓意的元素刻意地壓抑至最低。」〔註70〕不如一般「瓜畫」圖式的吉祥意涵，錢選的真意須從題詩一探究竟。

　　《秋瓜圖》題詩云：

　　　金流石爍汗如雨，削入冰盤氣似秋。寫向小窗醒醉目，東
　　　陵閑說故秦侯〔註71〕

前兩句的「瓜」是如此栩栩如生，在「金流石爍汗如雨」的酷暑時節，「削入冰盤」的甜瓜，令食瓜者(或畫者、或觀畫者)感受到爽然秋氣。但當錢選直言其瓜為所寫之畫，加上他引用了秦侯召平的典故，瓜的作用頓時成為象徵。召平本是秦侯爵，秦亡後，歸隱於首都東門，種瓜耕讀，所種之瓜，十分甜美，人稱「東陵瓜」。〔註72〕召平的身份與錢選身為遺民的身份在此有了古今呼應的效果。且東陵侯成為平民之後賣瓜，錢選由宋入元後屏棄儒士身份而賣畫，雙方皆為生計而

慕，盤中野菜飣黃粱。交遊來往休相笑，肉味何如此味長。』子昂
二詩亦歸休後，慕雪翁之高致而贊其畫也。」〔清〕孫承澤，《庚子
銷夏記》，卷2，頁826～22。

〔註70〕 王靜靈，〈《秋瓜圖》與錢選的職業畫〉《故宮文物月刊》，期267，頁
7。

〔註71〕 〔清〕梁詩正、張照，《石渠寶笈》，卷38，頁825～469。

〔註72〕 「召平者，故秦東陵侯。秦破，為布衣，貧，種瓜於長安城東，瓜
美，故世俗謂之『東陵瓜』，從召平以為名也。」〔漢〕司馬遷，〈蕭
相國世家〉，《史記》，卷53，頁2017。

做了妥協，難免錢選會以「東陵瓜」自況解嘲。不過東陵侯因賣瓜而留名的境遇，錢選或也希冀自身能因畫圖而在史上留有一席之地。

　　正如同在盛夏畫「不逢時」的梅花（《花鳥圖卷・梅花圖》），錢選亦刻意將所畫之瓜定爲「失時」的「秋瓜」，而非詩中所言盛夏的解渴聖品，加上作者創作時是在「醉目」的意識狀態，寫畫此瓜方令其自醒醉中清醒。因此可知「秋瓜」即是象徵著當身處異族統治下的錢選感到「金流石爍汗如雨」的焦躁時，或是錢選在「不管六朝興廢事，一樽且向畫圖開」的狀況下，所能堅持的自我心志寫照。

第四節　人物題畫詩

　　在關於人物的題畫詩裡，錢選最常以魏晉名士爲吟詠對象：淵明的陶然磊落、天眞之趣與山居桃源的隱逸情懷相映成趣，再來是對魏晉七賢於竹林縱情風流韻事的嚮往，此亦體現在王羲之身上，他雖非七賢之一，仍具竹林風致。另外錢選對林和靖的摹繪，特別聚焦於其「觀梅覓句」的情境上，隱現他在「寫生」的同時，另外對文字題寫的企圖心。又有宗教人物「洪崖仙人」的特寫，則表現錢選寄身宗教的冀願。以下分別論述：

一、桃源隱逸

　　江山易代，使得具有筆墨興趣的文人士夫，藉由懷想魏晉中古文人，書寫其感想寄託。潘天壽即曾說：

> 然當時在下臣民，以統治於異族人種之下，每多生不逢辰
> 之感；故凡文人學士，以及士夫者流，每欲藉筆墨，以書
> 寫其感想寄託，以爲消遣。故從事繪畫者，非寓康樂林泉
> 之意，即帶淵明懷晉之思。〔註73〕

雖然淵明未必眞具「懷晉」之思〔註74〕，但陶潛以其清明自守、不隨

〔註73〕潘天壽，《中國繪畫史》（北京：團結出版社，2006年），頁62。
〔註74〕「文選五臣注云：『淵明詩，晉所作者皆題年號，入宋所作但題甲子

波逐流的端潔形象，的確已成爲東晉以來歷代文人士大夫稱頌與仿效的楷模。在野者以其甘於寂寞、安貧樂道的淡然情操激勵自我；在朝者則以其不流連仕途、急流勇退的坦蕩胸襟自以比附。陶潛如此形象，不論是在國家承平或亂世鼎革，選擇仕與不仕，都讓文人可藉此表達書牘之外的散逸之情或抒發個人高蹈隱逸情懷。尤其在有元一代，文人畫家更將陶潛與他所塑造的「世外桃源」成爲個人心志的象徵。

　　錢選畫中，與陶淵明有關的題材，有文字著錄的就有：《柴桑翁像》（又名《陶淵明策杖圖》，私家所藏）、《歸去來辭圖》（紐約大都會博物館藏）、《題桃源圖》。前兩幅是人物寫畫，後一幅原應屬於山水題材，但題詩所寫卻可說是將淵明任眞自得的形象與「桃源」隱逸生活結合，故合而論之。

　　錢選所繪《柴桑翁像》，畫上陶淵明竹杖芒鞋，輕快地舉步前行，衣袂飄揚，後有一童負酒跟隨，表現出淵明閒適自在的神態。《歸去來辭圖》則再現了淵明〈歸去來辭〉的場景，陶潛站立船首，右手抬起，與岸上茅舍柳蔭中的妻兒招手，衣襬亦隨風飄起，艙中行囊輕便，從而顯出他輕鬆灑脫的歸來心態。鄭文惠曾將錢選《柴桑翁像》、《歸去來辭圖》與錢選人物師法對象宋朝李公麟（1049～1106）的《歸去來辭圖》加以比對，發現三幅圖像中的陶淵明姿態與服飾裝扮相似之處甚多，並做出「歷代畫家，法依前人，有的依樣，有的增損，屢見不鮮。」的結論。〔註75〕不過錢選雖沿用李公麟畫中淵明造型，但他將李公麟畫中船夫三人減爲一人，船夫勉力搖槳與面目清和、態度從容的陶潛，因此形成了畫面的鮮明對比。此與《柴桑翁像》中陶潛悠

而已。意者恥事二姓，故以異之」」四庫館臣則認爲：「其所題甲子，蓋偶記一時之事耳！後人纇而次之，亦非淵明本意。」〔晉〕陶潛，龔斌校箋，《陶淵明集校箋》（上海：上海古籍出版社，1996年），卷3，頁245。

〔註75〕鄭文惠，〈《柴桑翁像卷》〉下方解析，《中國巨匠美術週刊——錢選》，頁12。

然前行，負酒小童的低頭緩步有異曲同工之妙。

　　《柴桑翁像》無詩，但有畫上題記：「晉陶淵明得天眞之趣，無青州從事而不可陶寫胸中磊落，嘗令童佩壺以隨，故時人模寫之。余不敏，亦圖此以自況。」直言圖「柴桑翁」像以自況。所以圖像中的陶淵明所表現的「天眞之趣」、「胸中磊落」亦等同於錢選追求的精神層面。題記上更強調錢選對酒所表現的熱誠，「青州從事」爲酒之隱語，〔註76〕畫中童子背的那個酒壺，幾乎占童子上半身形，著實不小，這暗示的大概不是陶淵明的酒量，而是錢選自己的酒量了。蕭統在〈陶靖節集序〉稱：「陶淵明詩篇篇有酒，吾觀其意不在酒，亦寄酒爲迹者也。」〔註77〕錢選詩中雖不至於篇篇有酒，但「寄酒爲迹」的確也是他的人生價值取向，再加上陶淵明對人生出處的抉擇與其風雅高古的生命情調對畫家隱逸不仕的生涯具有典範作用，所以他題寫《歸去來辭圖》，更進一步以陶淵明自況。

　　試看〈題歸去來辭圖〉：

　　　　衡門植五柳，東籬采叢菊。長嘯有餘清，無奈酒不足。當
　　　　世宜沈酣，作色召侮辱。乘興賦歸與，千載一辭獨。〔註78〕

既是歌詠陶淵明不爲五斗米折腰、歸隱田園的志節，自然出現許多直用陶詩的著名象徵語彙，如「衡門」、「五柳」、「東籬采菊」等，演繹淵明隱逸生活。辭官之後的陶淵明，以長嘯抒發身處污濁官場而生的鬱悶之氣，陶淵明本不欲爲官，他爲官的理由也只爲了酒，當初是因爲「彭澤去家百里，公田之利，足以爲酒，故便求之。」（〈歸去來辭序〉）〔註79〕所以辭官所帶來的唯一遺憾，就是「酒不足」的無奈，

〔註76〕「桓公有主簿善別酒，有酒輒令先嘗。好者謂『青州從事』，惡者謂『平原督郵』。」〔南朝宋〕劉義慶著，余嘉錫箋疏，〈術解〉，《世說新語箋疏》下卷上，頁708。

〔註77〕〔梁〕蕭統，《漢魏六朝百三家集・文選》，卷81，頁1414～493。

〔註78〕歐陽修早已提出類似觀點：「歐陽文忠公曰：『晉無文章，惟陶淵明〈歸去來兮辭〉一篇而已。』」〔晉〕陶潛，龔斌校箋，《陶淵明集校箋》，卷5，頁400。

〔註79〕〔晉〕陶潛，龔斌校箋，《陶淵明集校箋》，卷5，頁390～391。

這一點可是令錢選深表認同。第三聯是淵明也是錢選辭官不仕的原因：「作色召侮辱」，故而「當世宜沈酣」，選擇喝酒實是在亂世者最適合的生活方式。最後錢選回歸畫題，既寫淵明「乘興賦歸」的身姿，並歌頌〈歸去來辭〉在世間的獨一無二。由此詩不難看出錢選在形容陶淵明的灑脫品格時，於畫意裡亦彰顯自身「不管六朝興廢事，一樽且向畫圖開」（〈題金碧山水卷・之二〉）的性情，尚可見到錢選在看待「文章傳世」對一個文人的重要性。

陶淵明的勁節古風令後代文人士夫心生嚮往，他在〈桃花源記〉〔註80〕塑造的「桃源」仙境，更成為亂世中許多文人畫家追索的樂園，也成為最佳詩畫題材。錢選有〈題桃源圖〉：

> 始信桃源隔幾秦，後來無復問津人。武陵不是花開晚，流
> 到人間卻暮春〔註81〕

錢選詩以陶淵明筆下的桃花源為主題，詩中不見桃源景色描繪，而是寄以濃厚的抒情意味。詩首句充滿了懸疑，「始信」者為誰？是淵明？捕魚人？畫家本人？觀畫者？「隔幾秦」才出現的桃源，卻至「後來」無人問津，錢選對此狀況，以「武陵不是花開晚，流到人間卻暮春」表達對世事的了然：「桃源」勝境一直存在，但處在暮春的人們卻無從尋覓。雖然《桃源圖》畫作失傳，但從題詩仍可據以想像桃源勝境，例如詩中提及「問津人」，必先有捕魚人散播桃源故事，方有問津人出現，因此可推想出畫中應有誤入仙境的捕魚人；詩中又提及「花開晚」、「流到人間」之語，此時「落英繽紛」的桃花林以及貫穿時空的流水皆可出現於想像畫面中了。從「桃源」、「武陵」到「人間」，流水連接了空間，錢選又特別強調「不是花開晚」的桃花盛開景象表示春景正好，再以「暮春」作結，流水又穿越了時序。在真實與幻境之間，以流水作為媒介，時空的跨越竟是如此輕易而又不知不覺。

前文所述「山居」主題，錢選將故鄉吳興塑造出如同陶淵明筆下

〔註80〕〔晉〕陶潛，龔斌校箋，《陶淵明集校箋》，卷6，頁402。
〔註81〕〔清〕顧嗣立編，《元詩選二集》卷2，頁1470～56。

桃源，因此在桃源中悠遊嘯歌者，不也正是錢選本人？「學圃」的錢選（《秋茄圖》）傾向追求平淡而有世俗生活的田園之樂，不也正如同所畫《歸去來辭圖》裡，即將回歸田園的陶潛？再加上同樣「嗜酒」的習性，誰說錢選不是柴桑翁的再世爲人呢？

二、竹林風致

　　錢選寫畫魏晉名士，除了陶潛，另外就是竹林七賢了。在《雪霽望弁山圖》題詩中，錢選即曾表現他對竹林七賢相伴林下，沉酣飲酒生活方式的嚮往，如「安得時晴風日好，竹林深處且銜杯」、「晴日舊曾梅下飲，好懷今爲竹林開」。當然更可以直接繪出與竹林人物相關的題材：他曾作《五君詠圖》，卷後題詩採顏延年詩，〔註82〕較具意義的另有圖序：「顏延年作〈五君詠〉乃黜山濤、王戎以其貴顯有負初志也。余因作《五君詠圖》且書延年詩於卷後。」〔註83〕，文中述及因認同顏延年將「七賢」改成「五君」的用心，因其「貴顯有負初志」，故錢選亦顛覆史上「七賢」之名，而以「五君」寫畫，圖畫並與延年詩中人物相互輝映，可見他是自覺的在尺幅畫作中彰顯他所體認的魏晉風流。因此張丑在《清和書畫舫》將錢選拒絕出仕之舉與畫中五君相應，言其：「吳興八俊趙王孫稱首，而錢舜舉與焉。至元間子昂被薦入朝，諸公皆相附取官爵，獨舜舉齟齬不合，流連詩畫以終其身。傳聞所畫《五君詠》學周文矩，王蒙跋極推轂之，而公寄意亦高雅。」，其中「寄意」自是舜舉與其他七人「齟齬不合」的原因，在於「貴顯有負初志」。

　　與《五君詠圖》的「寄意」不同，錢選另寫畫《竹林七賢圖》（亦作《七賢圖》、《晉七賢圖》），所體現的卻是錢選對「竹林風致」的嚮往。

〔註82〕〔晉〕顏延年著，〔南朝梁〕蕭統編，〔唐〕李善註，〈五君詠〉，《文選註》，卷21，頁1329～373。

〔註83〕〔清〕卞永譽，《書畫彙考》，卷47，頁829～70。

《竹林七賢圖》題詩如下：

> 昔人好沈酣，人事不復理。但進杯中物，應世聊爾爾。悠
> 悠天地間，媮樂本無媿。諸賢各有心，流俗毋輕議。〔註84〕

前四句結合了錢選心中「當世宜沈酣」（〈題歸去來辭圖〉）的陶潛與
「不管六朝興廢事，一樽且向畫圖開」（〈題金碧山水卷〉之二）的「應
世」態度，歌詠竹林七賢沉酣於酒，不理世事的隱逸精神。詩中並承
襲古詩喜用疊字的手法，造語質樸。接著對於七賢於亂世中悠遊沉酣
的嚮往，使他不由自主地發出「悠悠天地間，媮樂本無媿」這樣率真
痛快的呼喊來。而最後兩句，則從寫畫《五君詠圖》時，對「堅貞志
節」的嚴格要求，轉而在《竹林七賢圖》溫厚看待當世求取「貴顯」
者的「有心」。藉由對古人的評價，反映了錢選本人從與其他七俊的
「齟齬不合」，到後來的接納，並與趙孟頫等人維持詩畫贈答、互相
題跋的關係。這也映現了元初時期，文人士夫面對「仕」、「隱」難題
時，心態的調整轉換。這種轉換也得到後世的理解，明代陳謨（1305
～1400）在〈題七賢圖後〉〔註85〕，為此圖作人物說明，並提出對〈五
君詠〉的不以為然：

> 右《晉七賢圖》，吳興錢舜舉倣唐閻立本所製者也。始以劉
> 伶、阮咸，次嵇康、向秀，次阮籍，終王戎、山濤，劉伶
> 最曠達不拘。……是七賢者，其高致雖大小各殊，然皆皜
> 皜乎不可尚已，及宋顏延之出為永嘉太守，意甚憤怨，乃
> 作〈五君詠〉以述竹林之勝，而山濤、王戎以貴顯被黜，
> 蓋有激而然非定論也。古之君子固有身處廟堂，心存巖壑，
> 豈可一槩而論？今觀此圖，諸賢高致，宛然如生。舜舉所
> 云：「流俗無輕議」者，當矣！

「氣節」固令人崇敬，而在歷史的洪流之下，人只要順應本心，問心
無愧，就能悠然天地間，即使是「朝隱」者，未必不能具「隱逸之志」。

〔註84〕〔清〕顧嗣立編，《元詩選二集》卷2，頁1470～56。
〔註85〕〔明〕陳謨，《海桑集》（臺北：臺灣商務印書館，1983年），卷9，
　　　頁1232～18、19。

　　關於此畫，現已不存，但可自錢選自謂：「右余用唐丞相閻立本
法，作晉《七賢圖》。」想見畫面。錢選說明採用閻立本畫法，閻氏
畫人物重視氣韻，故畫中七賢風韻不言可喻。再從元代回族天文學家
哲馬魯丁（生卒年不詳）所題：「吳興錢舜舉作《七賢圖》，輕毫淡墨，
不假丹青之飾，似有取於晉代衣冠雅素之美，想其儀形，摹其樂趣。
觀嵇康之友，六人或歌或飲，或書或琴，仰天席地，優游自得。吁！
曲肱飲水，浴沂舞雩，豈外是哉？珍藏之。」〔註86〕墨色清淡，未著
顏色，顯示晉代衣冠雅素之美，題記更進一步具體寫出畫中人物姿
態，於是竹林之下優游自得的七賢風致便躍然而出了。

　　竹林七賢中，錢選尚單獨寫畫其中一人 —— 劉伶（約 221～
300）。《江村銷夏錄》著錄《劉伶荷鍤圖卷》：「紙本高不及七寸，長
三尺四寸。重金碧，樹石簡雅，人物蕭閒，深得晉人逸致。」與《七
賢圖》淡墨不同，此畫背景山水採金碧色彩，但在主視覺焦點上，人
物、樹石反而簡樸雅緻，顯現蕭閒逸致。如同錢選花卉畫法，他常在
莖葉枝幹勾勒填色，主體花卉反以淡墨表現，因此更覺清雅。詩畫聚
焦於「劉伶荷鍤」一事上，劉伶「常乘鹿車，攜一壺酒，使人荷鍤而
隨之，謂曰：『死便埋我。』」〔註87〕此事可見劉伶對生死的豁達，對
不再裝載「生命」的形骸，隨處可棄。就是這樣的觀點令錢選有了共
鳴，於是他在七賢中，專為劉伶寫畫立傳。《劉伶荷鍤圖卷》後跋詩
云：

　　　伯倫終日醉如泥，野鹿牽車任所之。荷鍤後隨從處瘞，飽
　　遊山水已忘飢〔註88〕

劉伶以爛醉姿態出現在首句，先將曾自詡「以酒為名，一飲一斛，
五斗解酲」的「嗜酒」形象具體呈現；「任所之」的不受拘束、自由

〔註86〕〔清〕卞永譽，《書畫彙考》卷 47，頁 829～64。
〔註87〕與劉伶有關的敘述、引言，均引自〔唐〕房玄齡等，〈劉伶列傳〉，《晉
　　　書》，卷 49，頁 255～835。
〔註88〕〔清〕高士奇，《江村銷夏錄》（臺北：臺灣商務印書館，1983 年），
　　　卷 2，頁 826～523。

自在與隨處可瘗形骸的隨意率性，表現的則是劉伶的人格特質。不
管是外在形象或是內在心靈，劉伶都成為錢選的鏡像對應。最後一
句以「飽遊山水已忘飢」作結，是錢選個人對山水自然的嚮往，遊
山水可「忘飢」，亦即忘卻生活中的一切不如意。可以說錢選是將
「酒」、「自由無拘」、「豁達率性」、「遊賞山水」等自我追求，融合
於對劉伶的詩畫陳述中。

　　魏晉名士中，尚有另一位被錢選認為也具「竹林風致」的人物─
─東晉書法家王羲之（約 321～379）。「素自無廊廟志」〔註89〕的王
羲之曾與友好相聚蘭亭集會，頗有竹林人物的風姿，因此錢選為羲之
寫畫《王羲之觀鵝圖》（紐約大都會美術館藏），畫面是王羲之於水榭
觀看白鵝戲水的情景。題詩如下：

　　　修竹林間爽致多，閑亭坦腹意如何。為書道德遺方士，留
　　　得風流一愛鵝〔註90〕

首句「修竹林間爽致多」，錢選先將羲之與七賢竹林風致並置。第二
句「閑亭坦腹意如何」詩意，才點出所畫主人翁為有「東床坦腹」
典故的王羲之，接著提出「性愛鵝」的羲之為取得好鵝，而為陰山
道士書寫道德經的典故。《晉書》根據其事而評羲之：「其任率如此」。
也就是如此「任率」性情，讓錢選定義「愛鵝」為風流韻事，並與
首句的「竹林爽致」相互呼應。亦可說錢選關注的焦點在羲之「閑
亭坦腹」、為鵝「書道德遺方士」的任率行徑，並以為如此「風流」
即是「竹林爽致」。

　　由宋入元的士人目睹家國淪喪的慘狀，感歎悲憤定是最初的心
理防衛機制，但在時移事往之後，必能聯想到避處臨安的南宋與偏
安建康的東晉何其相似，而晉代名士因自我脫解所呈現出的性情舒
張、文情滋盛的狀貌，又與元初文人渴求逃避現實、舒解心懷的心

〔註89〕與王羲之有關的敘述、引言，均引自〔唐〕房玄齡等，《晉書》，卷
　　　　80，頁 256～315。
〔註90〕畫上題詩。〔清〕梁詩正、張照，《石渠寶笈》卷 43，頁 825～611。

理如此吻合，因此畫家摹寫魏晉名士：陶淵明、竹林七賢、王羲之等人，正是爲了在相似的鼎革亂世，使魏晉風華再現，並得到「沉酣應世」的心理解脫之道。

三、其他人物

在淵明桃源隱逸、魏晉七賢與王羲之竹林風致的人物寫畫之外，錢選尙曾對著名隱逸人物林和靖「觀梅覓句」情景加以描繪，且類似詩畫主題就有四幅，可見如此主題是詩人鍾情關注的題材。另外逸民畫家身處於當代儒釋道融合的文化潮流，他們皆以宗教作爲心靈寄託，錢選晚年即出現對道釋人物的寫畫，由此可見畫家心靈歸趨。本小節則將這兩類題詩併爲「其他人物」論述如下：

（一）和靖觀梅

林逋，字君復，宋杭州錢塘人。性情恬淡好古，不慕榮利，隱於西湖之孤山，二十年不到城市。死後，仁宗賜其「和靖先生」。他一生未娶，無子，植梅畜鶴，人因謂「梅妻鶴子」。〔註91〕和靖曾寫〈山園小梅〉詩來歌頌梅花。整首詩未提及梅字，卻生動地描寫了梅花的姿態、香味，相當引人遐思。尤其「疏影橫斜水清淺，暗香浮動月黃昏」兩句，被稱爲千古絕唱。上句訴諸視覺，繪梅之姿態，下句訴諸嗅覺，寫梅之芬芳。此兩句脫胎自五代南唐江爲詩殘句：「竹影橫斜水清淺，桂香浮動月黃昏。」原詩二句分寫竹、桂。林逋易「竹」爲「疏」，易「桂」爲「暗」，專敘梅之姿態風韻。〔註92〕疏影橫斜，兼敘梅花稀疏的特點與橫斜的姿態，暗香浮動，顯現其幽香遠遞的神韻。不但靈動多姿，耐人尋味，更足以彰顯林逋「澄澹高遠」的人格

〔註91〕林逋事見〈林逋和靖詩鈔・序〉，〔清〕吳之振編，《宋詩鈔》（臺北：臺灣商務印書館，1986 年），卷 13，頁 1461～243。

〔註92〕「江爲詩：『竹影橫斜水清淺，桂香浮動月黃昏』林君復只改二字爲疎影暗香以詠梅。遂成千古絕調。詩字點化之妙如丹頭在手，瓦礫皆金。《紫桃軒雜綴》」〔清〕王士禎、鄭方坤編，《五代詩話》（臺北：臺灣商務印書館，1986 年），卷 3，頁 1486～556。

與風格。

　　錢選寫畫林和靖事，著錄題詩共有四首，其中不同圖題有兩幅：《觀梅圖》（又名《和靖先生觀梅圖》）、《孤山圖》，另有兩幅相同圖題的《觀梅覓句圖》。題詩分別爲：

　　　　〈題觀梅圖〉：不見西湖處士星，儼然風月爲誰明。當時寂寞孤山下，兩句詩成萬古名。〔註93〕

　　　　〈題孤山圖〉：一童一鶴兩相隨，閒步梅邊賦小詩。疏影暗香眞絕句，至今誰複繼新辭。〔註94〕

　　　　〈題觀梅覓句圖〉：粲粲梅花氷玉姿，一僮一鶴鎭相隨。月香水影驚人句，正是沉吟入思時。〔註95〕

　　　　〈題觀梅覓句圖〉：山童野鶴伴吟身，結托梅花作子孫。要看先生衣缽處，暗香疎影月黃昏。〔註96〕

前兩幅畫作與後兩幅畫作背景有異：仇遠曾題寫《和靖先生觀梅圖》：「癡童朧鶴冷相隨，笑指南枝傍小溪。到處一般香影色，孤山只在斷橋西。」〔註97〕其中「傍小溪」、「孤山只在斷橋西」點明畫作背景是在孤山斷橋溪畔的水邊梅樹。另外《佩文齋書畫譜》著錄《孤山圖》：「錢舜舉《孤山圖》在楮上，仿趙千里金碧山水。」〔註98〕所畫爲山水畫，故畫作背景應也是在戶外林園。第三幅《觀梅覓句圖》有明代徐子熙跋，云其「瓶梅數瓣」。另外明代陳組綬（？～1637）跋則更具體說明畫中佈置：「舜舉，宋季末流。筆墨絕俗，此卷圖瓶梅一枝，處士倚石根拂簞，靜對苦吟。一僮踞爐邊凝睇若解意者；一鶴婆娑顧影欲語寫搜吟之景，忽游天外陳灑落之致，只在目前高韻閒心，與梅俱遠矣！」第四幅因僅有詩作流傳，依同樣圖題揣想，或也是室內瓶梅。

〔註93〕〔清〕陳邦彥，《歷代題畫詩類》，卷41，頁1435～513。
〔註94〕〔明〕郁逢慶，《書畫題跋記》，卷4，頁816～647。
〔註95〕〔清〕梁詩正、張照，《石渠寶笈》，卷33，頁825～342。
〔註96〕〔清〕梁詩正、張照，《石渠寶笈》，卷39，頁825～509。
〔註97〕〔清〕卞永譽，《書畫彙考》，卷47，頁829～70。
〔註98〕〔清〕孫岳頒，《佩文齋書畫譜》，卷100，頁823～422。

　　四首詩主題一致、素材類似，除了〈題觀梅圖〉，似乎爲凸顯林
和靖「寂寞」身姿，不像其他三首詩皆有一童一鶴與觀看梅花的林和
靖，顯現的畫面因此感受不同（雖然依據仇遠所題，這些共同元素仍
在《觀梅圖》畫中呈現）。四首詩不論如何鋪陳，都在最末讚頌了林
和靖「疏影橫斜水清淺，暗香浮動月黃昏」兩句千古絕唱。他並不書
寫和靖的高遠人格，也不只關注梅花的冰清玉潔，「觀梅」目的只在
「覓句」，兩句詩成之後，「孤山」不孤，「寂寞」者也不再寂寞了。
同樣的結論可窺見錢選的自我期許，當他選擇了遠離仕途，走向孤獨
的藝術之路，不朽的詩畫創作才能成爲他存在的證明。

　　王靜靈在〈《秋瓜圖》與錢選的職業畫〉中比較《來禽梔子圖》、
《八花圖》兩幅圖卷，發現兩卷描繪的梔子花與海棠花的花朵組合、
枝幹彎曲、葉片翻轉，皆如出一轍，而認爲「錢選在作畫時可能有使
用稿本，作爲其風格和造型擷取的對象，以因應職業畫的需求和製
作。」〔註99〕如此推論除了在錢選繪製「花鳥植物」的職業畫中足以
成立，在他的「山居」、「秋渡」的山水畫，或是陶淵明與和靖觀梅等
人物畫的題材繪製上，亦有類似情況，而在他這些題畫詩歌中，形制
與內容也多所重複。同樣詩畫題材的一再運用，「職業畫」因素是不
可免的，「花鳥畫」固是討巧的題材，而淵明、和靖的「隱逸典型」
成爲錢選這個職業畫家重複的創作素材，更可反映當代文人書畫圈崇
尚「隱逸」的風氣。

（二）洪崖仙人

　　歷史人物之外，錢選亦寫畫佛道人物。關於佛教人物的書寫，
他曾臨五代宋人陸探微（生卒年不詳，事五代宋明帝）《金粟如來像》
卷，亦即《維摩像》，並題記云：「『我本太乙之精，化身爲維摩公，
眞天人也，與我有夙契，可圖吾像。』選敬承教而圖之。大德四年
六月望日，清臞老人錢選舜舉謹識。」〔註100〕題記中維摩語氣凜然

〔註99〕　《故宮文物月刊》，期267，頁8。
〔註100〕　〔清〕卞永譽，《書畫彙考》，卷47，頁829～68。

而有威，示意「有夙契」的錢選繪圖，舜舉態度恭敬。本爲如來的維摩，成爲「太乙之精」的化身，元代釋道的融合可見一斑。題記中出現的年代：「大德四年」（1300 年）爲元代成宗年號，此時錢選已是六十五歲的老人。從中可知，步入老年的錢選已託身道教，元年號的書寫，更表示他已接受政治上的現實。因此錢選所畫《洪厓先生像卷》會充滿道教神仙世界的意蘊，也就不足爲奇了。

　　王世貞在《弇州續稿》中，對舜舉所畫的洪崖身份有詳細考證〔註101〕，相傳洪崖先生原爲黃帝樂臣伶倫，在今江西南昌洪崖丹井煉丹、斷竹奏樂、創制音律，故此處被後人視爲靈跡。晉朝文學家郭璞則在他的遊仙詩中，用了「左挹浮丘袖，右拍洪崖肩」的典故。錢選所繪爲唐朝晉州高士張氳（653～745 或 755），他追慕洪崖先生，也來到洪崖處修煉。據王士貞所描述錢選畫中人物姿態，應是張氳騎雪精（唐玄宗李隆基所賜白驃），攜五位弟子至洪州（今江西南昌）賣藥，入古井之後不知所終的故事。王士貞尚提及張氳有〈醉吟〉三首：「去歲無田種，今春乏酒材。從他花鳥笑，佯醉臥樓臺」、「下調無人采，高心又被嗔。不知時俗意，教我若爲人」、「入市非求利，過朝不爲名。何時陪俗物？相伴且營營」，評詩：「語甚淺而有味」，但是「舜舉似不知也」。若依照錢選所題詩意來看，他的確認爲自己描繪的應是黃帝時的洪崖先生。

　　〈題洪厓先生像卷〉爲一首五言古詩。詩云：
　　神駕馭景飆，太虛時總轡。玄道不可分，直悟天人際。群

〔註101〕「先生諱氳，一諱蘊，字藏眞，晉州神山人。趙道一謂其年九十三，四月八日尸解於洪崖古壇，至八月復見於晉州，復尸解。而徐慧謂其初乘白驢，從五童入洪崖古井後復不知所終；道一謂其慕古洪崖先生，因自號洪崖先生，而慧則謂即古洪崖先生也。夫洪崖先生固張氏乃黃帝之臣伶倫也，一見於〈衛叔卿傳〉，再見於〈班孟堅賦〉，三見於郭景純詩，四見於陶貞白眞誥。蓋邂逅之靈眞而希夷之妙跡也。張氳先生出處靈幻故靜能公遠之僑而博綜藝，尚庶幾貞白伯仲耳。」〔明〕王世貞，《弇州續稿》（臺北：臺灣商務印書館，1986），卷 171，頁 1284～468。

從皆成仙，翫世不計年。何當事神遊，許我笑拍肩。〔註102〕

此詩充滿遊仙想像。錢選以洪崖神遊太虛境界的遨遊開始，一面申論玄理，一面歌頌洪崖仙人「悟天人之際」，升登成仙，達到「翫世不計年」的逍遙境界。最後一申己志，以「許我笑拍肩」表達希冀與神仙同游的願望。「笑拍肩」既沿引郭璞〈遊仙詩〉：「左挹浮丘袖，右拍洪崖肩」詩意，錢選似乎真的不知道他所畫主角為唐代張氳，而是以其詩畫，承續與郭璞同樣身處亂世而希冀以遊仙思想來達到精神自由的想像。

至元二十九年（1292 年）冬，錢選五十七歲，他在《雪霽望弁山圖》九首題詩中，已有仙佛內化的思想（見上文，第五章第二節）。尤其〈雪晴知周濟川和余杯字韻詩作此奉酬〉、〈七言律詩一首〉將「遊山水」與「遊仙境」的主題相連：「倚天蒼弁獨崔嵬，仙闕遊遨愧不才」、「仙人千劫能居此，俗客三生始一來」，當時的他是將山水實境與遊仙想像結合，而晚年寫畫道教神仙的錢選才終於將自身寄託於宗教世界了。

第五節　評史敘事詠物題畫詩

錢選尚有以晉代石勒向佛圖澄問道、唐代楊貴妃與玄宗幸蜀出遊、唐三學士弈棋等歷史故實為題材的詩畫之作。在此類詩畫中，作者評畫中歷史人物行事，實有藉古喻今之意。除了歷史故實的主題，另有一些敘事詠物的題畫詩作，則是藉畫中事物來表現個人觀點。本節即依上述不同主題，一窺錢選除最為人廣知的山水、花鳥、人物畫科之外，關於歷史故實、敘事詠物的題畫詩作。

一、評史之作

錢選擷取歷史故實作為繪畫題材並加以題詩的畫作並不多，僅有三幅：以大唐盛世為時空背景的《楊妃上馬圖》、《唐三學士圖》，

〔註102〕〔清〕顧嗣立編，《元詩選二集》卷2，頁 1470～56。

以及晉代《石勒問道圖》。

（一）楊妃上馬

除了追索魏晉名士古風，大唐盛世的風華亦成爲錢選筆下素材，其中最能表現唐代特色的意象，就是「楊貴妃」與「駿馬」了。然而錢選寫畫的《楊妃上馬圖》（華盛頓弗利爾美術館藏）卻別具深意。上有題詩，〈題楊上馬圖〉云：

> 玉勒雕鞍寵太眞，年年秋後幸華清。開元四十萬疋馬，何事騎騾蜀道行。

若依圖面來看，爲一幅貴妃、玄宗騎馬行樂的畫面，畫面焦點凝聚於玄宗上馬回首，專注凝視侍從費力扶持楊貴妃上馬的情景，畫中眾多內臣、侍從的目光亦隨玄宗落在楊貴妃身上。然而錢選題詩告知了觀畫者，此畫並非一幅以正面形象來喚起人們懷想大唐昇平盛世的頌辭，反而充滿沈痛的諷刺。詩畫等同於白居易〈長恨歌〉的再現，既有「侍兒扶起嬌無力」的楊貴妃，也有「盡日看不足」的君王，再以題詩解答畫中人忙亂原因，乃是爲了年年秋後明皇、貴妃都要駕幸華清池（位於今陝西省西安臨潼縣驪山北麓）縱情享樂，正是這樣的豪奢揮霍，導致天廄中空有四十萬匹馬，仍落得騎騾入蜀，倉皇逃難的結局。題詩前兩句是畫面呈現的景象，內在暗諷昏君寵幸妃子導致誤國，然而後兩句對安史之亂、玄宗避蜀、國運將亡的感慨才是錢選眞正要表達的言外之意。開元盛世的風華歲月，何以不再？安史之亂，騎騾避蜀的難堪是如何造成？錢選藉由畫面與題詩已做了最好的解答。

《石渠寶笈續編》著錄在周昉（唐代畫家，生卒年不詳）的《眞妃上馬圖》一卷上，錢選有一首類似的題詩，可見他早已關注此項命題：

> 唐室開元致太平，年年十月幸華清。當時馬上多嬌態，不想驅馳蜀道行〔註103〕

〔註103〕〔清〕王杰等撰，《欽定石渠寶笈續編》（臺北：國立故宮博物院，1969～1971年），冊6，頁3165。

周昉畫卷上，錢選又作跋：「周昉，唐人，而形容馬上之態如此，蓋唐之人主不以爲諱，豈獨畫也。白樂天〈長恨歌〉可見。」果眞他是藉處理《楊妃上馬圖》這樣的歷史題材，將白樂天〈長恨歌〉中，唐朝由盛而衰的關鍵再做回溯，並暗示國家綱紀倫常的敗壞，是國之亂源。相對於自徽宗以後，宋室南渡終於亡國的現況，君臣的昏庸享樂是十分令錢選憤慨的。如同他在《花鳥圖卷》中，藉畫中繁華盛景襯托出詩中凄涼晚境，錢選於《楊妃上馬圖》的題詩與畫，亦呈現相同的對照效果。

（二）唐三學士

實質歌詠唐代風華，錢選作有《唐三學士圖》，並題詩云：

唐三學士粲三英，挺挺人才藝術精。無事圍棋春畫永，至今畫筆尚傳名〔註104〕

詩歌直語讚揚畫中唐代三學士，除了人才出眾尚具藝術才能，而如此才俊定然深受重用，只能於受詔之外的「無事」閒暇，才能據坐弈棋，而此棋一下，春日白畫光陰便顯得悠長無盡。原本應是案牘勞形的三學士，藉由畫筆將他們忙中偷閒、思索棋局的吉光片羽留存至今。

關於此詩畫題材，最先值得思索的是：「三學士」究竟爲何人？與錢選同時的仇遠曾作〈三學士圖〉，前有序言：「李紳能歌詩，穆宗召爲學士。與李德裕、元稹同在禁署，時稱三俊。情意相善。文宗時，召兵部尙書王起、禮部尙書許康佐爲侍講學士，中書舍人柳公權爲侍書學士。每有疑義，即召入便殿顧問，謂之三學士。恩寵異等。今所畫不知何人？予將叩之舜舉之徒。」〔註105〕他也無從猜測錢選所畫何人，於是揣測出兩組人馬，眞正答案還是得詢問作者錢選。仇遠最後得到解答了嗎？我們無從得知，但可知錢選所畫爲其獨創，並非沿用前人素材。另外有時代接近的李祈（生卒年不詳）

〔註104〕〔清〕卞永譽，《書畫彙考》，卷47，頁829～68。

〔註105〕〔元〕仇遠，〈三學士圖〉，《金淵集》（臺北：臺灣商務印書館，1986年），卷6，頁1198～53。

有題詩：「唐朝內相極清華，出入黃扉掌白麻。承詔歸來無一事，閒尋棋局到昏鴉。」能代表人物身份詞句是前兩句：「唐朝內相極清華，出入黃扉掌白麻。」〔註106〕古代丞相、三公、給事中等高官辦事的地方，以黃色塗門上，故稱「黃扉」。唐、宋冊立皇后、太子，任免將相，決定重大征戰等一朝大事，皆由翰林學士以白麻紙書寫詔令，不用印，稱爲「白麻」。「內相」、「黃扉」、「白麻」的用語在此處來看，都僅是「高官學士」的概括之辭，眞實身份仍無法從中判定。

至明代王禕（1321～1372）爲此畫題詩，有「想像開元全盛日，太平人物總風流」之語，將三人定位爲開平盛世時的太平人物。另外從明代劉三吾（1312～1399）所題詩：「老錢設色工寫眞，圖此學士祗三人。其時大開天冊府，人中妙選皆鳳麟」〔註107〕來看，他們都以爲錢選所繪爲太宗「天冊府」（亦作「天策府」）中的十八學士，〔註108〕而錢選只挑其中三人圖繪。筆者認爲這種推論是合理的，尤其根據「畫筆尙傳名」之語，自唐閻立本受命畫《秦府十八學士圖》以來，「十八學士」即爲各代畫家競相仿效的題材，關於十八學士的圖像，歷代多有傳本。宋徽宗亦曾承繼「十八學士」主題繪《文會圖》，並與寵臣蔡京（1047～1126）在畫上留下題跋，以此圖像作爲帝王統治下人才雲集的象徵。但錢選是否有以「十八減至三人」的人數銳減方式表示「賢才減少」的反諷之意，就不得而知了。

《書畫彙考》紀錄《文會圖》：「有對談者、有觀書者、有作字者、有欠伸者、有坐者、有閒步者、有解帶者、有張筵飲酒者、有醉扶者、有作樂者。」〔註109〕其中並無「弈棋者」。然而錢選爲何特意以下棋作爲畫中人的活動？或有「世事如棋局，變幻莫測」的用意。關於「三人弈棋」，五代支仲元（前蜀人，生卒年不詳）有《三

〔註106〕〔清〕卞永譽，《書畫彙考》，卷47，頁829～68。
〔註107〕〔清〕卞永譽，《書畫彙考》卷47，頁829～69。
〔註108〕「十八學士」說明，參見前文第三章〈馬臻題畫詩〉〈第二節 其他題畫詩·見解特出之題畫詩·詠史〉。
〔註109〕〔清〕卞永譽，《書畫彙考》，卷47，頁829～50。。

仙弈棋圖》，〔註110〕錢選作品也有《三仙弈棋圖》一卷，〔註111〕是較爲接近的「三人弈棋」主題，且圍棋行數歷代有別，明代胡應麟（1551～1602）有云：「今圍棋十九行，三百六十一路，子亦如之，宋世同此。然漢製十七道，唐局或十八道，不可不知也。」〔註112〕錢選或許也是藉此暗示他所繪正是唐十八學士呢！雖然這些推斷未必是眞，但錢選採用如此不明確身份的圖像又說明此三人曾在畫筆下「傳名」，似乎是自相矛盾的說法，在此處應該還是別具深意的。

（三）石勒問道

永嘉五年（311 年），十六國漢國的創立者匈奴族劉淵（？～310）在建國後，即屢屢派兵攻晉，佔領了上黨（今山西長治）、太原（今山西太原）、河東（今山西省境內，黃河以東的地區）、平陽（今山西省臨汾縣西南）等郡後……又派兒子劉聰（？～318）及劉曜（？～328）、石勒（274～333）等將兵進攻西晉，打進洛陽，晉懷帝（284～313）也被擄北上。「曜等遂焚燒宮廟，逼辱妃后，……百官士庶死者三萬餘人。帝蒙塵於平陽。」因此事發生於懷帝永嘉年間，故史稱「永嘉之亂」。兵陷洛陽、擄懷帝北歸的變亂，決定了西晉覆亡之命運。〔註113〕《晉書》中，尚有記載高僧佛圖澄（232～348）〔註114〕

〔註110〕　〔清〕孫岳頒，《佩文齋書畫譜》，卷 100，頁 823～419。

〔註111〕　〔元〕許有壬，〈題錢舜舉《三仙弈棋圖》〉，《至正集》（臺北：臺灣商務印書館，1986 年），卷 24，頁 1211～177。

〔註112〕　〔明〕胡應麟，《少室山房筆叢正集》（臺北：臺灣商務印書館，1983 年），卷 24，頁 886～431。

〔註113〕　事見〔唐〕房玄齡，《晉書》，卷 5，頁 255～812。

〔註114〕　晉代一位高僧的法號。本姓帛，西域人，九歲出家，並曾兩度到罽賓學法，晉懷帝永嘉四年來洛陽，時年七十九歲。當時洛陽是在石勒建立的後趙政權範圍內，他以術取得石勒，石虎叔侄的信任。由於二石的倡導，佛教大爲盛行，建寺達八百九十三所。由於他學識淵博，一時名德如釋道安、竺法雅等皆來受學，門下受業的常有數百人。前後門徒近萬，成爲佛學的一代宗師。洛陽一帶也由於他的影響，競造寺院，僧人甚眾。後趙建武十四年圓寂，年一百一十七歲。

以佛法教化原本個性暴虐的石勒的故事。〔註115〕錢選即據此事而作
《石勒問道圖》，並題詩如下：

> 磊落爲人天下奇，來參佛法始知機。一言能悟圓通理，卻
> 笑劉聰事事非〔註116〕

詩歌主要是肯定石勒皈依佛法所作的改變，一方面讚頌佛圖澄。當時
在葛陂（今河南新蔡縣）問道佛圖澄的石勒還是個將軍，接受高僧點
化之後，深受感悟，許多人也因佛圖澄的勸諫而保全了生命。石勒後
來稱帝，建立後趙（319～351）。從永嘉之亂到石勒稱帝，此段歷史
與蒙古軍入侵中原如同是歷史重現。雖然《晉書》作者在評價這個政
權時說：「雖復石勒稱藩，王彌效命，終爲夷狄之邦，未辨君臣之位。」
〔註117〕錢選卻在接受政治現實，趨向宗教的狀況之下，對石勒此人
有更多的期待。他將外族入侵，政權的轉移視作最初發動侵略者所須
擔負的罪愆，因此他以「卻笑劉聰事事非」作結語。事實上，身爲羯
族的石勒在位時定九流，崇儒學，興佛教，與問道之前以屠殺百姓建
立威信的將軍時期大有不同。錢選詩中對未來登基稱帝的石勒先以
「磊落爲人天下奇」作評，「知機」、「悟理」則須待參研佛法之後。
因此可推斷錢選圖寫此詩畫，除了宗教上的目的，還可藉此暗示元代
在位君王能效法石勒即位之後的作爲。

二、敘事之作

　　錢選有一部分亦屬人物畫科的作品，但他所描繪的，卻非如前述
人物題畫詩裡是有名有姓的人物，或是有作爲繪畫依據的歷史故實，
可令「觀畫者」（或讀者）輕易進入詩畫場景中，甚至推想詩畫中人
物的情緒。這部份畫作並未有明確的人物資料，反而是以畫中人物的
行事成爲詩畫主軸，且畫中人的行事作爲又足以反映錢選個人心境，

〔註115〕 〔唐〕房玄齡，〈列傳第六十五‧佛圖澄〉，《晉書》，卷95，頁256
　　　　　～554。
〔註116〕 〔清〕卞永譽，《書畫彙考》，卷34，頁828～471。
〔註117〕 〔唐〕房玄齡，《晉書》，卷130，頁256～1005。

故獨立成「敘事之作」加以探析。

　　以敘事圖題爲主的有四幅：《仇書圖》、《嬰戲圖》、《宮姬戲嬰圖》、《五陵公子挾彈圖》（大英博物館藏）。前三幅屬於「嬰戲」主題，是當時流行的畫科，除錢選作品外，亦能找到採取同樣主題的作品，例如宋代徽宗宣和年間（1119～1125）入畫院任職待詔的蘇漢臣（生卒年不詳）即有多幅「嬰戲」作品流傳。若無題詩，傳統「嬰戲」主題表現了孩童的天眞爛漫，也寄託世人對多子多孫、家庭和樂幸福的重視。但錢選除圖畫外，又題詩敘事，且此事與自身際遇心情有明顯關聯，值得一探究竟。《五陵公子挾彈圖》則屬人馬畫作，畫面看似描繪貴冑子弟出遊，但從題詩題記來看，又似乎具言外之意。

　　茲分「嬰戲」、「五陵挾彈」兩類探析如下：

（一）嬰　戲

　　首先是《仇書圖》，此畫未見流傳，但從詩意來看，《仇書圖》是描繪兩小兒在街上玩耍，後來因細故而爭吵的情景。題詩如下：

　　　兩兩挾策遊康衢，聚戲不異同隊魚。忽然兒態起爭競，捐
　　　棄篋笥仇詩書。〔註118〕

以兩小兒攜書冊在康衢大道遊玩起筆，「挾策」爲後來的「棄篋仇書」埋下伏筆。第二句則化用韓愈（768～824）〈符讀書城南〉詩：「少長聚嬉戲，不殊同隊魚。」〔註119〕除了沿用詩句之外，錢選又翻轉了

〔註118〕　〔清〕卞永譽，《書畫彙考》卷47，頁829～65。〔清〕顧嗣立編，《元詩選二集》，卷2，頁1470～55。

〔註119〕　〈符讀書城南〉全詩：「木之就規矩，在梓匠輪輿。人之能爲人，由腹有詩書。詩書勤乃有，不勤腹空虛。欲知學之力，賢愚同一初。由其不能學，所入遂異閭。兩家各生子，提孩巧相如。少長聚嬉戲，不殊同隊魚。年至十二三，頭角稍相疏。二十漸乖張，清溝映汙渠。三十骨骼成，乃一龍一豬。飛黃騰踏去，不能顧蟾蜍。一爲馬前卒，鞭背生蟲蛆。一爲公與相，潭潭府中居。問之何因爾，學與不學歟。金璧雖重寶，費用難貯儲。學問藏之身，身在則有餘。君子與小人，不繫父母且。不見公與相，起身自犁鉏。不見三公後，寒飢出無驢。文章豈不貴，經訓乃菑畬。潢潦無根源，朝滿夕已除。人不通古今，馬牛而襟裾。行身陷不義，況望多名譽。時秋積雨齊，新涼入郊墟。

韓愈詩意。原詩是韓愈爲告誡子弟當以讀書作爲人生價值取向所作，故詩中直言「人之能爲人，由腹有詩書」，詩中並以原本環境資質相近的兩小兒爲喻，決定了成長之後兩人際遇全在其向學與否，最終甚至可以是「龍或豬」、「飛黃或蟾蜍」的極大差距。錢選早日研讀經書，追求的自然也是科舉功名的飛黃騰達，儒術才是他拳拳服膺的人生正道，但是外在環境的驟變，讓他不得不重新思索昔日汲汲營營的意義何在。於是當「吳興八俊」其他人，尤其是與他交情最深厚的趙孟頫接受徵召入京，本是「同隊魚」中的錢選，對於自我選擇並未以氣節等語詆毀他人，而是以反嘲語氣說明自己是要孩子脾氣似的意氣用事，不但「捐棄篋笥」，甚至到了「仇詩書」的地步。錢選刻意以「兒態」二字，表示人最基本純粹的情緒，當面對世事，內心有所衝突時，他讓「棄絕詩書」這種看似情緒化的舉動，成爲發自本心本性的合理行徑了。於是錢選終究反其道而行，遠離所謂的「康衢大道」，孤身走向自古以來，如韓愈等的儒士無法認同的藝術之路。

再來看《嬰戲圖》。五代南唐畫家周文矩（約937～997）曾作《嬰戲圖卷》，後有錢舜舉詩及文休承（1501～1583）等跋。〔註120〕但周文矩畫作不傳，錢選題詩也就無法見到了。錢選《嬰戲圖》爲《吳興藝文補》著錄，注明〈自題嬰戲圖〉，詩意亦顯示畫面是錢選觀看自己兒孫嬉戲所作的描繪，所以錢選此詩是自畫自題的作品。

《嬰戲圖》題詩如下：

　　臨老容顏亦自憎，閒看兒輩適餘生。何因再見先天叟，擊
　　壤歌中與細評〔註121〕

首句顯示從事藝術活動、追求美感的錢選對「蒼老」一事的不能接受，於是他只能以觀看孩童無憂無慮的遊戲玩耍，讓他忘卻現實生

　　　　燈火稍可親，簡編可卷舒。豈不旦夕念，爲爾惜居諸。恩義有相奪，
　　　　作詩勸躊躇。」〔清〕聖祖，《御定全唐詩》，卷341，頁1426～321。
〔註120〕〔明〕張丑，《清河書畫舫》，卷6下，頁817～236。
〔註121〕〔明〕董斯張，《吳興藝文補》（臺南：莊嚴文化，1997年《四庫全
　　　　書存目叢書》），卷53，頁377～552。

活中年華老去的事實。所以此詩顯示了錢選的美學追求，他畫孩童也像他畫花卉一般，是將最美好的生命留存。不過錢選的「自憎」與對孩童的欣羨，絕對不僅於「蒼老或新生」外貌的差異上，他在後兩句提及了〈擊壤歌〉，還暗示他遠離政治的眞正心願。

皇甫謐的《帝王世紀》紀錄〈擊壤歌〉：「日出而作，日落而息，鑿井而飲，耕田而食，帝力於我何有哉？」〔註 122〕此歌傳說是堯帝統治天下時，襄陵（今河南省睢縣）地方一位播種耕稼的八十歲老人所作。從歌詞中，可以知道上古古人是如何日出而作，日落而息，過著作息規律，悠閒自然的淳樸生活。尤其是最後「帝力於我何有哉？」才是錢選心中眞實的想法。畫「嬰戲」的錢選卻想與唱〈擊壤歌〉的老人相見對談，正是因孩童與擊壤老人同樣過著天高皇帝遠，與世無爭的生活。錢選藉此詩表達了自己追求的是不受政治干擾、反璞歸眞的精神思想。

最後再看錢選《宮姬戲嬰圖》。此畫在《書畫彙考》與《江村銷夏錄》裡，有相似著錄，〔註 123〕不過《江村銷夏錄》較爲詳盡，其著錄爲：「宋錢舜舉《戲嬰圖卷》，紙本高七寸餘，長三尺。人物學周文矩，一美人翠鈿衣緋，抱兒坐杌上，左手執花一枝，兒作攀躍狀，一雲環紈扇侍立，柄長齊身傍設綠蕉墨石，後繫一詩。通身有項氏藏印乂字號。」高士奇（1645～1703，一作 1645～1704）將畫中人物衣飾、動作、畫面布置一一說明，整體畫面應是氣氛和樂。〈題宮姬戲嬰圖〉詩句如下：

> 殿閣森森氣自清，不知人世有蓬瀛。日長無事宮中樂，閒
> 與諸姬伴戲嬰。〔註 124〕

前兩句「殿閣森森」與「人世蓬瀛」雖是對比，但對宮中美人來說，「氣自清」的宮殿與她並不知曉的蓬瀛仙境一樣，都是幸福之地。詩

〔註 122〕　〔晉〕皇甫謐，《帝王世紀》（臺北：新文豐出版社，1985 年），頁325。

〔註 123〕　〔清〕高士奇，《江村銷夏錄》，卷 3，頁 826～558。

〔註 124〕　〔清〕顧嗣立編，《元詩選二集》卷 2，頁 1470～56。

意呈現身處深宮內院的美人，可能因子而貴，故能安於現狀，悠然享受宮中生活。與自憎老年容貌而「閒看兒輩適餘生」的錢選不同的是，美人是因「無事」而「樂」而「閒」。

錢選塑造了一個個因「無事」而美好的世界：美人與「作攀躍狀」的天真孩童呈現堪與人間仙境並舉的殿閣世界；《白蓮圖》中青鳥來去卻「靜無譁」的瑤池仙境（見前文，第二節）；《花鳥圖卷·桃花翠鳥》「幽禽飛上碧桃花」的「僊家」境界（見前文，第二節）。錢選似乎也想藉這些畫作讓心靈進入一個避世的理想境地。

簡而言之，在錢選「嬰戲」主題詩畫中，孩兒率性、童趣、天真姿態，讓已步入老年的錢選投注欣羨目光，表達了他對「反璞歸真」的渴望。

（二）五陵挾彈

《五陵公子挾彈圖》（大英博物館藏）是一幅「人馬畫」，有題詩並題記如下：

> 五陵年少動經過，白馬金鞍逸興多。挾彈呼鸚鵡不至，長楸落日奈春何？

> 右題《五陵公子挾彈圖》，此子昂郎中本，余因圖之。至元二十七年十月二十一日，為江陰梅君遇作。吳興錢選舜舉。

題記將日期、參考圖本，以及贈送對象都說明的非常清楚。《五陵公子挾彈圖》是錢選依照趙孟頫圖本於至元二十七年（1290 年）十月二十一日，為友人梅君遇（生卒年不詳）所作。

牟巘（1227～1311）在〈送梅君遇入龍虎山序〉紀錄了澄江梅君遇一些生平事蹟：他曾因貧困而不得不去做官，但畢竟與志趣不合，所以終究選擇入龍虎山（今屬江西貴溪市），出家作道士。〔註125〕牟

〔註125〕「梅君遇居澄江，有詩書之業，水石之勝。以貧故不能不出，從斗祿奔走塵埃，鞅掌獨勞非其所樂，一旦賦詩，拂衣徑去，何其見之高志之決也。自號雲水道人，忽又棄其家，入勾曲山為道士，布褐芒屩，霞餐芝茹，見而識之者，相與勞苦，輒笑而不答。尚喜為詩，

巘是與錢選同列「吳興八俊」的牟應龍父親，與錢選有相當的關聯，而且「澄江」古爲江陰（江蘇省江陰市）的別稱，所以牟巘與錢選所認識的梅君遇應是同一人。對於這樣一個人，錢選爲何爲他畫作《五陵公子挾彈圖》這種貴冑子弟遊玩行樂的題材呢？

首先必須探究「五陵」、「挾彈」二詞。《太平御覽・兵部八十一・彈》記載多件與「彈」有關的史事。〔註 126〕例如：《吳越春秋》記載「陳音對越王曰：『弩生於弓，弓生於彈，彈生於古之孝子。古者人死投之中野，孝子不忍父母爲禽獸所食，則作彈以守之。』」古代孝子以彈丸保護父母屍身不被禽獸所食，故「挾彈」有孝道意涵。漢代《西京雜記》則曰：「長安五陵人以柘木爲彈，珍珠爲丸，以彈鳥雀。」又云：「韓嫣好彈，常以金爲丸，一日所失者十餘。長安爲之語曰：『苦飢寒，逐金丸。』京師兒童每聞嫣出彈輒隨之，丸之所落而輒拾取。」將韓嫣一日可耗費十餘「金彈」的豪奢，與百姓「飢寒」呈現強烈對比。「挾彈」既是玩樂，又是京師貴族顯示豪奢生活的活動了。

挾彈行樂風氣在漢代盛極一時，至晉唐依然興盛。《世說新語》記載潘岳事：「潘岳妙有姿容，好神情；少時，挾彈出洛陽道，婦人過者，莫不連手共縈之。」〔註 127〕描述潘岳「挾彈」的風采姿容，令婦女著迷的盛況。到了唐代，崔顥有詩：「貴里豪家白馬驕，五陵年少不相饒。雙雙挾彈來金市，兩兩鳴鞭上渭橋。」〔註 128〕依據錢

好風涼月時復朗吟，能自道其意，近寄聲云。當繇柯阜出氷谿，以訪龍虎之仙山，而贈言者頗眾。予老病，日侵強食息，人間世旦暮且盡，欲附六翮從之不可得，可恨！可恨！君遇其子眞之苗裔耶？仙山乃騎麟繄鳳，霓旌絳節之所上下，而往來是行也，安知不與子眞神遇？幸爲我問之曰：『自去九江隱吳市門，翩然遐舉，爲仙果樂否？』雖無妻子累然，平生一念惓惓憂國，能遂忘卻千載之下誰與論此意，頗爲我逌爾笑否？」〔元〕牟巘，〈送梅君遇入龍虎山序〉，《陵陽集》（臺北：臺灣商務印書館，1986 年），卷 12，頁 1188～101。

〔註 126〕〔北宋〕李昉，《太平御覽・兵部八十一・彈》，卷 350，頁 896～234、235。

〔註 127〕〔南朝宋〕劉義慶著，余嘉錫箋疏，《世説・容止第十四》，頁 610。

〔註 128〕〔唐〕崔顥，〈渭城少年行〉，〔清〕聖祖，《御定全唐詩》，卷 24，

選畫來看，畫中主角亦著唐裝、騎白馬、手持彈弓，所畫爲唐代貴族騎馬挾彈圖像。

　　題詩前兩句，錢選化用李白〈少年行〉詩：「五陵少年金市東，銀鞍白馬渡春風。」寫的是五陵少年騎馬奔馳的英姿。但李白尚寫作另一首類似的〈少年子〉：「青雲少年子，挾彈章臺左。鞍馬四邊開，突如流星過。金丸落飛鳥。夜入瓊樓臥。夷齊是何人？獨守西山餓。」〔註129〕在描述貴族子弟騎馬挾彈的豪奢享樂行動後，結尾兩句話鋒一轉，突然提及伯夷叔齊餓死首陽山的歷史故事。清代王琦作註以爲：「此篇是刺當時貴家子弟驕縱侈肆者之作，末引夷齊大節以相繩而嘆其有天淵之隔也。是何人謂？彼二人亦是孤竹之貴公子，乃能棄富貴如浮雲，甘心窮餓而無悔，民到于今稱之，視彼狂童寧免下流之誚也耶！」〔註130〕李白特意以夷齊大節來譏刺那些貴家子弟驕縱侈肆的行徑。錢選是否也有此意呢？可以再看題記中提的趙孟頫《五陵公子挾彈圖》本，此本可能是趙孟頫自作，也可能是收藏。不過趙孟頫確實有畫過類似題材，也有多人題品。例如元代柯九思（1312～1365，一作1290～1343）〈題趙松雪挾彈圖〉：「夜合花開晝漏遲，王孫遊騎出平堤。玉鞭緩策青林下，回首風前聽子規。」〔註131〕以子規聲暗示畫中王孫（或是趙孟頫）「不如歸去」。另外有《春遊圖》（又名《開元王孫挾彈圖》），元末楊維楨（1296～1370）所題：「……平原公子五色筆，俗史庸工俱辟易。寫成圖畫鑒興衰，未必奢淫不亡國。」〔註132〕則指明王孫挾彈奢淫是亡國主因。明代王穉登（1535

頁1423～338。

〔註129〕〔唐〕李白，〈少年子〉，〔清〕聖祖，《御定全唐詩》，卷24，頁1428～334。

〔註130〕〔清〕王琦，《李太白集註》（臺北：臺灣商務印書館，1983年，）卷6，頁11。

〔註131〕〔清〕張御章編，《宋金元明四朝詩·御選元詩》，卷73，頁1441～620。

〔註132〕〔清〕卞永譽，《書畫彙考》，卷46，頁829～38。

～1612）深表感慨：「吾獨慨趙王孫者，畫成絕代而無黍離麥秀之感。何耶？」因此畫讚賞趙孟頫畫技，卻批評趙孟頫變節仕元的人品。關於貴遊人馬的主題，後人演繹畫意，並不全是唐代盛世的再現，反而是藉畫思索畫面背後盛極而衰的意涵。錢選應也有此用意。

　　再看最後兩句詩意，不再見到「五陵少年」出發時的逸興遄飛，反而感覺畫中主角挾彈失利的力不從心。本該是萬物興盛的春天，本該在長楸路上奔馳，但錢選卻讓暗示著盛世已去的落日迎面而來，「五陵挾彈」、「春日長楸」至此成為盛世的回光反照。錢選繪圖贈送辭官入道的梅君遇，又提及趙孟頫的用意，也就顯而易見了。

三、詠物之作

　　錢選有兩首題畫詠物之作，一是〈碩鼠圖〉、一是〈韓左軍馬圖卷〉。

　　先看〈碩鼠圖〉：

　　　爾形可憎，無牙穿屋。狸奴當前，終難飽腹。〔註133〕

詩題可知畫中鼠體型碩大，亦可見以竊食為生的鼠輩已橫行多時，才有如此「可憎」形貌。除了令人嫌惡的外型，碩鼠的惡行劣跡即是在飽食之後，雖然「無牙」還是穿破人類屋舍。第三句裡出現的「狸奴」（貓的別稱）不知是否存在畫中，但可知錢選寄望碩鼠剋星——貓的出現，定然可以阻止碩鼠囂張行徑。

　　很難想像身為職業畫家的錢選，既然必須以出售畫作作為經濟來源，又為何選擇畫出一般人十分厭惡的「碩鼠」，且以四言贊詩批評「碩鼠」的可憎？但若以《詩經‧魏風‧碩鼠》〔註134〕一詩相互參照，可知這詩畫是把為政者比作專事侵奪別人物品的老鼠，把他們剝削百姓的貪婪本性用老鼠的具體形象顯現出來，同時還寄寓了詩人強烈的憤恨之情。這和龔開畫出《中山出遊圖》用意類似，用鍾馗抓小

〔註133〕　〔清〕卞永譽，《書畫彙考》，卷47，頁829～66。
〔註134〕　〔清〕阮元校勘，《十三經注疏‧詩經》，卷5之3，頁211。

鬼的故事寄寓對元廷的抗議不滿（見本論文第四章第三節），不能不說此贊詩爲洩憤之作。不過《詩經·碩鼠》中，被剝削者決心以逃離方式追尋生命樂土，徹底結束受害的日子，而錢選心知無法逃離，於是便提出有人能扭轉乾坤的期待。

再看《韓左軍馬圖卷》題詩，此詩除是錢選難得一首單獨以馬爲命題的題畫詩，也是少數他爲前人畫作的題詩，雖然錢選爲他人畫所題詩有三首，但題周文矩《嬰戲圖》詩作不傳，題周昉《眞妃上馬圖》爲歷史感興（見前文），因此在此詩中，可以見到錢選對他人畫作的觀點，實屬難得。錢選的鞍馬畫作不多，而且皆無題詩流傳，但他的鞍馬畫作，仍得到當代很高的評價。如理學大師吳澄（1249～1333）曾在〈題舜舉馬〉云：「近來錢趙二翁死，直恐人間無駃騠。駑駘羣裏忽得此，萬里歸來日未西。」〔註135〕將舜舉馬畫與趙孟頫馬畫並稱。至元末，錢選馬畫流傳更少，劉仁本（？～1367）云：「錢唐錢舜舉多作花竹卉木菓蔬而馬畫絕罕，所見一二耳。」且以這少數所見加以讚賞：「畫史前生相馬身，玉驄獨立最精神。」〔註136〕可見錢選馬畫精妙如同熟知相馬之道。因此在錢選這首難得的馬畫題詩中，可稍見其「畫馬」的見解。〈題韓左軍馬圖卷〉詩云：

> 韓公胸次有神奇，寫得天閑八尺駒。曾爲岐王天上賜，不隨都護雪中驅。霜蹄奮迅追飛電，鳳首昂藏似渴鳥。春草青青華山曲，三邊今日已無虞〔註137〕

首句直接破題，讚揚唐代韓幹畫馬的神奇高妙。韓幹鞍馬畫初師曹霸，後來獨擅畫壇，他最有名的畫馬理論就是與玄宗的對談。玄宗要求韓幹向陳閎（生卒年不詳）學習畫馬，不料韓幹所畫不同，玄宗詰問他，韓幹回答：「臣自有師，陛下內廐之馬，皆臣之師也。」韓幹正是藉由近距離觀察皇帝馬廐中駿馬，畫出馬的神韻姿態，甚至到了

〔註135〕〔清〕顧嗣立編，《元詩選二集》卷2，頁1470～55。

〔註136〕〔元〕劉仁本，〈題舜舉獨馬圖〉，《羽庭集》，卷2，頁1216～34。

〔註137〕〔清〕卞永譽，《書畫彙考》卷39，頁26。《歷代題畫詩類》，頁457～578。

「通靈」的地步。〔註138〕雖然杜甫曾批評韓幹「畫肉不畫骨」，〔註139〕：但他描繪的本是皇帝「天閑」駿馬，體態自然肥碩，就是如此真實寫生的風格，也使得杜甫於〈畫馬讚〉中稱其：「韓幹畫馬，毫端有神。驊騮老大，騕褭清新。」〔註140〕算是較公允的論點。

　　錢選此詩接著說明畫中馬原本出自天賜岐王〔註141〕的背景，不隨管理邊政事務的都護至塞外雪地奔波，現今留在「天閑」（皇帝馬廄）中。第三聯再以「霜蹄」、「鳳首」、「首渴烏」等千里駿馬的特徵描述韓幹畫中馬，尤其「鳳首」是指西域進貢馬，〔註142〕因此最後一聯以華山草青象徵西域無事，其他三邊邊防亦無虞。錢選是以駿馬無須上戰場作戰，表示國家處於承平之世。

　　錢選雖未言明馬畫該如何表現最佳，但從目前所遺留他兩幅與馬有關的畫作：《五陵公子挾彈圖》、《貴妃上馬圖》所畫唐馬來看，馬身渾圓，頗有如韓幹馬的姿態，仍體現了錢選宗唐復古的審美追求。

第六節　結　語

　　錢選前半生鑽研經書，後半生則致力於精進畫藝。所以他雖燒毀所著經書，但以過去所培養的治學態度去從事繪畫，故能擷取魏晉以來各大家所長，在山水、花鳥蔬果、人物故實甚至鞍馬畫科上，都能

〔註138〕　韓幹事見於《佩文齋書畫譜》，卷47，頁821～64。
〔註139〕　「幹惟畫肉不畫骨，忍使驊騮氣凋喪。」〔唐〕杜甫，〈丹青引贈曹將軍霸〉，〔清〕聖祖，《御定全唐詩》，卷220，頁1425～57、58。
〔註140〕　〔清〕仇兆鰲，《杜詩詳註》，卷24，頁1070～959。
〔註141〕　應指唐睿宗（662～716）第四子李隆範。
〔註142〕　「霜蹄」有詩：「霜蹄千里駿」〔唐〕杜甫，〈贈特進汝陽王二十韻〉，〔清〕聖祖《御定全唐詩》，卷224，頁1425～114。「霜蹄蹴踏長楸間」〔唐〕杜甫，〈韋諷錄事宅觀曹將軍畫馬圖〉，〔清〕聖祖，《御定全唐詩》，卷220，頁1425～57。「先朝西域貢馬，高九尺，頸與身等，昂舉若鳳……松雪翁所圖六蹄蓋此類也。」〔明〕張寧，《方洲集》（臺北：臺灣商務印書館，1986年），卷26，頁1247～574。「首如渴烏尾如流星」〔元〕王旭，〈困驥賦〉，《蘭軒集》，卷1，頁1202～733。

有不凡的表現。如同繪畫上復古的追求，在題詩上，張雨稱其「詩亦雅麗，非近人語。」〔註143〕他遠離了宋詩論理之路，走向晉唐寫景寫物以抒情的詩路。延續晉唐古風的錢選，正是以其淵博的學識與敏銳的心靈，讓畫與題詩同具豐富的內涵與豐沛的情感。

錢選的山水畫總存在著有我之境。由於山水主題是客觀環境的存在，所以面對山水的主要是作者本身，山水畫題詩表現出錢選隱逸於家鄉吳興的高蹈之志，並融合隱逸、醉酒、遊仙等錢選的生命追求。

綜合其花卉蔬果的創作方向，錢選並未純粹寫畫賞心悅目的花草，而是在所繪物件生命蓬勃的狀態下，以物寫人，典型如《忠孝圖》題詩：「葵萼傾心向太陽，萱花樹背在高堂。忠臣孝子如佳卉，憑仗丹青為發揚。」〔註144〕詩意平淺直述，所畫葵花萱草，即為忠臣孝子的比附之物，由錢選丹青之筆，發揚忠孝節義的道德理想。但錢選絕大多數花卉蔬果題詩，寓意卻並非如此平舖直述；「霅翁夙號老詞客，亂後卻工花寫生。寓意豈求顏色似，錢唐風物記昇平。」〔註145〕「寫生」的錢選不僅求「顏色似」，還要求其中「寓意」，他在記寫錢唐昇平風物之外，主要還是為了寄託個人心志。

花卉、蔬果這些生長於自然界的植物，與季節時序有明顯的關係，錢選在詩中也多展現藝術家對季節時序所持有的敏感心緒，如《花鳥圖卷》、《秋茄圖》、《秋瓜圖》，即使畫中植物豐茂蓬勃，作者或是感時傷懷，或是哀嘆光陰消逝，他運用詩句，在寫物之時，將「我」置入詩中，使「畫」、「我」因「詩」而結合，亦將畫內畫外的空間呼應，圖寫作者本身內在心境。除「青春或蒼老」的對照，另外錢選亦經常以對比方式於詩中凸顯「仙境或人境」的差異，例如在《桃花翠鳥圖》、《白蓮圖》中，即有意將畫面營造出不同人世那般醜陋的美好仙境。

〔註143〕〈題浮玉山居圖〉，《元詩選‧二集》，卷2，頁1470～55、56。
〔註144〕〔清〕梁詩正、張照，《石渠寶笈》卷34，頁825～398。
〔註145〕〔元〕陳儼，〈錢選畫花〉，《歷代題畫詩類》，卷90，頁1436～372。

　　錢選在宋亡時的絕望心情曾使他產生了焚燒著作的過激行為，但這是短暫的心理失衡現象。他的「不以贊毀撓懷」的處世哲學很快的平衡調整了他的心理，憤激的心情逐漸被恬淡平和的心境取代，因此他也以靜穆幽遠、沉寂素淨的畫風反映出他的心境，只在他的詩文裡流露一些「思宋」與「憂元」的淡淡愁思。雖然花鳥圖與山水圖題詩相較，其自我指涉抒情成份較低，乍看之下是對自然界中物件描繪的詠物之作，又根據《白蓮圖》中，錢選對坊間充滿贗畫的宣示，花鳥作品應為職業畫。而錢選畫作的買主，或是風雅的文人，或是不知趣的「好事者」，面對這些畫作的不定出處，他不甘於只為「金錢」創作，於是在他畫出這些討巧的花卉蔬果的畫作之後，以題詩取回對自己畫作的詮釋權（發言權），不過有些題詩雖能使畫的隱喻昭然若揭，但他心中不可言喻的糾葛仍有待知者發掘。

　　錢選的花鳥畫或許是因為畫作將作為商品出售的因素，乍看之下常是表現富貴或是堪作為廳堂裝飾的吉祥討喜題材，但他又不甘就此流俗從眾，於是總在盛景之下隱藏著衰敗淒清，如此寓意只在題畫詩中重現。錢選的人物、歷史故實、敘事詠物等題材，更是藉由題詩，賦與圖像深刻的內在意義，使畫內畫外呈現出巨大張力，也讓他個人觀點得到充分的闡述。

　　錢選在《白蓮圖》自題：「余愛酒愛畫，不過遣一時之興。」酒與畫讓他的興致情意得到抒發，因此「寄情寫意」是錢選畫的特色，所以在題畫詩中，他也一再使用「寫」字，如《柴桑翁像》自識：「陶寫胸中磊落」，再如《秋瓜圖》題詩：「寫向小窗醒醉目」，錢選所持，既是畫筆也是文筆。當無可挽回的時間療癒不了他的傷痛，面對時間的無情、政治的黑暗，他另外在畫中創造了一個美麗、安詳、寧靜的世界。他是以「詩意」取代「失意」，以「畫意」取代「話意」，以「詩情畫意」發現人生的細微美好，並取代人生的現實醜陋、衝突掙扎。錢選這種既不失個人操守又豁達灑脫的人生態度，對於元初士人階層來說無疑具有榜樣的作用，使他們認識到，在這個難以苟合認同的社

會面前，藝術乃是昭示個人志向、求得精神寄託的理想方式。

　　總之，錢選在山水、人物、花鳥畫中尋找物質經濟需求生計之道及精神歸屬的平衡點。他以職業畫師身份作畫，藉以應付生計，再以文人之姿，有意識的返回北宋白描人物花卉，以晉唐基本繪畫母題以及古老的藝術形式，作為寄寓情感的載體，化用晉唐詩中語彙，將其表現於詩畫中豐富而多變的面貌，然後在這些題在畫上的詩裡，表露沈寂在內心最深處的思想，等待知者發掘畫中蘊涵的真意。錢選的繪畫創作雖然整體還是屬於精於刻畫的工細風格，但經由題詩，令繪畫走向抒情寫意的方向，因而使得錢選對於元代文人畫的未來走向產生重要的啟示作用。

第六章 結 論

　　在元朝統一江南的過程中，南方的大規模戰役不多，經濟遭受的破壞也不如北方，因此隨著全國經濟和文化重心的南移，江南地區〔註1〕在短短的時間內又成了無數達官貴人嚮往的地方，恢復了它從前的吸引力。鄭思肖隱居蘇州，龔開來往於蘇杭之間，而馬臻、錢選則悠遊於錢塘、西湖、杭州、剡溪、霅溪、吳興等地的山明水秀中。這些亡國之民在江南這塊仍屬自由的地方，懷想心中淨土，過著他們的隱逸生活，成爲與政治分流的逸民。

　　本論文即是根據鄭思肖、馬臻、龔開、錢選這四位宋元之際逸民畫家的題畫詩，探討他們在畫藝之外的詩歌創作，並藉由詩中呈現的「詩意」，理解他們在在寫畫鞍馬人物、自然山水、花鳥草木所要表達的「畫意」。

　　本論文先以第一章探討「逸民」定義、「題畫詩」發展演進與當代詩風等根本問題。第二章到第五章除紀錄四人生平行狀之外，主要將鄭思肖、馬臻、龔開、錢選四人題畫詩作分別論述。

　　筆者在第二章分成鄭思肖題畫詩與《一百二十圖詩集》兩節探析。《一百二十圖詩集》中的一百二十首絕句同時也描述了一百二十

〔註1〕徐錦才，〈「江南文化」內涵散論〉，《嘉興學院學報》，卷17，期4（2005年7月）。以「蘇南浙北」爲狹義的江南概念，本論文亦採相同概念。

幅人物圖像，可從圖詩取材命題與詩歌主旨等角度，理解思肖創作此組圖詩的寫作手法及用心：藉由懷想古人，鑑照己身心志。鄭思肖題畫詩則分成《心史》題畫詩、植物題畫詩兩小節。五首《心史》題畫詩與《心史》中其他詩歌相同，有較激越強烈的情感。鄭思肖另題畫四君子中的「蘭、竹、菊」三種植物，有畫作與後人題跋作為參照，對思肖畫外之意，能有更全面的認識。

第三章論析馬臻題畫詩。他的題畫詩作以山水畫題詩最多，故獨立一節，再依其如何在題詩中摹山範水或是藉景抒情寫志加以闡述。其他的題畫詩則分成三部分：題人畫作之詩，見其對他人畫作的鑑賞觀點；題詩以敘事，見其人繪畫歷程、與人交遊與壯遊山水的經歷；見解特出之題畫詩，則從馬臻詠人、詠史、詠物三方面，見其特殊見解。

第四章論析龔開十一首題畫詩。龔開以畫馬見長，故以五首題馬畫詩獨立一節論述，除可見龔開畫中馬形象，並從他與方回因《玉豹馬》馬畫而寫的贈答詩，提出兩人不同論點與價值觀。筆者再將龔開其他題畫詩分成寫畫鍾馗墨鬼的《中山出遊圖》、題《蘇黃像》的人物題畫詩以及山水題畫詩、題他人畫作三小節論述。題《中山出遊圖》可見其畫與詩的「怪奇」風格，題《蘇黃像》可見其文學見解並知其對蘇黃兩人評價。另外山水畫題詩，不論是自題詩或是題他人畫作之詩，顯現的並非一般描寫山水的閑逸之情，而是略帶淒清的氛圍。

第五章論析錢選題畫詩。由於錢選畫作流傳最多，題詩可與圖畫相互參照連結，因此也能有較深入的探討空間。筆者將錢選題畫詩分成山水題畫詩、花鳥蔬果題畫詩、人物故實與敘事詠物題畫詩三節論述。山水題畫詩中，經由山居、待渡、題金碧山水、雪霽望弁山等不同主題，可知錢選寫畫山水的心境呈現。另外他對花鳥蔬果題材的寫畫，乍看是對大化自然的詠物之作，不過經由對花鳥三圖、素淨三花、秋季瓜茄的題詩，錢選表現了對時間消逝的敏感心緒，以及對故國的懷念與離開現實世界的冀願。最後是錢選在人物題畫，評史與敘事詠

物等不同的題材的寫畫抒感，除了可知他均擅各類畫科的畫技，題詩更深化了畫面內涵，藉對客觀人、事、物的陳述，表明錢選個人意識與主觀的評價。

本論文在前面各章就這四位逸民畫家題畫詩文本的整理閱讀與論析，並輔以目前可見畫作，對應他們雖同樣隱逸於世，卻因不同性格而相異的文學藝術風貌，大致可見他們雖未刻意聚結成文人畫家群體，但因詩畫創作所形塑的集體記憶，既讓宋元之際的繪畫，有了不同於唐宋的審美意趣，也讓逸民詩歌多了背後所蘊含的文化意識。綜合各章論述，大致可再歸納以下幾點結論：

第一、「宗唐復古」的藝術追求

姜映荷在《錢選人物鞍馬畫與山水畫復古問題研究》的碩士論文中，整理出元代詩學的復古背景，他認為：「元詩的復古，上承金代元好問、南宋嚴羽二人對宋詩的批判。……兩者在異族統治下，產生相似的保存儒學的觀念。並且由於國土的一統，使南北復古詩風得以匯合，終於在元初詩壇產生『宗唐得古』之論。所謂『宗唐得古』，指的是詩歌『古體宗漢魏兩晉，近體宗唐』。」〔註2〕元初詩壇如此「宗唐復古」的風氣也成為後來元詩的主要特色。因此元人歐陽玄（1283～1357）在〈羅舜美詩序〉所言：「元延祐（1314～1320）以來，彌文日盛，京師諸名公咸宗魏、晉、唐，一去金、宋季世之弊，而趨於雅正，詩丕變而近于古。」〔註3〕可見由宋入元的文人士大夫，對詩歌要回到唐代乃至漢魏六朝的一致主張，使元代詩歌在「宗唐復古」的發展上，具有相當成效。所以明人李東陽（1447～1516）說：「宋詩深，卻去唐遠；元詩淺，去唐卻近。」〔註4〕如此詩風的追求，也

〔註2〕姜映荷，〈宋末元初之詩學復古之時代背景〉，《錢選人物鞍馬畫與山水畫復古問題研究》，頁10。

〔註3〕〔元〕歐陽玄，《圭齋文集》（臺北：臺灣商務印書館，1986年《景印文淵閣四庫全書：269》），卷8，頁1210～64。

〔註4〕〔明〕李東陽，《懷麓堂詩話》（臺北：臺灣商務印書館，1986年《景印文淵閣四庫全書：774》），頁1482～39。

同樣體現在這些逸民畫家的作品中。

　　錢選在「吳興八俊」時期，即是與其他七人爲繼承「唐音」的吳興傑出詩人。〔註5〕雖然由於繪畫篇幅有所限制，故錢選畫上題詩以近體詩爲主，絕句、律詩是較好點綴畫面的方式，但詩中化用晉唐詩意之處，比比皆是。馬臻則除了他自畫自題的詩作之外，畫外題詩就比較多元，古詩、近體詩有更多揮灑的空間。馬臻「集中所作，皆神骨秀騫、風力遒上，琅琅有金石之聲，無酸寒細碎、蟲吟草間之態。」〔註6〕其寫山水題詩，多用絕句，題畫贈答與題他人畫作或詠史詠人題詩，則多以古體呈現，且一如《霞外詩集》其他作品，一脫宋末江湖、四靈詩風。龔開題詩以古詩爲主，即使是《瘦馬圖》絕句題詩，亦呈現盛唐邊塞詩風，故湯垕言：「自畫瘦馬題詩……此詩膾炙人口，眞有盛唐風致。」〔註7〕方回更盛稱其「古詩律詩皆豪雄」。〔註8〕逸民畫家中，大概除了鄭思肖詩作還不脫江湖習氣之外，其他三位逸民畫家在詩作的宗唐復古上，皆具有一定成績。

　　錢鍾書曾對元代詩畫總結說：「元人之畫，最重遺貌求神，以簡易爲主；元人之詩，卻多描頭畫腳，以細潤是歸，轉類畫中之工筆。」〔註9〕此語雖是針對趙松雪詩畫而言，但這種奇特的，專屬元代的詩畫現象，亦可從這些與趙松雪同時的逸民畫家的畫與題詩上，窺見同樣特色。趙松雪解釋「畫似簡率」時說：「今人作畫，但知用筆纖細，傅色濃艷，吾所畫似簡率，然識者知其近古。」〔註10〕趙孟頫在繪畫

〔註5〕「張復亨……與趙子昂、牟應龍、蕭子中、陳無逸、陳仲信、姚式、錢選皆能詩，號『吳興八俊』。虞邵菴（虞集）嘗稱唐人之後，惟吳興八俊可繼其音。」〔明〕董斯張，〈張復亨〉，《吳興備志》，卷12，頁33。

〔註6〕《霞外詩集・原序》，頁1204～56。

〔註7〕〔明〕汪珂玉，《珊瑚網》，卷48，頁818～931。

〔註8〕〔清〕卞永譽，《書畫彙考》，卷45，頁828～894。

〔註9〕錢鍾書，〈趙松雪詩〉《談藝錄・二六》（北京：中華書局，1996年），頁95。

〔註10〕〔明〕張丑，《清河書畫舫》，卷10下，頁817～412。

上最大的貢獻是「復古」，主張書畫要有古意：「作畫貴有古意，若無古意，雖工無益。」他與這四位逸民畫家都有接觸，鄭思肖雖對他是不屑一顧，但「簡率」古風畫意呈現，卻仍有相似之處，而趙孟頫與錢選、馬臻、龔開在畫作的互相題跋，「復古」畫風的互相影響也是必然的。

第二、「隱逸」的精神依歸

　　元代是中國文人畫發展的高峰期，元代繪畫的創作主體——文人士大夫普遍存在的隱逸傾向，是導致文人畫風興盛的主要原因。尤其宋元之際身經鼎革動亂的逸民，便已決定了隱逸的歸趨，他們不能在現實中自由的生存，於是遁跡到藝術之中，藉藝術來尋求心靈的平衡，在殘酷的現實中發展出藝術化的人生態度。他們避開元大都這個政治權力中心，駐留南方的蘇州、杭州、吳興一帶。杭州這個南宋舊都成為這些逸民畫家的心靈寄託，讓他們可以一方面心繫故國，一方面可以在徜徉山水和詩畫贈和中度過平靜的生活。他們雖然不像魏晉先哲隱逸生活的高蹈瀟灑，但也不缺乏悠游恬淡，由亡國之前接受的儒學價值支撐了他們的選擇，心靈上則由釋道的離世觀點，給了完整的答案。這個主要由文人士大夫構成的逸民畫家團體，詩畫中顯現的隱逸思想成為他們詩畫作品的主軸。而最能體現逸民畫家隱逸思想的詩畫作品則在山水畫作與隱逸人物的意象取材上。

　　這四名逸民畫家選擇了隱逸，除了「漸絕諸絕」、自苦終生的鄭思肖，未在山水中悠遊寄情之外，錢選「不管六朝興廢事，一樽且向畫圖開」，表明他絕於仕進、寄情詩畫的決心。他隱居雪溪，在吳興山水的陶冶中自樂終年，也找到他心目中的桃花源。他的〈題浮玉山居圖〉：「神襟軼寥廓，興寄揮五絃。塵影一以絕，招隱奚足言。」無須招之而隱，他的心已在吳興丘壑之間。馬臻則享受悠遊西湖山水的隱居之樂，或將深山道觀作為他詩畫中的重要背景。詩畫家在書寫山水自然的同時，也映照著個人生命的學習、體悟和生命經驗，自身與

自然山水因此合而爲一。故即使俠氣豪爽如龔開者，也有一兩首的山水題詩，表現他身爲藝術家對山水自然的感興。

除了擷取眼前山水成爲詩畫主題，逸民畫家處在多元種族與文化的體系中，面對故土飄零、文化失根的心靈困境，必得以追尋古代文化的精神典範，作爲其生命理想與精神價值的依歸。於是眾多歷史上或傳說中出現的隱逸人物就成爲他們詩畫中最適合映照出他們內在心理的題材，如淵明高古，結廬人境、不拘樊籠的「心遠」之趣與林和靖孤山隱逸、梅妻鶴子的象徵符碼都成爲鄭思肖、馬臻、錢選歌頌的對象。鄭思肖特別寫眞立詩傳的一百二十個人物，有些人是自願性的遠離仕途，有些人是失意於仕途，但是基本上都不是在政治上有所作爲的人，在某方面來說，也大都是隱逸之士。馬臻在其山水畫題詩中，屢屢提及「筆床茶竈」的陸龜蒙、隱士龐德公、商山四皓等高士，令與山水相得益彰的隱逸之志，與古人遙相呼應。錢選則以對魏晉人物與具竹林風致的人物歌詠，表達他對任眞自得的隱逸生活的追求。

隱逸於世者，對於現實的不滿與失落，他們還將內心的追求嚮往寄託於桃源仙境中，而在現實界，他們又投入醉鄉，以醉眼視世，既可藉酒一澆心中塊壘，又可以酒助興寫畫，還可在醉意中表現狂放率性的眞性情。

桃源仙境成爲逸民宣示太平安樂的非戰世界，也是不忘故國的隱遁空間。他們形塑所處世界如太古之初，也是詩人的理想家園，即使生活艱難，但求無憂無慮，儼然如「堯民」、「無懷氏之民」一般，不須成爲元朝政治下的百姓。如此理想世界無君、無強權，一切順隨自然四時之律動，此皆源於元代文人遭逢世變下「亡國」認知而產生的家國情懷與歷史意識。內心苦悶，所以爲了追求精神上的自由，他們都嚮往能暫時性的脫離現實，宗教上，他們認同桃源仙境的遺世；生活上，他們將自己投入了酒國醉鄉。錢選以同樣嗜

酒的陶淵明自況，繪畫時「明窗點染弄顏色」，作品賣出之後「得錢沽酒不復疑」。〔註11〕鄭思肖則在「酒國韶光無際涯」的醉鄉中，追尋內心的平靜。被人們稱之為「狂僧」的逸民畫家溫日觀亦酷嗜酒，鄭天祐稱其「醒塗醉抹不可測，其言皆足警懦夫。」〔註12〕似乎只有浸漬酒中，他們躁動不安的靈魂才找著了歇息之處。

　　這些江南逸民畫家，遠承古代隱逸之風，近染宋末江湖餘習，加上趙孟頫、虞集等大家，也鼓吹著隱逸，於是這種隱逸的文人風尚，構成了傳統文化在現實中的價值。雖然詩歌氣象是否能夠開展，和個人才力與經歷有關，但這些文人畫家，當面對心中冀願幻滅的同時，他們自我調整，以詩畫敘述自己的人生，以畫與題畫詩兩個面向，讓元詩開發出不同於唐宋詩歌的另一番面貌，也讓元代與文人畫結合的題畫詩文有了根本的基礎。

第三、詠物題材的運用與創新

　　《文心雕龍‧明詩第六》有言：「人稟七情，應物斯感，感物吟志，莫非自然。」〔註13〕另外〈物色第四十六〉篇亦言：「是以詩人感物，聯類不窮，流連萬象之際，沉吟視聽之區。寫景圖茂，既隨物以宛轉；屬采附聲，亦與心而徘徊。」〔註14〕詠物以寄意，當詩人對自我認知與社會感知起了變化，以往深植於心的意象符號亦會隨著內心活動而產生，轉而成為陳述自我、建構自我的材料。逸民詩畫家通常不畫當朝人事，而將全副心力投注於各項詠物畫作上，可貴的是，他們在一些傳統圖像中獲得新的啟發，也創造出極具個人特色的詠物形象。

　　鄭思肖、馬臻直接以傳統的四君子詩畫成為表述心志的象徵，馬

〔註11〕　〔明〕張羽，〈題錢舜舉《溪岸圖》〉，《靜菴集》，卷2，頁1230～516。
〔註12〕　〔元〕鄭元祐，〈重題溫日觀葡萄〉，《僑吳集》，卷2，頁1216～444。
〔註13〕　〔南朝梁〕劉勰，《文心雕龍‧明詩第六》（臺北：臺灣商務印書館，1983年《景印文淵閣四庫全書：1487》），卷2，頁1478～10。
〔註14〕　〔南朝梁〕劉勰，《文心雕龍‧物色第四十六》，卷10，頁1478～64。

臻在「墨竹」中體現道心，而鄭思肖更設計出別具一格的「露根蘭」，昭示著「亡國之民」無聲而有力的的悲愴形象。龔開以別於唐代韓幹、曹霸馬的肥碩之形，以「十五肋」的瘦馬輔以蒼涼詩意，成為他身處於宋元易代，滿懷抱負終未能實現的自身精神寫照。錢選則在其花鳥蔬果這些討巧的職業圖像之外，以題詩讓畫內物件與畫外寓意呼應對照。《花鳥圖卷》的三首詩裡，老去的錢選置身其中，藉由桃花翠鳥仙畫之境、牡丹春恨之思以及梅花冰雪之心吐露出晚年的心聲。《梨花圖》題詩，將存在於畫家內心的清冷空寂，以花與美人傳統意象表達，更藉由題畫詩及畫中梨花照見畫家心靈希望的幻滅。《秋瓜圖》題詩則以邵平青門種瓜為亡國隱逸象徵符碼。這些繁盛在畫面上的蔬果花卉，在錢選題詩中，都成了作者感時傷懷，或是哀嘆光陰消逝的對象，在此展現了藝術家對季節時序所持有的敏感心緒。

另外擁有「詩書畫」三絕〔註 15〕的溫日觀善畫葡萄，他「夜於月下視葡萄影，有悟出新意，以飛白書體為之。酒酣興發，以手潑墨，然後揮墨迅於行草，收拾散落，頃刻而就，如神，甚奇特也。」〔註 16〕所以人們評他的葡萄「醉裏葡萄墨為骨」〔註 17〕能自成一格。但他的題畫詩流傳不多，且與葡萄畫面幾無關聯，〔註 18〕倒是時人或後

〔註15〕「溫師三絕天下奇，能書能畫兼能詩……」〈心傳學士，疇昔赴書經之召，日觀作墨戲贈行。余是時亦在冷泉，恨不及見。後廿有三年，獲觀于雲間南山勝地，漫成長句，綴於卷末云〉《石渠寶笈·釋正印》，卷 32，頁 825～326。

〔註16〕〔明〕吳景旭，《歷代詩話》（臺北：臺灣商務印書館，1986 年《景印文淵閣四庫全書：776》），卷 68，頁 1483～697。

〔註17〕〔元〕袁桷，《清容居士集》（臺北：臺灣商務印書館，1986 年《景印文淵閣四庫全書：258》），卷 6，頁 1203～83。

〔註18〕溫日觀僅有兩首「墨葡萄」題畫詩流傳。一為〈朱宣慰詩〉：「日觀僧子溫，善作蒲萄，時書詩文句於上，或有可喜者。嘗在朱宣慰家作畫訖，遂寫一詩在上，云：昔有朱買臣，今有朱宣慰。兩個擔柴夫，並皆金紫貴。朱老欣然曰：朱清果是賣蘆柴出身，和尚說得我著。遂饋鹽資五錠酬之。」〔元〕周密，《癸辛雜識》續集，卷下，頁 1040～108。「朱宣慰」，即朱清。日觀此詩淺白，以今昔對照，既作對朱老的評價，也可看出當時僧侶與供養者的關係。詩畫令朱宣

人如馬臻的題跋，〔註19〕將圖像與他詈罵楊璉真伽「掘墳賊」的剛烈事蹟相結合，讓以草書所繪的「墨葡萄」成為專屬溫日觀的遺民圖像。

第四、確立中國文人畫的崇高地位

元代是題畫詩文崛起的時代，或者說是文人畫正式形成的時代。這四位逸民畫家題畫詩的價值主要體現在元代詩書畫結合，確立中國文人畫正式形成的崇高地位上。為繪畫題詩作文的唐宋文人就有杜甫、蘇軾、宋徽宗等大家。但是唐宋以前的繪畫題跋，多游離於畫面之外，明人沈顥《畫麈》說：「元以前多不用款，或隱之石隙，恐書不精，有傷畫局耳。後來書繪並工，附麗成觀。」〔註20〕畫家本人題寫于畫上的款題文字，原本十分隱蔽，後來由宋入元，在時局變遷下，許多文人成為畫家，從「書不精」到「書繪並工」，對自我能力的肯定，便是在自己的畫幅上題詩作跋。逸民畫家各以其或拙或精巧的書法題詩畫紙，讓詩文書畫合一，成為元初繪畫最突出的形式變革。清代方薰《山靜居畫論》說：「款題圖畫，始于蘇（軾）、米（芾），至元代而遂多。以題語位置畫境者，畫亦由題益妙。高情逸思，畫之不足，題以發之，後世乃為濫觴。」〔註21〕詩文書畫的結合，使得畫面布局發生了多樣變化，也讓作者對繪畫作品加以詮釋和發揮，詩文題跋成為文人畫師抒情言志的一種方式。尤其如鄭思肖、龔開寫意疏略

慰欣然，而周密稱其詩文「或有可喜」，基本上並不是全面讚賞的評價，但可見溫日觀作詩如同與人交往的隨性。二為〈葡萄詩〉：「曾向流沙取梵書，草龍珠帳滿征途。輕包短策難將帶，記得西風月上。」〔明〕徐伯齡，《蟬精雋》，卷 14，頁 867～172、173。此詩敘述溫日觀西域取經及「葡萄」來自西域的背景。

〔註19〕〈題日觀蒲萄卷〉中，形容溫日觀所畫葡萄是：「寒藤挂鬼眼，纍纍冷光碧。驪龍亦驚猜，夜半風霆急。」葡萄已非尋常蔬果，反具有冷視元廷，令非正義者心生戒懼的象徵意味。《霞外詩集》，卷 1，頁 1204～68。

〔註20〕〔明〕沈顥，《畫麈》，頁 123。

〔註21〕〔清〕方薰，《山靜居畫論》（北京：中華書局，1985 年《叢書集成初編：1644》），卷下，頁 26。

的畫風，如果沒有文字，人們常常很難理解畫家的創作心態和他所要表現的意圖，題畫者提供了自己獨到的見解和情趣，也讓觀畫者或讀者能有無盡的想像空間。

關於逸民畫家的畫與題詩對後代也產生不少影響。例如龔開因「用筆頗粗」，作畫又寓深意，有時竟不被世人理解，雖以賣畫為生，但家貧如洗，以至坐無幾席，「終」「無求於人而死」，說明他的藝術在當時也受到一定的限制。但龔開作為逸民畫家，以畫中寓深意的風格和獨闢蹊徑的繪畫技法引領創作風尚。明代王紱（1362～1416）題寫比龔開稍晚的任仁發（1254～1327）《瘦馬圖》云：「千里追風一日還，年來老瘦骨如山。多情畫史勞傳寫，不在驪黃牝牡間。」〔註22〕任仁發畫中也畫有十五根肋的瘦馬形象，即與龔氏墨馬極其相似。

在文人畫的發展歷程中，錢選、龔開和鄭思肖等人是一個新的轉機。這不僅僅是他們在筆墨技法和個人風格上有所開拓，更重要的是他們在繪畫與題詩中借用象徵隱喻的手法表達他們思想情感，由此既深化了文人畫的意蘊，同時也為題詩帶來了新的發展方向。逸民畫家的作品積澱了對社會政治的憂患意識，這也是當時逸民文人特有的精神氣質。他們因亡國而痛苦失落，但又無法得以順暢地宣洩，只得將一定的圖像隱喻特定的社會意義來作為自身的心理補償，於是鄭思肖創作「露根蘭」，龔開創作「瘦馬」、「墨鬼」，錢選創作「梨花」、「秋瓜」，都是基於這樣的心理背景。同時掌握畫筆與詩筆的逸民畫家創作這樣獨特的圖像隱喻，對後代有相似背景的明遺民來說，提供了很好的象徵素材，歌詠他們的畫，根本卻是從展現他們人格特質的題畫詩而來。

逸民畫家尚以道釋宗教為基礎，在山水詩畫中追求內在的精神自由、人格完美以及性情的抒發，他們借筆墨表現自身的清高，將情趣寄託於詩書畫之中，通過詩書畫來曲折表達內心的苦悶與悲涼。還

〔註22〕〔明〕王紱，《王舍人詩集》（臺北：臺灣商務印書館，1983年《景印文淵閣四庫全書：1237》）卷5，頁1237～166。

有接續而來的元四大家〔註23〕也通過詩文書畫表達其政治態度或高尚的人品，以「逸筆草草」〔註24〕「聊寫胸中逸氣」，〔註25〕由此構成了元代繪畫藝術風貌，同時也將抒情寫意風格推向繪畫史的高峰。

　　文學與繪畫作爲表現自我的方式，無非是對自己生存意義的揭示，詩畫在此成爲抒情寫志的載體。逸民畫家題畫詩中尚寄託了詩人的黍離之思，歷史不能倒轉，詩人也只好接受現實並抒發出懷古的悠悠之思，在不滿現實之時抒發對故國的懷想。在題畫詩的寫作上，借題發揮，別有寓意。題畫詩是這些逸民畫家植根于現實而又不滿於現實，抒發悠悠故國情懷、亡國之思的特殊手段。所以龔開的瘦馬、錢選的秋瓜、鄭思肖的墨蘭，雖以一種停留畫紙的安靜姿態映現，畫者所欲呈現的「寓意」，則由題詩代爲言說。因此對逸民畫家題畫詩的研究，除可理解在宋元易代的變動之下文人畫家的創作心理，並讓這些在政治上因無作爲而被人遺忘的逸民畫家，取得不論是畫史或是文學史上更鮮明的歷史定位，不讓「元初詩畫家」僅僅是趙孟頫的專擅名詞。

　　由於逸民群體龐大，逸民詩眾多，筆者限學力所及，僅就身爲逸民畫家身分的四人的題畫詩作爲研究素材。其他各家或多或少都有題畫詩的創作，如理學家牟巘《陵陽集》就有三十七首、步入學官的仇遠《山村遺集》也有十三首；謝翱、林景熙、眞山民等人，亦有零星創作。可探索的材料不少，「宋元之際」「題畫詩」仍有進一步研討的寬廣空間。

〔註23〕黃公望（字子久，1296～1354）、倪瓚（字雲林，1301～1374）、吳鎭（字仲圭，1280～1354）、王蒙（字叔名，1308～1385）此四人合稱「元四大家」。

〔註24〕〔清〕孫岳頒等撰，〈元倪瓚自論畫〉，《佩文齋書畫譜》，卷16，頁819～476、477。

〔註25〕〔清〕孫岳頒等撰，〈元倪瓚論畫竹〉，《佩文齋書畫譜》，卷16，頁819～476。

參考文獻

說明：

一、參考文獻共分爲古籍專書、近人專著、學位論文、期刊論文
四部分。

二、古籍專書分成古籍與題畫詩、書畫譜兩部分，按朝代先後排
序，同朝代之作者亦以生年先後排序。同作者則以出版日期
排序。近人箋注輯校亦附於此。

三、近人專著以及論文部分，依性質相近分類臚列，按作者姓氏
筆劃排序。同一筆劃或同一作者以出版日期排序。

壹、古籍專書

一、古　籍

1. 〔先秦〕老子著，王弼注，樓宇烈校釋，《道德經》，臺北：華正書
局，1983 年 9 月。

2. 〔先秦〕列禦寇著，楊伯峻釋，《列子集釋》，臺北：華正書局，1987
年 9 月。

3. 〔先秦〕列禦寇著，《列子》，臺北：臺灣古籍出版社，1996 年。

4. 〔先秦〕莊子著，〔清〕郭慶藩釋，《莊子集釋》，臺北：河洛書局，
1974 年 3 月。

5. 〔西漢〕司馬遷，《史記三家注》，臺北：七略出版社，1985 年 9 月，
據清乾隆武英殿刊本景印。

6. 〔西漢〕劉向，《列女傳》，北京：中國書店，1991 年。

7. 〔東漢〕班固著，〔唐〕顏師古注，《漢書》，臺北：臺灣商務印書館，1983 年，《景印文淵閣四庫全書：250》

8. 〔晉〕皇甫謐，《高士傳》，北京：中華書局，1985 年《叢書集成初編：3701》。

9. 〔晉〕皇甫謐，《帝王世紀》，北京：中華書局，1985 年《叢書集成初編：3396》晉・張華，《博物志》，北京：中華書局，1985 年《叢書集成初編：1342》。

10. 〔晉〕陶潛著，龔斌校箋，《陶淵明集校箋》，上海：上海古籍出版社，1996 年 12 月。

11. 〔南朝宋〕范曄等著，《後漢書》，臺北：臺灣商務印書館，1986 年，《景印文淵閣四庫全書：95》。

12. 〔南朝宋〕劉義慶編，余嘉錫箋疏，《世說新語箋疏》，臺北：華正書局，1989 年 3 月。

13. 〔南朝梁〕劉勰，《文心雕龍》，臺北：臺灣商務印書館，1983 年《景印文淵閣四庫全書：1487》。

14. 〔南朝梁〕蕭統編，〔唐〕李善注，《文選註》，臺北：臺灣商務印書館，1986 年《景印文淵閣四庫全書：488～490》。

15. 〔北魏〕酈道元注，〔民國〕楊守敬疏，《水經注疏》，南京：江蘇古籍出版社，1999 年 8 月第二次印刷。

16. 〔唐〕歐陽詢撰，汪紹楹校，《藝文類聚》，臺北：臺灣商務印書館，1983 年，《景印文淵閣四庫全書：888》。

17. 〔唐〕房玄齡撰，《晉書》，臺北：臺灣商務印書館，1983 年，《景印文淵閣四庫全書：256》。

18. 〔唐〕李白撰，〔清〕王琦注，《李太白集注》，臺北：臺灣商務印書館，1983 年《景印文淵閣四庫全書：1067》後晉・劉昫撰，《舊唐書》，臺北：世界書局，1986 年，《景印摛藻堂四庫全書薈要：117》。

19. 〔北宋〕李昉等撰，《太平御覽》，臺北：臺灣商務印書館，1983 年《景印文淵閣四庫全書：893～895》。

20. 〔北宋〕宋祈、歐陽修撰，《新唐書》，臺北：鼎文書局，1992 年。

21. 〔北宋〕王安石，《臨川文集》，臺北：臺灣商務印書館，1983 年《景印文淵閣四庫全書：1105》。

22. 〔北宋〕蘇軾，《東坡全集》，臺北：世界書局，1986 年《景印摛藻堂四庫全書薈要・集部・別集類：378～380》。

23. 〔北宋〕蘇軾著，孔凡禮點校，《蘇軾文集》，北京：中華書局，1986

年第一版。

24. 〔北宋〕蘇軾著,龍榆生校箋,《東坡樂府箋》,臺北:華正書局,2003 年 10 月十二刷。

25. 〔北宋〕黃庭堅撰,任淵、史容、季溫注,《山谷集詩注》,臺北:台灣商務印書館,1986 年《文淵閣四庫全書‧集部:95》。

26. 〔北宋〕洪興祖撰,《楚辭補註》,臺北:藝文印書館,1996 年 12 月第七版。

27. 〔北宋〕黃伯思,《東觀餘論》,臺北:台灣商務印書館,1983 年《景印文淵閣四庫全書:850》。

28. 〔南宋〕胡仔,《苕溪漁隱叢話前集》,北京:中華書局,1985 年《叢書集成初編:2559》。

29. 〔南宋〕劉克莊,《後村先生大全集》,臺北:臺灣商務印書館,1979 年。

30. 〔南宋〕王柏,《魯齋集》,臺北:臺灣商務印書館,1986 年《景印文淵閣四庫全書‧集部:225》。

31. 〔南宋〕吳子良,《林下偶談》,臺北:臺灣商務印書館,1983 年,《景印文淵閣四庫全書:1481》。

32. 〔南宋〕嚴羽著,郭紹虞校釋,《滄浪詩話校釋》,臺北:里仁出版社,1987 年 4 月。

33. 〔南宋〕王稱,《東都事略》,臺北:國家圖書館,1991 年。

34. 〔南宋〕文天祥,《文信國集杜詩》,臺北:臺灣商務印書館,1986 年《景印文淵閣四庫全書‧集部:222》。

35. 〔南宋〕鄭思肖著,陳福康點校,《鄭思肖集》,上海:上海古籍出版社,1991 年 5 月。

36. 〔元〕方回,《桐江集》,臺北:新文豐出版社,1996 年《叢書集成三編:47》。

37. 〔元〕方回,《桐江續集》,臺北:臺灣商務印書館,1986 年《景印文淵閣四庫全書:239》。

38. 〔元〕牟巘,《陵陽集》,臺北:臺灣商務印書館,1986 年《景印文淵閣四庫全書:228》。

39. 〔元〕周密,《癸辛雜識》,臺北:臺灣商務印書館,,1983 年《景印文淵閣四庫全書:1040》。

40. 〔元〕周密,《癸辛雜識續集》,臺北:臺灣商務印書館,1983 年,《景印文淵閣四庫全書:1040》。

41. 〔元〕俞德鄰，《佩韋齋集》，臺北：臺灣商務印書館，1986 年《景印文淵閣四庫全書：230》。

42. 〔元〕戴表元，《剡源文集》，臺北：臺灣商務印書館，1986 年《景印文淵閣四庫全書：240》。

43. 〔元〕仇遠，《金淵集》，臺北：臺灣商務印書館，1986 年《景印文淵閣四庫全書：248》。

44. 〔元〕謝翱，《晞髮集》（臺北市：臺灣商務，1986 年《景印文淵閣四庫全書》：229）

45. 〔元〕趙孟頫，《松雪齋集》，北京：北京圖書館出版、新華書店經銷，2006 年。

46. 〔元〕馬臻，《霞外詩集》，臺北：臺灣商務印書館，1983 年《景印文淵閣四庫全書：1204》。

47. 〔元〕袁桷，《清容居士集》（臺北：臺灣商務印書館，1986 年《景印文淵閣四庫全書：258》。

48. 〔元〕龔璛，《存悔齋稿》，臺北：臺灣商務印書館，1986 年《景印文淵閣四庫全書：250》。

49. 〔元〕柳貫，《待制集》，臺北：臺灣商務印書館，1986 年《景印文淵閣四庫全書：269》。

50. 〔元〕楊載，《楊仲弘集》，臺北：臺灣商務印書館，1986 年《景印文淵閣四庫全書：266》。

51. 〔元〕吾丘衍，《竹素山房詩集》，臺北：臺灣商務印書館，1983 年《景印文淵閣四庫全書：243》。

52. 〔元〕黃溍，《文獻集》，臺北：臺灣商務印書館，1983 年《景印文淵閣四庫全書：1209》。

53. 〔元〕吳師道，《禮部集》，臺北：臺灣商務印書館，1986 年，《景印文淵閣四庫全書：272》。

54. 〔元〕歐陽玄，《圭齋文集》，臺北：臺灣商務印書館，1986 年《景印文淵閣四庫全書：269》。

55. 〔元〕許有壬，《至正集》，臺北：臺灣商務印書館，1986 年《景印文淵閣四庫全書：271》。

56. 〔元〕鄭元祐，《遂昌山人雜錄》，臺北：藝文出版社，1968 年《〔清〕顧修輯，讀畫齋叢書〔四〕》。

57. 〔元〕鄭元祐，《僑吳集》，臺北：臺灣商務印書館，1983 年，《景印文淵閣四庫全書：1216》。

58. 〔元〕吳萊，《淵穎集》，臺北：臺灣商務印書館，1986 年，《景印文

淵閣四庫全書：267》1297

59. 〔元〕韓奕，《韓山人詩集》，臺南：莊嚴文化，1997 年，《四庫全書全目叢書・集部・別集類：23》。

60. 〔元〕劉仁本，《羽庭集》，臺北：臺灣商務印書館，1986 年《景印文淵閣四庫全書：240》。

61. 〔元〕陳泰，《所安遺集》，臺北：臺灣商務印書館，1986 年《景印文淵閣四庫全書：240》。

62. 〔元〕錢惟善，《江月松風集》，臺北：臺灣商務印書館，1986 年《景印文淵閣四庫全書：283》。

63. 〔元〕王逢，《梧溪集》，臺北：臺灣商務印書館，1986 年，《景印文淵閣四庫全書：285》。

64. 〔元〕王旭，《蘭軒集》，臺北：臺灣商務印書館，1986 年，《景印文淵閣四庫全書：198》。

65. 〔元〕趙汸，《東山存稿》，臺北：臺灣商務印書館，1986 年《景印文淵閣四庫全書：289》。

66. 〔明〕陳謨，《海桑集》，臺北：臺灣商務印書館，1983 年《景印文淵閣四庫全書：1232》。

67. 〔明〕陶宗儀，《輟耕錄》，臺北：臺灣商務印書館，1983 年《景印文淵閣四庫全書：1040》。

68. 〔明〕陶宗儀等編，《說郛》，上海：上海古籍出版社，1989 年。

69. 〔明〕張羽，《靜菴集》，臺北：臺灣商務印書館，1983 年。《景印文淵閣四庫全書：1230》。

70. 〔明〕王紱，《王舍人詩集》，臺北：臺灣商務印書館，1983 年《景印文淵閣四庫全書：1237》。

71. 〔明〕李賢，《明一統志》，臺北：臺灣商務印書館，1983 年《景印文淵閣四庫全書：472》。

72. 〔明〕徐有貞，《武功集》，臺北：臺灣商務印書館，1983 年《景印文淵閣四庫全書：1245》。

73. 〔明〕張寧，《方洲集》，臺北：臺灣商務印書館，1986 年《景印文淵閣四庫全書：337》。

74. 〔明〕程敏政輯，《宋遺民錄》，臺北：新文豐出版社，1985 年《叢書集成新編：101》。

75. 〔明〕胡應麟，《少室山房筆叢正集》，臺北：臺灣商務印書館，1983 年《景印文淵閣四庫全書：886》。

76. 〔明〕王世貞，《弇州續稿》，臺北：臺灣商務印書館，1986 年《景印文淵閣四庫全書：404》。

77. 〔明〕袁宏道，《袁宏道集箋校》，上海：上海古籍出版社，2008 年。

78. 〔明〕張溥輯，《漢魏六朝百三家集》，臺北：臺灣商務印書館，1986 年《景印文淵閣四庫全書：639～641》。

79. 〔明〕董斯張，《吳興備志》，臺北：臺灣商務印書館，1979 年《景印文淵閣四庫全書：156～158》。

80. 〔明〕董斯張，《吳興藝文補》，臺南：莊嚴文化，1997 年《四庫全書存目叢書：376》。

81. 〔清〕錢謙益著，〔清〕錢曾箋注，錢仲聯標校，《錢牧齋全集・初學集》，上海：上海古籍出版社，2003 年。

82. 〔清〕吳景旭，《歷代詩話》，臺北：臺灣商務印書館，1986 年《景印文淵閣四庫全書：775～776》。

83. 〔清〕歸莊，《歸莊集》，上海：上海古籍出版社，1984 年 6 月。

84. 〔清〕王士禎、鄭方坤編，《五代詩話》，臺北：臺灣商務印書館，1986 年《景印文淵閣四庫全書：782》。

85. 〔清〕王士禎，《帶經堂集》，上海：上海古籍出版社，2002 年《續修四庫全書・集部・別集類》。

86. 〔清〕仇兆鰲，《杜詩詳註》，臺北：臺灣商務印書館，1983 年。《景印文淵閣四庫全書：1071》。

87. 〔清〕萬斯同、季野輯，《宋季忠義錄》，臺北：新文豐出版社，1989 年。

88. 〔清〕吳之振、呂留良等編，《宋詩鈔》，臺北：臺灣商務印書館，1986 年《景印文淵閣四庫全書：375～377》。

89. 〔清〕邵廷采，《思復堂文集》，臺南：莊嚴文化，1997 年《四庫全書存目叢書：251》。

90. 〔清〕聖祖御定，《御定全唐詩》，台北：台灣商務印書館，1986 年《景印文淵閣四庫全書 660～677》。

91. 〔清〕張豫章等奉敕編，《御選宋金元明四朝詩》，臺北：臺灣商務印書館，1986 年《景印文淵閣四庫全書：687～689》。

92. 〔清〕顧嗣立編，《元詩選》，臺北：臺灣商務印書館，1986 年《景印文淵閣四庫全書：748～754》。

93. 〔清〕沈德潛，《說詩晬語》，上海古籍出版社，2002 年《續修四庫全書・集部・詩文評類》。

94. 〔清〕厲鶚輯撰，《宋詩紀事》，臺北：臺灣商務印書館，1986 年《景印文淵閣四庫全書：777～780》。

95. 〔清〕永瑢等撰，《四庫全書總目》，北京：中華書局出版：新華書店北京發行所發行，1965 年（1992 年 5 刷）

96. 〔清〕永瑢等撰，《欽定四庫全書簡明目錄》，臺北：洪氏出版社，1982 年。

97. 〔清〕阮元校勘，《十三經注疏》，臺北：藝文印書館，1989 年 1 月十一版。

98. 〔清〕況周頤，《蕙風詞話》，臺北：世界書局，1979 年《世界文庫·四部刊要》。

99. 〔清〕青嶼仲衡輯，〔明〕梅志暹編，《武林元妙觀志》，揚州：江蘇古籍出版社，2000 年《中國道觀志叢刊：17》。

二、題畫詩集、畫論、書畫譜

1. 〔南朝齊〕謝赫，《古畫品錄》，臺北：臺灣商務印書館，1983 年《景印文淵閣四庫全書：812》。

2. 〔南宋〕孫紹遠，《聲畫集》，臺北：臺灣商務印書館，2001 年《四庫全書珍本》第八集。

3. 〔南宋〕佚名，《宣和畫譜》，臺北：臺灣商務印書館，1983 年《景印文淵閣四庫全書：813》。

4. 〔元〕夏文彥，《圖繪寶鑑》，臺北：臺灣商務印書館，1983 年《景印文淵閣四庫全書：814》。

5. 〔元〕湯垕，《畫鑑》，臺北市：臺灣商務印書館，1983 年《景印文淵閣四庫全書：814》。

6. 〔明〕徐伯齡，《蟬精雋》，臺北：臺灣商務印書館，1983 年《景印文淵閣四庫全書：1245》。

7. 〔明〕董其昌著，屠有祥校注，《畫禪室隨筆》，南京：江蘇教育出版社，2005 年。

8. 〔明〕李日華，《六研齋筆記》，臺北：臺灣商務印書館，1977 年《四庫全書珍本·七集：156～158》。

9. 〔明〕唐志契，《繪事微言》，臺北：臺灣商務印書館，1983 年《景印文淵閣四庫全書：816》。

10. 〔明〕沈顥，《畫塵》，臺北：新文豐出版社，1989 年《叢書集成續編·藝術類：101》據昭代叢書本影印。

11. 〔明〕汪珂玉，《珊瑚網》，臺北：臺灣商務印書館，1983 年，《景印

文淵閣四庫全書：818》。

12. 〔明〕郁逢慶，《書畫題跋記‧續題跋記》，臺北：臺灣商務印書館，1983 年《景印文淵閣四庫全書：816》。

13. 〔明〕徐熥，《徐氏筆精》，臺北：臺灣商務印書館，1983 年《景印文淵閣四庫全書：856》萬曆年間

14. 〔明〕張丑，《清和書畫舫‧酉集》，臺北：學海出版社，1975 年。

15. 〔明〕張丑，《清河書畫舫》，臺北：臺灣商務印書館，1983 年《景印文淵閣四庫全書：817》。

16. 〔清〕倪濤，《六藝之一錄》，臺北：臺灣商務印書館，1983 年《景印文淵閣四庫全書：830～838》。

17. 〔清〕孫承澤，《庚子銷夏記》，臺北：臺灣商務印書館，1983 年《景印文淵閣四庫全書：826》。

18. 〔清〕孫岳頒等奉敕撰，《佩文齋書畫譜》，臺北：臺灣商務印書館，1983 年《景印文淵閣四庫全書：819～823》。

19. 〔清〕高士奇，《江村銷夏錄》，臺北市：臺灣商務印書館，1983 年《景印文淵閣四庫全書：826》。

20. 〔清〕陳邦彥編，《御定歷代題畫詩類》，臺北：臺灣商務印書館，1986 年《景印文淵閣四庫全書 683～685》。

21. 〔清〕卞永譽，《式古堂書畫彙考》，臺北：臺灣商務印書館，1983 年《景印文淵閣四庫全書：827～829》。

22. 〔清〕鄒一桂，《小山畫譜》臺北：臺灣商務印書館，1983 年《景印文淵閣四庫全書：837》。

23. 〔清〕梁詩正、張照，《石渠寶笈》，臺北：臺灣商務印書館，1983 年《景印文淵閣四庫全書：824～825》。

24. 〔清〕王杰等撰，《欽定石渠寶笈續編》，臺北：國立故宮博物院，1969～1971 年。

25. 〔清〕方薰，《山靜居畫論》，北京：中華書局，1985 年《叢書集成初編：1644》。

26. 〔民國〕裴景福，《壯陶閣書畫錄》，臺北：中華書局，1976 年。

貳、近人編輯、論著

一、文　學

1. 王師次澄，《宋元逸民詩論叢》，臺北：大安出版社，2001 年 8 月。

2. 方勇，《南宋遺民詩人群體研究》，北京：人民出版社，2000 年 6 月。

3. 朱良志，《扁舟一葉——理學與中國畫學研究》，合肥：安徽教育出版社，1999 年 6 月。

4. 李栖，《題畫詩散論》，臺北：華正書局，1993 年 2 月初版。

5. 李栖，《兩宋題畫詩論》，臺北：學生書局，1994 年 7 月初版。

6. 李瑄，《明遺民群體心態與文學思想研究》，成都：巴蜀書社，2009 年 1 月初版。

7. 陶東風、徐莉萍著，《死亡、情愛、隱逸、思鄉——中國文學四大主題》，杭州：杭州大學出版社，1993 年 12 月第一版。

二、史學、史料

1. 中國書畫研究資料社撰，《宋元明清書畫家年表》，臺北：文泉閣，1973 年 4 月。

2. 王忠林、邱燮友等，《增訂中國文學史初稿》，臺北：福記文化圖書有限公司，1985 年 5 月修訂三版。

3. 王德毅、李榮村、潘柏澄編，《元人傳記資料索引》，臺北：新文豐出版社，1987 年 11 月。

4. 杜哲森，《中國美術史·元代卷》，濟南：齊魯書社：明天出版社，2000 年 12 月。

5. 余輝，《畫史解疑》，臺北：東大圖書，2000 年 11 月。

6. 昌彼得、王德毅、程元敏、侯俊德編，《宋人傳記資料索引》，北京：中華書局，1988 年 3 月。

7. 吳梅，《遼金元文學史》，臺北：河洛圖書，1979 年 6 月。

8. 俞劍方，《中國繪畫史》，臺北：臺灣商務印書館，1980 年 2 月。

9. 許總，《宋詩史》，重慶：重慶出版社，1992 年。

10. 陳高華，《元代畫家史料》，上海：上海人民美術出版社，1980 年 5 月。

11. 曾毅，《中國文學史》，臺北：文史哲出版社，1977 年 6 月。

12. 嵇哲，《中國詩詞演進史》，臺北：莊嚴出版社，1978 年 10 月初版。

13. 張毅，《宋代文學思想史》，北京：中華書局，1995 年 4 月。

14. 劉大杰，《中國文學發展史》，臺北：華正書局，1991 年 7 月。

15. 歐陽光，《宋元詩社研究叢稿》，廣州：廣東高等教育出版社，1996 年 9 月第一版。

16. 謝正光編，《明遺民傳記索引》，上海：上海古籍出版社，1992 年 5

月。

17. 潘天壽，《中國繪畫史》，北京：團結出版社，2006 年第一版。

三、畫學、美學

1. 伍蠡甫著，《中國畫論研究》，北京：北京大學出版社，1987 年 5 月第二次印刷。

2. 伍蠡甫編，《山水與美學》，臺北：丹青圖書，出版年不詳。

3. 高居翰（James Cahill）著，宋偉航等初譯，《隔江山色 ── 元代繪畫（1279～1368）》，臺北：石頭出版社，1994 年 8 月。

4. 高木森著，潘耀昌、章利國、陳平譯，《元氣淋漓 ── 元畫思想探微》，臺北：東大出版，三民總經銷，1998 年 10 月。

5. 張懋鎔，《書畫與文人風尚》，西安：陝西人民出版社，1988 年 12 月。

6. 陳兆復，《中國畫研究》，臺北：丹青圖書，1988 年再版。

7. 陶文鵬，《唐宋詩美學與藝術論》，天津：南開大學出版社，2003 年。

8. 錢鍾書，《談藝錄》，北京：中華書局，1996 年 1 月第六次印刷。

9. 駱駝出版社編，《中國畫論》，臺北：駱駝出版社，1987 年 8 月。

10. 鄭文惠，《錢選》，《中國巨匠美術週刊》期 180/中國系列期 80，臺北：錦繡出版社，1996 年 3 月 9 日。

四、其　他

1. 北京大學中文系編，《陶淵明研究資料彙編》，北京：中華書局，1962 年 1 月。

2. 周積寅，史金城，《中國歷代題畫詩選注》，杭州：西泠印社，1985 年。

3. 周嘯天主編，《楚辭鑑賞》，臺北：五南圖書出版公司，1993 年。

4. 臧勵龢編，《中國人名大辭典》，臺北：臺灣商務印書館，1958 年。

參、學位論文

1. 王牧春，《錢選的藝術研究與思考》，上海大學碩士論文，2005 年。

2. 朱明玥，《南宋遺民詩人詩作研究》，上海師範大學碩士論文，2007 年。

3. 成杰，《詩含畫境畫滿詩情古代題畫詩研究》，中南民族大學碩士論文，2004 年。

4. 宋力，《青山夕照》，南京藝術學院碩士論文，2002 年。

5. 周全，《宋遺民志節與文學》，臺北：東吳大學博士論文，1984 年。

6. 于泓枚，《宋明遺民詩歌創作心理比較研究》，浙江師範大學碩士論文，2004 年。

7. 姜映荷，《錢選人物鞍馬畫與山水畫復古問題研究》，臺北藝術大學美術史研究所中國美術史組碩士論文，2004 年。

8. 黃玲，《北宋題畫詩研究》，南京大學碩士論文，2003 年。

9. 華文玉，《元代題畫詩文研究》，上海大學碩士論文，2005 年。

10. 楊麗圭，《鄭思肖研究及其詩箋註》，中國文化學院中文研究所碩士論文，1977 年。

11. 劉中玉，《元代江南畫風變革研究》，南京大學碩士論文，2004 年。

12. 潘玲玲，《南宋遺民詩研究》，政治大學中國文學研究所碩士論文，1985 年。

13. 鐘巧靈，《宋代題山水畫詩研究》，揚州大學博士論文，2006 年。

14. 饒薇，《錢選與錢選的「戾家畫」說》，南京藝術學院碩士論文，2006 年。

肆、期刊論文

一、逸民（遺民）相關論文

（一）綜　論

1. 王艷平，〈進退辭受間的優雅與沉重 —— 宋元之交的士人心態與文學創作〉，《寧波大學學報》卷 17 期 4，2004 年 7 月。

2. 沈傑，〈宋明遺民仙詠的忤世之情研究〉，《宗教學研究》期 1，2004 年。

3. 何晉勳，〈世變下的表態紀念 —— 以南宋遺民爲例〉，《中國歷史學會史學集刊》期 37，2005 年 7 月，頁 115～132。

4. 孫克寬，〈元初南宋遺民初述〉，《東海學報》卷 15，1974 年 7 月。

5. 張立偉，〈論遺民〉，《西南師範大學學報》期 4，1995 年，頁

6. 張兵，〈遺民與遺民詩之流變〉，《西北師大學報》卷 35 期 4，1998 年 7 月。

7. 蕭啓慶，〈宋元之際的遺民與貳臣〉，《歷史月刊》，1996 年 4 月。

（二）遺民詩與畫

1. 方勇，〈南宋遺民詩詞中的春恨意識〉，《中州學刊》期 6，1998 年。

2. 方勇，〈南宋遺民詩人群體的形成與解體過程〉，《漳州師院學報》期 2，1998 年。

3. 余輝，〈遺民意識與南宋遺民繪畫〉，《故宮博物院院刊》期 4，1994 年。

4. 李曰剛，〈宋末遺民之血淚詩〉，《師大學報》期 19，1974 年 6 月。

5. 李劍鋒，〈宋末愛國士人與陶淵明的深刻共鳴〉，《九江師專學報》期 1，2002 年。

6. 呂少卿，〈遺民逸民心態轉置研究——以倪瓚、漸江爲例〉，《當代中國畫》期 3，2007 年。

7. 周全，〈宋遺民詩試論〉，《臺北師院學報》，期 1，1988 年 6 月，頁。

8. 劉華民，〈宋季「詩史」現象探討〉，《井岡山師範學院學報》卷 24 期 4，2003 年 8 月。

9. 劉靜，〈略論宋遺民詩派對宋季「晚唐體」的反思與新變〉，《中南民族大學學報》卷 25 期 2，2005 年 3 月。

10. 陳傳忠，〈元代遺民繪畫的時代特徵〉，《美術觀察》，2001 年 12 月。

11. 龐鷗，〈抱香懷古意 戀國憶前身——泛議宋明遺民藝術〉，《東南文化》期 4，2001 年。

（三）逸民畫家相關論文

1. 王靜靈，〈《秋瓜圖》與錢選的職業畫〉，《故宮文物月刊》卷 23 期 3（期 267），2005 年 6 月，頁 4～15。

2. 石守謙撰，林麗江譯，〈錢選——元代最後的南宋畫家〉，《故宮文物月刊》卷 8 期 12（期 96），1991 年 3 月，頁 4～11。

3. 宋力，〈吳興八俊看錢選〉，《藝術市場》期 6，2008 年。

4. 金建榮，〈龔開藝術特點研究述評〉，《美與時代》期 11，2007 年。

5. 胡光華，〈錢選與元代青綠山水的文人化〉，《榮寶齋》期 1，2006 年。

6. 高居翰著，顏娟英譯，〈錢選與趙孟頫〉《故宮季刊》卷 12 期 4，1978 年，頁 63～82。

7. 袁世碩、〔日〕阿部晉一郎，〈解識龔開〉，《文學遺產》，2003 年 5 月。

8. 徐泳霞，〈談錢選的青綠山水畫〉，《南京工程學院學報》卷 5 期 1，2005 年 3 月。

9. 陳慶元，〈憂痛憤——鄭思肖詩文三個時期的特色〉，《寧德師專學報》期 4，1995 年。

10. 張金紅，〈文人心志——鄭思肖及其《墨蘭圖》試析〉，《福建商業高等專科學校學報》期 6，2002 年 12 月。

11. 張麗波，〈元初畫家錢選考〉，《藝術百家》期 3，2007 年。

12. 詹石窗、釋道林，〈所南礪志寄醉鄉——論鄭思肖詩歌的道教意蘊與藝術境界〉，《湖南大學學報》卷 20 期 4，2006 年 7 月。

13. 蔡星儀，〈從美國所見錢選畫迹與研究論錢選〉，《美苑》期 1，2005 年。

14. 劉曉甜，〈鄭思肖的詩文：衰落時代的遺民印記〉，《韶關學院學報》卷 2 期 1，2007 年 1 月。

15. 劉中玉，〈錢選繪畫中的陶潛情結〉，《榮寶齋》期 2，2008 年。

16. 鄭文惠，〈遺民的生命圖像與文化鄉愁 錢選詩/畫互文修辭的時空結構與對話主題〉，《政大中文學報》期 6，2006 年 12 月，頁 147～181。

二、繪畫與題畫詩論文

1. 〔日〕青木正兒作，魏仲祐譯，〈題畫文學及其發展〉，《中國文化月刊》期 9，1970 年 7 月，頁 76～92。

2. 吳厚炎，〈審美的人生態度——宋元「畫蘭」與「文人寄興派」〉，《黔西南民族師專學報》期 2，2001 年 6 月。

3. 高毅清，〈元代繪畫的審美趨向與型態特徵〉，《齊魯藝苑》期 3，2001 年。

4. 張晶，〈「逸」與「墨戲」：中國繪畫美學中的主體價值升位〉，《中國文化研究》2002 年秋之卷，頁 101～110。

5. 鄭騫講述，劉翔飛筆記，〈題畫詩與畫題詩〉，《中外文學》卷 8 期 6，1979 年 11 月，頁 5～13。

6. 鄭春池，〈圖像與文本的隱喻——宋元畫格之比較〉，《南京藝術學院學報・美術與設計》2005 年 1 月，頁 97～99。

三、其 他

1. 丁國祥，〈元詩黍離意象的時代性〉，《新鄉師範高等專科學校學報》卷 17 期 3，2003 年 5 月。

2. 王豔平，〈進退辭受間的優雅與沈重——宋元之交的士人心態與文學創作〉，《寧波大學學報》卷 17 期 4，2004 年 7 月。

3. 李劍鋒，〈宋末愛國士人與陶淵明的深刻共鳴〉，《九江師專學報》期 1，2002 年。

4. 徐錦才，〈「江南文化」內涵散論〉，《嘉興學院學報》，卷 17 期 4，2005

年 7 月。

5. 陳得芝,〈論宋元之際江南士人的思想與政治動向〉,《南京大學學報》期 2,1997 年。

6. 陶文鵬,〈宋末七家山水詩簡論〉,《陰山學刊》卷 14 期 4,2001 年 12 月。

7. 曹偉業,〈元代畫家隱逸行爲與道家思想〉,《廣東教育學院學報》期 3,1998 年。

8. 劉華民,〈宋季「詩史」現象探討〉,《井岡山師範學院學報》卷 24 期 4,2003 年 8 月。

伍、網路資料

1. 道教學術資訊網站 http://www.ctcwri.idv.tw/godking.htm